U0906454

大连外国语大学 2015 年度学科建设经费资助出版

灯塔与鉴镜

西方经典文学的当代阅读

Beacon and Mirror: Contemporary Interpretations of Western Classic Literary Works

赵莉莎 著

中国戏剧出版社
CHINA THEATRE PRESS

图书在版编目（CIP）数据

灯塔与鉴镜 ： 西方经典文学的当代阅读 / 赵莉莎著.
-- 北京 ： 中国戏剧出版社, 2017.11
ISBN 978-7-104-04568-7

Ⅰ. ①灯… Ⅱ. ①赵… Ⅲ. ①外国文学—文学欣赏
Ⅳ. ①I106

中国版本图书馆CIP数据核字(2017)第239567号

灯塔与鉴镜 ： 西方经典文学的当代阅读

项目策划：张恒军
责任编辑：王松林
项目统筹：邢俊华
责任印制：冯志强

出版发行：中国戏剧出版社
出 版 人：樊国宾
社　　址：北京市西城区天宁寺前街 2 号国家音乐产业基地 L 座
邮　　编：100055
网　　址：www.theatrebook.cn
电　　话：010-63385980（总编室）
传　　真：010-63383910（发行部）

读者服务：010-63381560
邮购地址：北京市西城区天宁寺前街 2 号国家音乐产业基地 L 座

印　　刷：三河市灵山红旗印刷厂
开　　本：787mm×1092mm　1/16
印　　张：16
字　　数：230千字
版　　次：2017年11月　北京第1版第1次印刷
书　　号：ISBN 978-7-104-04568-7
定　　价：68.00元

开场白　经典文学给了我们什么？

不知道为什么，在各民族的神话传说中，我特别喜欢古希腊神话中那些形形色色的神明，也许是因为他们不像神，更像是我们人类自己，至少更像西方世界中存在着的真实的人。然而在那些神明中间，最令我难忘的却是忒弥斯，希腊神话中的正义女神。爱看港剧的人对她应该很熟悉，鉴证实录，一号法庭……就是香港立法局建筑物上矗立着的那个形象：她身着白袍，头戴金冠，左手提着一架天秤，右手执掌利剑，身倚插斧束棒，棒上缠蛇，脚边卧犬，案头放权杖、书籍和骷髅。每样道具都有其深刻含义：白袍，象征道德无瑕，刚正不阿；王冠，因为正义尊贵无比，荣耀第一；天秤，比喻裁量公平，正义面前人人皆得其所值，不多不少，不偏不倚；利剑，表示制裁严厉，决不姑息；插斧束棒，是权威与刑罚的化身；蛇与狗，分别代表仇恨与友情，两者都不许影响裁决。权杖申威，书籍载法，骷髅指人的生命脆弱，跟永恒的正义恰好相反。然而这些可能也都不是我们关注这位女神时的最突出印象，因为还有最重要的一点没有说，那就是，大多数女神都通常是明眸善睐顾盼生辉，然而只有这位正义女神是白布罩目蒙眼全盲。很喜欢女神的这个造型，更喜欢这造型背后的深刻寓意：人们总说眼见为实，而如今何为真实何为虚妄，目力有时完全不能信赖，甚至眼睛更会撒谎，感官尤其误人。所以司法应该纯靠理智，而人生有时却该闭上双眼，用心体会，处理好灵魂里阿波罗和狄俄尼索斯[①]的两种声音。那么该如何体会，如何处理呢？现代学科专业细分之后，哪门知识能够全面而综合地教我们如何生活，如何做人，除了文学，我竟无法再想出第二个答案。关于文学理论的书籍已经汗牛充栋，文学是什么和文学要研究什么的想法也众说纷纭，然而简单地说其实文学只是一种特殊的表达方式，好的文学用自己的表达方式来研究人，同时指导我们如何做人。所以阅读经典文学不是消遣不是娱乐，而是研习人生。学习古人的作品是继续思考那些永恒的至今还没有给出满意答案的一个个关于生命的课题，惟其如此才能帮助我们每个人更好地去认识自己、他人和世界，处理好三者之间的复杂关系，让短暂的人生尽可能的充盈饱满，坚实厚重，既脚踏大地，又仰望星空。只有这样，内心的幸福感和欣悦感才能油然而生。很多人一直在问，人的一生最值得追求的究竟是什么，只是那一个个被标榜为胜利成功实则被看待成沉重任务的虚空之物吗？好的文学会告诉你，那些其实都不是能让你获得长久成就感满足感的东西，甚至有时还会让你更为促狭，慌乱，内心纠结和痛苦不堪。真正的幸福应该是坦然和平静，是嘴角扬起但角度不大的弧线，是面孔中呈现的笃定而自信的眼神，是挫折光顾时的宠辱不惊，是灾难降临时的昂首凛然……而能让我们从白纸般的婴儿染上如此高难度色彩的一支重要画笔就是文学，文学不能改变很多东西，但好的文学可以改变你的人生观、价值观，这些变化了，一切就都会有所不同。

① 阿波罗为希腊神话中的日神，狄俄尼索斯为希腊神话中的酒神，分别代表理性和感性。

Contents 目录

第一章

我和自我的关系

——独立意志和个人成长

第一节　最可怕的是童心被污染

海明威说：“一切现代美国文学都来自马克·吐温写的一本书，叫作《哈克贝利·芬历险记》……这是我们最好的一本书。”海明威是二十世纪世界级的伟大作家之一，是诺贝尔文学奖的获得者，他能够如此不吝溢美之词的高度评价这么一部只看书名觉得好像是儿童读物的作品，可能会让没读过此书的人一头雾水，甚至就算是读过此书也不见得能完全理解这评价的含义。一本写小孩又完全能给小孩子看的书居然会有如此高的文学地位和如此大的文学价值是不是令人匪夷所思，但客观地说，这评价其实准确无疑。而且如果拿这本被海明威赞誉有加的作品和海明威自己写的东西相比，可能是更有意思的一件事。一个写《老人与海》，写得如此铁骨铮铮，铿锵有力，又深沉又悲壮。一个写小孩逃学，写得如此诙谐幽默，情意盎然，又搞笑又有趣。但无论是沉重还是轻盈，都不是这些作品确立自身对美国文学史乃至世界文学史重要作用的关键，那关键是什么呢？关键是这本写于19世纪的小人书里面包含有直到21世纪都还没能完全解决的大问题。

马克·吐温在写《哈克贝利·芬历险记》之前的奠基工作对这本书的形成至关重要。首先是他的写作风格，这从他的笔名就可以看出端倪。作家原名塞缪尔·朗荷恩·克列门斯，马克·吐温是其给自己起的笔名，但一般人给自己起笔名通常都有所寓意或至少会比较慎重的深思熟虑，然而马克·吐温这个名字只是水手们经常说的一句行业用语，俗称行话，意思是水深两噚（12英尺），航船可以安全通行。取这么一个笔名是因为作者本人在密西西比河上有过一段水手生涯，以及其从年轻时期就开始在社会上摸爬滚打，所练就出的豁达开朗幽默乐观的个性。因而在他的几乎所有作品里我们都能看到那集幽默、诙谐、滑稽、更加上智慧的综合笔法。

另外，《哈克贝利·芬历险记》中的人物其实并不是首次出现，因为在写这部作品之前，作者已经完成了一部类似题材风格的小说《汤姆·索亚历险记》。表面上看起来，两部作品像是姊妹篇一样，但细致阅读之后又会发现其质量和水平确实有高低不同之分。《汤姆·索亚历险记》虽然也是写孩子也是写那个时代和环境，但主题只涉及了批判庸俗保守的市民气息，枯燥乏味的死读书教育方式以及虚伪的宗教仪轨，而且结尾写得比较平庸普通，孩子们发现了强盗藏匿的大笔财富，这对主题来说并无什么价值和积极意义。而《哈克贝利·芬历险记》是作家在八年之后卷土重来的扛鼎工作。八年之后重新归来的孩子们显然不同，虽然作者采用了相同的地点、人物以及历险的模式，可是这一部无论是从主题思想还是从艺术技巧上看都更为优秀和经典，也最终实至名归，配得上海明威的那句溢美之词。

故事的时间发生在美国南北战争以前，地点是密西西比河上的一个小镇。密西西比河是美国的母亲河，主要流经的区域也是奴隶制最为深重的美国中南部地区，包括作者本人的故乡密苏里州就是流域之一。故乡和水手生涯使马克·吐温熟悉南方，熟悉密西西比，熟悉岸上的一切与河里的一切，熟悉白人也熟悉黑人。所以在这部作品里，故事中的主人公除了以前出场过的哈克之外，又增加了一个重要的人物，名叫吉姆的黑奴。吉姆为了避免自己被卖掉的命运从主人华森小姐家里偷偷逃走，在一个荒岛上面，他遇到了为躲避父亲的毒打而同样出逃的白人少年哈克，两个人结伴而行，主要是乘木筏沿密西西比河顺流而下，他们想去寻找可以自由生活的地方——自由州卡罗镇。在逃亡的旅途中这一大一小、一黑一白差别迥异的两个人结成了深厚的友谊，但他们并没有如愿地找到自由州，反而遇上了自称“国王”和“公爵”的两个骗子，这两个骗子想把吉姆卖掉，哈克在小伙伴汤姆的协助下成功的救出了吉姆。故事的结局很大团圆，根据女主人的遗嘱，其实吉姆已经获得了自由。

如果脱离社会和历史等文化背景只看故事梗概的话，似乎这部小说也没让人觉得多么的出奇出新或跌宕起伏，尤其是对于见多识广的谙熟二十一世纪众多炫技类作品的读者来说。然而我们却不能单纯运用判断通俗小说的标准来衡量经典文学的好坏，因为在这里情节的优劣并不是评判的唯一尺度，永远要置顶的必须是主题以及主题笼罩下的人物、形象和性格的典型以及价值。小说的中心人物是哈克，一个年仅十一二岁的白人少年，可以说就是个孩子，他在《汤姆·索亚历险记》中曾经出现过，是一个聪明，活泼，倔强，富有冒险精神的男孩，但更重要的是他的纯真。人们总说这个词，但纯真究竟是什么呢，纯真对这部作品来说真的很重要吗?

纯是无私，真是真诚，更深刻一点讲的话，纯真是没有被所谓现代文明的各种利益和偏见浸润与侵蚀过的状态。而这一切都是因为：哈克还是孩子，他拥有童心。在《汤姆·索亚历险记》中，如果他和汤姆一起进行的许多奇特历险还可以说是对世俗社会中虚伪沉闷气氛的有意识逃避，是顽童式的无意识反抗的话，那么在这一部中，哈克的形象则被作家清晰明确地塑造成了一个有思想和主见，具备正义感的质朴少年。这些都淋漓尽致的体现在哈克追求自己想要的自由的同时，也帮助黑奴吉姆获得自由的整个过程之中。哈克机智勇敢善良热心，在白人搜捕逃亡的黑奴时，他成功地掩护了吉姆。哈克公正客观真诚平等，在感受到吉姆的优秀品德时，他抛开了从小被深植的种族主义观念，认定吉姆“是个挺好的黑人”。但哈克也曾矛盾动摇犹豫徘徊，因为文化告诉他“帮助一个被追捕的黑奴逃跑”是“要到阴间去下油锅”的。这种错误而偏执的种族歧视思想在当时的美国白人社会中几乎是人人都有的普遍看法。小说中的故事虽然发生在美国南北战争之前，但创作的时间已是战争结束的二十多年之后了。从南北战争结束后林肯总统签署宪法第13条修正案的那一刻起，蓄奴制在法律上即同时被废除，而作家却旧史重提再次关注和书写这类故事的原因却再明显不过。蓄奴制消失了，但很多东西并没有随之消失，奴隶身份没有了，但很多偏见和歧视仍然存在，甚至也许更严重。蓄奴制存在的最后一天，同时也是种族隔离制度开始的第一天，无论是在事实上还是在心理上，甚至可以说是在法律上。即便一直等到1954年的布朗案[①]发生，美国最高法院的一纸判决从法律上宣告种族隔离制度的消亡，即便是再之后历经数次的有关《民权法》的修改，即便是马丁·路

① 布朗案是一件美国历史上与种族歧视政策相关的非常著名的诉讼案。本案最后的判决终止了美国社会中存在已久的白人和黑人必须分别就读不同公立学校的种族隔离现象。从本判决后隔离但平等的法律原则被推翻，同时本案也开启了接下来数年中美国开始废止一切有关种族隔离的措施；美国的民权运动也因为本案向前迈进了一大步。

德·金付出的以生命为代价的所有努力，但他的那个梦想仍然遥不可及，“法律上的种族隔离”正逐步转变为“事实上的种族隔离”，和更可怕的“心灵上的隔离”。所以，通过作家在这部小说里把核心人物设定为一个孩子的这种巧妙安排我们可以看出马克·吐温对美国这一严重历史疾患的深切焦虑和担忧。消除人们思想中的种族主义将是一条更加艰辛而漫长的道路，直到今天。

种族歧视问题是美国的顽疾，也是人类的耻辱，而这一代又一代循环往复的丑恶是怎样建立起来并持续下去的，对于这个问题，马克·吐温是想用这部小书轻松幽默的来展示病症的根由。每一个来到人世间的孩子都是白色的，每一颗童心也都纯净无瑕，就如同卢梭说过的那句名言“出自造物主之手的东西都是好的，而一到人手里，就全变坏了。”在他的著名教育学兼文学作品《爱弥儿》里，卢梭说“文明人一生下来就被人捆在襁褓里……就要受到我们的制度的束缚。婴儿从人们那里收到的第一件礼物是锁链。”在卢梭的观点里，幼年教育对于儿童是非常重要的，从成长的起点开始，就不应该让儿童产生偏见，而这偏见大部分均都来自于社会的流俗舆论。所以卢梭强调教育者应当为孩子建立起“抵挡社会舆论的围墙”。让儿童达到这样的一种状态“只要他处在社会的旋流中，不至于被种种欲念或是人的偏见拖进旋涡里面去就行了，只要他能够用他自己的眼睛去看，用他自己的心去想，而且除了他自己的理智以外不为任何其他权威所控制就行了。”卢梭从18世纪就发现了偏见对儿童的戕害，这种戕害体现在19世纪的美国时，最明显的表现就是种族歧视观念的深入人心，而这种深入人心正是因为一辈辈一代代从孩童时期的一张白纸开始就被涂抹上去的，无论涂抹者是宗教，法律，道德规范等什么东西或者是几者之联合。这种涂抹就像是一张大网把人们完全笼罩，遮蔽了真理的光芒，才导致了成年之后这些畸形的意识在每个白人头脑中变得根深蒂固无法动摇。但逃学的也即奋力逃离所谓文明的哈克同时也部分的逃离了这种涂抹，他凭借着卢梭所说的“自然”，靠自己和吉姆接触的感觉来判断对方。而当这种自然的感受和哈克记忆中的世俗偏见遭遇时，思想斗争就是必然的了。想起教会和法律从小就向他宣称的那个下油锅的警告时，哈克一度矛盾彷徨甚至动摇了，他决定给华森小姐写信，告之吉姆的行踪，但就在写好信的那一刻，哈克内心孩童的“自然”终于战胜了文明世界带给他的狭隘偏见，他回想起逃亡路途中和吉姆的患难之情，回想起吉姆的真诚无私和高尚品德，最后他下定决心，就算必须下油锅那就下吧，他绝不出卖自己的好友，小说里有一段话细致的描写了这一自然和偏见的思想斗争以及内心中两种声音的对抗和较量。“这事儿真叫人左右为难。我把那张信拾起来，拿在手里。我浑身哆嗦起来了，因为我得打定主意，在两条路当中选定一条，永远不能反悔，这我看得很清楚。我琢磨了一会儿，好像连气都不敢出似的，随后才对自己说：‘好吧，那么，下地狱就下地狱吧！’——接着我就一下子把它扯掉了。”马克·吐温自己说过这故事是“健全的心灵与畸形的意识发生了冲突，畸形的意识吃了败仗”。至此，畸形的意识确实彻底失败了。

最后还要说一下的是作家把密西西比河设置为故事的主要场景更凸显了这条美国的母亲河所具有的意味深长的象征色彩和作家的美好理想。小说中对河上世界和岸上世界的对比性描写让读者感受到两者的巨大反差：一个是充满残暴和种族歧视的丑陋之地，冷漠之乡，一个是既静谧平和又充满自由的光明之所，心灵家园，就像哈克自己说的“把木筏当成家到底是最好不过，哪也赶不上，别的地方都显得很别扭，闷气得很，木排上就不是那样，你坐在木排上，便觉得挺自由，挺痛快，挺舒服。”而这条大河更是象征着作者内心深处的理想美国，一个真正的而不只是宣称为自由民主的幸福国度，一个真正的不分肤色不分种族人人平等的伟大国家。

这是一部坚持和宗教、道德、法律、习俗等一切偏见枷锁作对的小说，一部让我们看到童心的美好和人们应该为留住这美好而和种族歧视不懈斗争的作品。这部作品在出版后，一度受到美国某些州的查禁并遭到来自宗教界和教育界的污蔑与攻击，更有甚者还把它列为禁书，指责的理由包括冒犯尊严，亵渎宗教，具有破坏性，等等。其实这些指责并没有完全说错，因为这部作品就是在冒犯那些假恶丑的尊严，就是在亵渎和调侃虚伪的宗教，就是对传统中一切不正确不理性的东西进行有力的破坏，而这些冒犯、亵渎和破坏是被当时的读者以及后来的读者所欢迎和热爱的。因为作家通过这部作品想告诉我们，虽然偏见无处不在，但最应该立刻去保护的是让童心不再受到污染。

救救孩子们。

第二节　聂赫留朵夫们的成长和探索

对当今的孩子们来说，即使如托尔斯泰这样伟大的文学泰斗级人物好像也是越来越陌生了，19世纪虽不遥远，但也有二百余年。这对于突飞猛进以冲刺速度一直在向前奔跑的“现代文明号”高速列车来说已经可以算是太久以前的事了。很多学生对俄罗斯这个白胡子老头的印象最多也只是中学教科书上的人物插图，而对他的一系列作品可能知之更少，更遑论想要综合且宏观地去把握这些作品中作家一以贯之和最想表达的东西了。虽然经典的托尔斯泰兴许确实在被一点点遗忘，但托尔斯泰所关注和提出的问题却很难被任何人无视与忽略，因为那问题是永恒的，不管是古今还是中外，只要是人，从出生的那一刻开始就必然要去面对这个话题。包括托尔斯泰自己。作家在他漫长而又纠结的一生当中，用六十多年的创作生命和八十多载的人生体验铸就了一部部伟大的作品，独立地看，这些作品中的很多部都非常优秀和经典，但综合地看，他的一系列作品其实都有着非常突出的内在关联，这关联就是作家聚焦的那个主题——人的成长和探索。

托尔斯泰的文学创作是从他年轻时就开始的，最早的作品是小说三部曲《童年》《少年》《青年》，该作品仅仅通过书名就能让读者看到作家关注的主题是“成长与探索”。作品的主人公是一个名叫尼古林考的贵族青年，故事带有浓厚的自传性，所以既是虚构的小说，也是真实的体验。小说写这个贵族青年的思想、心理、情感等发展变化以及和周围环境的关系，写主人公在成长中发现世界和认识自我，以及努力探求人生使命和生活价值的艰难过程。一直以来，这个三部曲由于是作家早期的创作，更因为里面关乎社会批判内容的分量比较少，所以对其重视的程度不高，但如果从作家整个创作生涯的宏观角度和作家关于成长与探索的核心主题来看，这部作品可以说是作家所有创作的奠基之石，几乎囊括了作为个体的“人”在成长时需要进行的全部探索。正如一位评论家总结的，作品中的主人公“尼古林考·伊尔切尼耶夫的探索主要有三个方面：哲理探索、伦理探索和社会探索。”①

对于我们每一个人来说，对世界的哲理探索不是靠凭空臆想而获得的天外来物，这些探索必然是由于主体遭受到了世界对我们的撞击，包括肉体的或心灵的撞击以后出现的。就像在尼古林考的故事里，老师的离开，母亲的离世，以及很多无可奈何之事，都是作为人类个体无法控制和阻挡的极其痛苦的现实。所以为了缓解这样的痛苦，人们会去试图寻找这碰撞发生的原因，因为找到了解释就找到了安慰，可以说两者几乎是连在一起的。然而，在小说中，尼古林卡哲理探索的结果却相当的令人沮丧，即便有西方两千多年的理性精神传统作为坚实的后盾，但在19世纪年轻的托尔斯泰心中，他还没有能力给这个直到今天都仍然没有满意答案的问题一个满意的答案，当然他更不可能跳跃到两次世界大战之后的20世纪比萨特更早的道出世界的荒诞。

和涉及生死大义的哲理探索不同，作家关于伦理方面探索的全部内容和核心题旨其实就是一个广义上的“爱”字，作品把人类最崇高的精神表现定义为“爱”，但在“爱”这个字里，又包含着很丰富的内容。“人类的爱有三种，一是‘爱美’的爱，这种爱诱人堕落；二是‘自我牺牲的爱’，这种‘爱’以忍耐和放弃自我利益为核心；三是‘积极’的爱，这种爱为寻求实现自我而进取。”②作家呼唤的是第二种无私的爱，就像爱仇敌的耶稣一样，因为作家认为只有达到了这第二种爱以后，才能实现最后的“积极”的爱。

这种伦理探索的结果必然会导致作家其后关于真实世界的研究——社会探索，因为在理想的人类应有的美好伦理规范与现实的人类所充满的偏见和丑陋之间，那巨大的裂缝让主人公既看到了社会的真相也同时唤起了最深切的焦虑和思索。社会探索的意义其实就在这里，发现、揭露、分析、思考，

① 雷成德：《探索者的轨迹——托尔斯泰人物系列研究之一》，《唐都学刊》1987年第1期。
② 同上。

找出病因和疗救的药。

小说中所有的这一切其实都不过是作家本人在相同时期苦苦求索的文学反映。同样作为一个贵族青年，托尔斯泰在童年时所接受的贵族教育和所体验的贵族生活并没有让这个敏感而多思的青年人像俄罗斯无数个衣食无忧醉生梦死的贵族一样麻木地度过自己享乐的人生，反而，作家在体验过这种生活以后感受到了巨大的无味和虚空。于是在千百万人的惯性之中依靠反思和觉醒的精神，托尔斯泰开启了他长达一生的通过创作来为个人为民族为国家寻找出路探求真理的伟大历程。

从三部曲开始，作家偏爱并持续塑造的一个个“探索者”形象就相继呈现在了读者面前，因此形成了一个系列。在《童年》《少年》《青年》之后，作家又写了一部自传性更为明显的中篇小说《一个地主的早晨》。1847年作家由于对大学教育制度的不满而自动退学回到世袭的庄园——著名的波良纳亲理农事，在这段时期里托尔斯泰认真研究了如何进行农事改革以缓解农民和地主的关系，但最终均以失败告终。1856年从高加索退伍后的托尔斯泰再次回到庄园进行了第二次农事改革却仍然没有取得成功。前后两次亲力亲为的改革经历让作家既痛苦又困惑，这些感受和思索都被写进了《一个地主的早晨》。小说中的主人公也是一个青年贵族地主名叫聂赫留朵夫，这是一个觉醒的有进步思想的年轻人，不愿意闭起眼睛享受自己骄奢淫逸的富贵生活，而是看到了身边成千上万农奴们的悲惨处境，并试图帮助他们改变悲惨的命运，决心为这个自己不属于甚至是对立的阶级大众谋求幸福，这让当时的俄罗斯上流社会人士难以置信，而让广大农奴们听起来就更像是天方夜谭。农民们很难不去怀疑千百年来剥削自己的地主真能有这份诚意，他们甚至还觉得这可能隐藏着某些未知的阴谋和危险，起码至少也是沽名钓誉或另有所图。所以不信任是必然的，拒绝也是必然的，那么失败也就是必然的了。这失败不仅让作者看到了自己的幼稚和简单，更重要的是看到了地主和农民之间积怨颇深的严重隔阂。所以在这部作品里，作家勇敢地面对自我，书写了个人的成长故事，勇敢的面向现实，替自己所属的整个贵族群体寻找自我价值，并第一次把着眼点集中放在了农民问题的探索方面，去尝试去行动，去寻求解决阶级矛盾和社会矛盾的妙药良方。这其实也是在俄罗斯农奴制改革前夕那一批具有自由主义思想的贵族青年所共有的精神样貌。

这类形象在接下来的鸿篇巨制《战争与和平》中表现得更为明显和动人。这一次作家虽然把关注的眼光投向了历史，但其中所呈现出的探索者形象和主题却是更加引人入胜发人深省的。引人入胜是因为在这部作品里，作家为我们创造了众多栩栩如生的鲜活人物，尤以安德烈和彼埃尔最为突出。在卫国战争的历史巨浪面前，这些代表俄罗斯贵族中光亮和希望的青年们一直在成长，既为自己探求着关于个人、婚姻、家庭、道德等一系列哲理伦理问题的答案，又在为俄罗斯这个祖国母亲忧虑着许许多多和它紧密相关的政治历史社会等问题，探索着这个古老民族未来的前途、命运、发展和出路。在这里，安德烈和彼埃尔就犹如同一个探索者的不同化身一样，符合了作家对完美理想贵族的全部要求。一个在战场上表现出了足够的英雄主义和爱国情怀，最后马革裹尸。一个在大后方进行农事改革以期解决俄国社会中的最大顽疾和长久弊病。他们充满了民族的荣誉感、知识分子的责任心和人道主义精神。他们是俄罗斯未来的希望，是十二月党人①的前身。

安德烈和彼埃尔并没有终结托尔斯泰笔下的探索者形象，1869年发生的一桩偶然事件对作家意义重大。这就是著名的“阿尔扎马斯的恐怖②”，它不仅导致了作家世界观的激变，使他完全脱离了以前贵族方式的生活，也导致了作品中探索者形象的继续深化。其后名著《安娜·卡列尼娜》里列文的形象就是明证，这个人物像极了托尔斯泰自己。列文也是一个在人生的各个方面都积极探索的贵族地主。无论是政治上和学术上的研究，还是婚姻与家庭方面的思考，尤其是身体力行的去实际进行农事改革，努力去弥合地主和农民之间的巨大鸿沟。同时，列文也和作家一样是一个想要和旧生活决裂的进

① 十二月党人是1825年发动反对农奴制度和沙皇专制制度武装起义的俄国贵族革命家。起义发生在俄历12月，领导这次起义的俄国贵族革命家在俄国历史上被称为十二月党人。

② 1869年，托尔斯泰为了田产的事情去了一次平扎省，中途在阿尔扎马斯过夜。在离开波良纳的第三天夜里，他突然看见了死亡：“我在阿尔扎马斯过夜，突然产生了异乎寻常的念头。夜里两点钟，我苦恼、害怕、恐惧起来，这是我从未有过的感受，出现了许多异乎寻常的思想……上帝从没有叫谁经受过。我坐了起来，吩咐套车。”托尔斯泰“感到一种可怕的东西”在追赶他、纠缠他，他无法摆脱，疑惧万分中他听到了死神的声音在回答他：“是我，我在这……”

步者，他追求生活的平民化，靠自己的劳动过普通农民的生活，对于城市舒适的奢侈和农村地主的懒散都深恶痛绝。自从托尔斯泰和自己所属的贵族阶级决裂之后，他经常不时地亲自从事体力劳动，自己耕地、缝鞋，为农民盖房子，衣着简朴，持斋吃素，甚至把家财散尽来帮助穷苦人。虽然《安娜·卡列尼娜》里列文的农事改革也失败了，甚至于这种失败一度导致主人公内心幻灭差点自杀，但在痛苦的精神探索之后，他终于找到了自己想走的那条道路，找到了自身存在的意义和价值，完成了自我实现。这条路就是“托尔斯泰主义”——“勿以暴力抗恶”，爱一切人，通过“道德的自我完善”摆脱罪恶，使人类达到“最后的幸福”。

而将这条路走得更远的是这一个聂赫留朵夫——托尔斯泰最后一部巨著《复活》中的主人公，如果说忏悔意识是探索者形象中一直具备的一个侧面的话，《复活》则把这一侧面强化而集中的凸显了出来。在这部作品中作家对俄罗斯沙皇的专制统治进行了更为强烈和彻底的批判，同时通过塑造典型的“忏悔的贵族”形象深化了自己的学说。小说中的男女主人公聂赫留朵夫和玛丝洛娃虽然阶级和身份完全不同甚至对立，但其实他们原本都是天赋善良的“精神的人”，是被社会毒害后，变成了“动物的人”。身为农奴的玛丝洛娃是被那个压迫她榨干她的罪恶无比的农奴制毒害的。而贵族青年聂赫留朵夫同样也是被那个生他养他让他享尽荣华富贵却也让他堕落无比的农奴制毒害的。正像这部作品的书名一样，作家是要写两种人的复活，两个阶级的复活，探索的目的正是要找到让他们都能良知觉醒，恢复人性的方法，找到解救自己也解救社会的途径。这答案在作者看来只能是“托尔斯泰主义”。小说的结尾，忏悔的贵族聂赫留朵夫抛弃了自己的阶级地位来进行赎罪和拯救玛丝洛娃，而堕落的妓女接受他的悔过但拒绝与之成婚以避免拖累对方。至此，他们双方都实践了托尔斯泰主义里的核心观念——为他人。这是精神上的复活，是一个人成长，探索，因罪错而死亡后的真正重生。这是成长的最后一站，也是作者的终极理想。

高尔基说：“托尔斯泰的文艺创作的基本主题，是这样的一个问题：如何在混乱的俄罗斯生活中替这个良善的俄罗斯贵族少爷聂赫留朵夫找到一个合适的地位？ 换句话说，托尔斯泰伯爵要在生活中替托尔斯泰伯爵找个地位，因为聂赫留朵夫、列文、伊尔琴耶夫、 奥烈宁——所有这些人物都是作者自己的肖像，所有这些人物都是他精神发展上的几个阶段罢了”。的确，成长和探索是托尔斯泰这些作品里的一根红线，他所写的这些主人公这些贵族青年，真实而饱满，没有粉饰和掩盖，也没有夸大和歪曲。作家身为这些文学人物的真实蓝本，清楚的表现了自己和他们相同的思想成长历程。他和他的人物都在探索中长大成熟，加深了对世界和自我的认识，确定了坚守的人生观和价值观，寻找到了安放灵魂的港口——托尔斯泰主义。

诚然，今天的年轻人可以不完全信仰“托尔斯泰主义”，但今天的年轻人不应该放弃成长和探索的精神，不能不努力寻找自己理想的道路和方向。其实，又何止是年轻人，我们每一个人在脱离母体以后就开始了一条生理和心理上的漫漫成长之路。为了让这成长更有意义和价值，我们每个人都应该在自己此生要完成的清单里加上一个探索者的任务：首先认识自己、他人、社会，以及之间的各种关系，然后寻找到自己的信仰、方向，并坚定的一直走下去，为理想献身，让生命更加丰满和充盈。

成长和探索吧，少年人。

第三节 先站起来而且要一直挺立

文艺复兴是西方历史上乃至人类历史上一个非常伟大而辉煌的时期，时代的辉煌是由于它孕育和诞生了一批伟大而闪光的灵魂，伟大而闪光的人。这些人具有人文主义思想，顶天立地博采众长。恩格斯曾说“文艺复兴是一次人类从来没有经历过的最伟大的进步的变革，是一个需要巨人而且产生了巨人——在思维能力、热情和性格方面、在多才多艺和学识渊博方面的巨人的时代……那时差不多没有一个著名人物不曾做过长途旅行，不会说四五种语言，不在几个专业上放射出光芒。”[①]在这些巨人之中，有一位巨人极其

① 选自《马克思恩格斯选集》（第 3 卷），人民文学出版社， 第 445 页。

重要却又极其特别。他的重要是因为恰逢其会，在这个伟大的时代里，一个自己就是巨人又写了一部名叫《巨人传》讲巨人故事的巨著的巨匠让一个既伟岸又庞大的文学形象矗立起来并数百年屹立不倒。他的特别是因为他制作的这道文学大餐食材从民间来，口味又回到民间去，是百姓们最爱吃的那种——把严肃文学的营养性和通俗文学的美味性恰到好处地结合在一起。就像他自己在小说的《作者前言》中特地提醒读者时说的："要从这些你们以为只能使人快活的文字里，体会出更高深的意义。""我的书都会向你们显出极其高深的神圣哲理和惊人的奥妙。"他就是法国伟大的文艺复兴时期小说家——拉伯雷。

拉伯雷的长篇小说《巨人传》取材于中世纪的民间故事，一本名叫《伟大而高大的巨人高康大的伟大而珍贵的大事记》的有趣的书。拉伯雷读过这部作品之后受到了极大的启发，从而开始撰写他自己的《巨人传》之第一部分《巨人高康大之子，狄波莎德王，十分有名的庞大固埃的可怖而骇人听闻的事迹与勋业记》。无论是原作还是新编，从两个书名的语言色彩里就可知其来自于民间文学的土壤和作家的诙谐幽默。拉伯雷在这个作品中既保持了原有故事风格的基础又装进了文艺复兴时期人文主义的时代新酒，让被黑暗的中世纪神学压抑了一千多年之久的西方人畅饮满杯，喝的如此尽兴而且迷醉。在这狂欢化的盛宴之中，既有桌上的美酒香气扑鼻，又有富含各种维生素的佳肴珍馔，雅俗共赏，滋养精神。也正是在这一桌由拉伯雷主厨的文化大餐旁边，我们看到了从中世纪走出来的在上帝面前曾经显得如此渺小的人类，正在艰难地同时也努力地从匍匐在神祇脚下的状态中站起来，抬起头，仰望天空，他们开始大吃大喝，开始快速发育成长，及至长成庞大且伟岸的巨人，变成了人类该有的全新模样。这就是我们在拉伯雷这部作品中看到的奇异景象，也是拉伯雷自己的渴望与追求，体验和感受。作为一个有能力写出《巨人传》的作家，其实他的成长经历和性格特征也是巨人式的。

拉伯雷的少年时代像许多富家子弟一样，先是被送进修道院学习拉丁文和经院哲学，后来顺理成章的又当上了修道士。但保守的修道院氛围和严格的宗教教规使年轻的拉伯雷无比的压抑，于是他偷偷地自学被教会禁止习读的希腊文并博览群书，在被发现后又毅然决然地选择愤而离开并开始了其后多年的漫游生活。直到36岁时拉伯雷又决定进入大学攻读医学，相继获得了学士硕士博士学位，并当上了医师。据说他还曾不顾教会的禁令，勇敢地解剖了一具被绞死的囚犯的尸体，成为人类历史上第一个解剖人体的医生，并在其医学著作中提出了大脑、神经和肌肉之间是有关联的新见解。另外他不仅精通希腊文、拉丁文、希伯来文等多种文字，还对很多学科颇有研究，包括天文、地理、数学、哲学、神学、音乐、植物、建筑、法律、教育等。据说植物中的雌雄同体现象就是由他首先发现的。这是一个百科全书式全知全能的人物，是一个敢于和传统与保守势力勇敢作战的斗士，是一个在新时代人文主义曙光照耀之下自己先站起来的巨人，然后又用他的作品带领和呼唤所有人一起站起来并要一直挺立的精神领袖。马克思说过封建“专制制度的唯一原则就是轻视人类，使人不成其为人”。拉伯雷的作品正是对中世纪以神学为最高旨归制度的猛烈反抗，但他的反抗又是充满智慧的，不靠口号和传声筒的直接呼喊，也不靠呆板枯燥的坐而论道，而是通过形象化的文学，通过生动的故事，通过《巨人传》里的祖孙三代——巨人高朗古杰、高康大和庞大固埃来实现的。

这部长篇讽刺小说共五卷， 前后耗费作家二十余年的时间才最终完成。主要讲述的是巨人们的冒险经历。在第一部里高康大从母亲耳朵里出生，一生下来就叫：“要喝、要喝。”中世纪的经院哲学教育让他变得呆头呆脑，连话也不会讲。幸亏后来接受了最先进的人文主义才得以全面发展并修建了德廉美修道院。

在这部作品里，作家的所有愤怒和批判都源于中世纪对人性的残酷压制，作家的所有呼唤和情感也都源于文艺复兴对解放人类的热盼和渴求。马克思说人的解放就是实现“人的全面自由的发展”，使人“成为自己的社会的主人，从而也成为自然界的主人，成为自己本身的主人——自由的人”。[①]从这一点上来说，中世纪是反人性的，中世纪用自己的两大支柱：蒙昧主义

① 选自《马克思恩格斯全集》（第3卷），人民文学出版社，第443页。

和禁欲主义把人类死死地压在为神明歌功颂德的咒语之下。所以要想解放人性，使人摆脱物的奴役和心的枷锁从而达到精神上的全面自由，一定要针对中世纪大厦里这两根最承重的支柱，釜底抽薪，挥刀力砍。《巨人传》用看似荒诞滑稽的故事，瞄准的正是这两大支柱。

中世纪是神学和经院哲学叫嚣统治的时代，真正的哲学、智慧、知识和真理是缺席和喑哑的。所以在小说中，作家从故事的开头就以高康大出生时"要喝、要喝"的喊声来代表这个新人渴望新时代滋养的迫切心情。而这滋养只能靠全新的文化教育才能达到。小说中写高康大在最优秀的经院学者的教育下越学越蠢，用了五年工夫才学会字母，花了五十多年时间才把各门功课烂熟于心。为此他的父亲赶走了经院学者请来了新的人文主义教师。这位教师反对经院式的教条背诵，鼓励学生的实践精神并注重体育活动，倡导德智体全面发展。在这种全新教育内容和方法的灌溉之下，高康大突飞猛进，变成了身心健全的真正巨人。好的教育还能带来超强的智慧和丰富的知识。小说中写到庞大固埃通过在巴黎的人文主义学习，理解力和记忆力超出常人数倍，脑子里什么都能装得下，比十二只橄榄油桶装的还多。他能轻易驳倒文艺学院全体教授和学生的观点，令他们无言以对张口结舌。他还能和巴黎所有的神学家、宫廷官员、大臣部长们进行辩论，每天自早晨四点到晚上六点，一连六个星期，口若悬河滔滔不绝，最后将他们一个个击败。庞大固埃因知识的力量而远近闻名，人人都在赞叹他的丰富和渊博。除了知识，巨人还有为国杀敌时的一腔热血和勇气，国王高朗古杰从不穷兵黩武，但当敌人入侵时，他调兵遣将，带领自己的子孙保护臣民，给侵略者以沉重的打击，大败敌军。除了热血，巨人还有为追求知识而渡海远航的执着热忱。庞大固埃的好友巴汝奇害怕结婚后妻子不贞，对该不该结婚犹豫不决，他征求了很多人的意见，包括女巫、聋子、诗人、神学家、医生、立法家、哲学家等，但仍然找不到答案。有人告诉他答案据说是在印度和中国之间某个地方的神壶上。所以，庞大固埃带着巴汝奇和约翰修士一行人等开始了一番寻找"神壶"的奇特经历。而"航海的唯一目的，就是殷切的想看、想学、想了解、想请教神瓶的启示，想就他们中间一个人提出的问题得到神瓶的谕示。"这也是文艺复兴这个新时代上下求索精神的最好喻指。他们到了许多地方，遇到各种奇事。虽然种种预示表明结婚不利，会戴绿帽子，但主人公依然将修道院的钟声听作“结婚，结婚，结婚带来福分”。在这里作家想要表达的观点是无论任何人都有追求爱情和成就婚姻的权利，也应该抛开犹豫彷徨积极主动地去寻找和享受。人们应该忠实于自己内心的声音，勇敢地去体验和承受感情中的欢乐和痛苦，这是每个人都值得去也应该去完成的人生使命。他们最后来到了“灯国”，这里有一座庙宇，里面的喷泉喷洒出来的不是水而是酒。在这个小殿堂里他们终于找到了智慧的源泉——“神壶”。这时，天空中响起了清晰的声音：“喝吧，喝吧！”“根据法国著名文学家法朗士的理解，他认为是：‘请你们到知识的源泉那里……研究人类和宇宙，理解物质世界和精神世界的规律……请你们畅饮真理，畅饮知识，畅饮爱情。’即追求知识和真理，肯定享乐的人生，这是全书精神的总结。”①

《巨人传》的故事里处处包含隐喻和象征。美国当代著名心理学家马斯洛说过：“生理需要在所有需要中占绝对优势。”拉伯雷对“人的解放”这一理想的重视首先是从不应被忽视的人的自然欲求开始的。作品中的巨人们都食量惊人，饕餮好酒。还有很多描写大吃大喝的场面和各种盛宴狂欢的情景。高康大是在食物丰盛的宴席中出生的，庞大固埃在摇篮中时便每顿饭喝下四千六百头奶牛的奶，还是婴儿时每次喝完酒他就能从“烦闷、急躁、生气、难过或者跺脚、啼哭、叫喊的”状态回复到“心平气和、笑逐颜开”。拉伯雷的这些表达都是要肯定人类对生存之需和生活之乐的合理享受，要展现出真正的人就应该是如此这般充满活力的自然存在物。而那个理想化乌托邦式的德廉美修道院正是作家心目中“大写的人”的完美居所。那里没有任何清规戒律和繁文缛节来束缚人的发展，那里没有强加于人的外力来随意干预别人的意志，那里人人平等相处和睦，男女修士都可以公开结婚。那里的院规是“做你想做的”。拉伯雷在这部杰作中以调侃的态度，亵渎了当时社会上一切神圣威严的东西，并用自己的作品告诉人们，人类应该像巨人一

① 吴泽义：《拉伯雷及其〈巨人传〉》，《青海师范大学学报》（哲学社会科学版）1988年第1期。

样，努力去追求全面的知识，精湛的武艺，高尚的品格，人文主义的思想，成为杰出的自我实现的真正巨人。这是文艺复兴时期对人的形象的完美理想和最高要求。拉伯雷让人们从中世纪的跪姿状态中站立起来并屹立不倒，但作家自己却一生命运多舛，不断经受着折磨。单说《巨人传》的创作历程就是明证。这本书从一开始就经历了重重磨难，第一部和第二部被巴黎索邦神学院宣布为禁书进行焚毁，作家在写第三部时才在国王恩准之下第一次署上了自己的真实姓名：医学博士弗朗索瓦·拉伯雷大师。但作品再度遭禁，连出版商都惨遭极刑。拉伯雷虽侥幸逃脱但后来仍被投入监狱，四五两部甚至是在作家去世后被人整理才得以出版。巨人为了弘扬巨人精神倒下去了，可是巨人的精神却再未倒下。

雨果曾说：“天才是拉伯雷，他是高卢人，他既说高卢语也说希腊语，因为阿提卡的风趣和高卢的滑稽在趣味上基本是相同的，仅以建筑为例，与比雷埃夫斯城相似的有拉佩市。阿里斯托芬比他感受到更伟大的事物，但阿里斯托芬已无价值，而拉伯雷却是有益的。拉伯雷捍卫了苏格拉底。在极高天分的序列上，拉伯雷在时间上稍后于但丁，在但丁极严峻的面容之后，竟是拉伯雷嬉笑的面孔。拉伯雷戴着古典喜剧的巨大的青铜面具——离开了希腊剧场前台——显露出人的欲念，从此而后，这充满人情味的、鲜活的面孔，依然是异乎寻常的，来对着我们笑，逗笑我们，和我们一起笑。但丁和拉伯雷都来自科得利尔式的修道院，正如后来的耶稣会士伏尔泰。但丁是哀伤的，拉伯雷是戏谑的，伏尔泰是嘲讽的，仅仅在于教派的差别。”拉伯雷在巴黎逝世，临终时还幽默地大笑着说：“拉幕吧，戏做完了!”笑匠巨人就此离席。

但不要停，请继续笑吧，巨人们。

第四节 “多余人”是最大的问题

俄罗斯文学史上有一类特别著名的人物形象，即“多余人”。我们对这个词汇也许并不感到特别陌生，因为这一形象影响巨大在不同时代不同国家中产生了各种变体，对中国读者来说主要是郁达夫作品中著名的“零余者”形象。但我们也许对这个词又不是特别熟悉，因为能清楚而明确地把这种人的形象和意义表达出来的人并不会很多，尤其是非专业学者。所以在简单粗暴地去定义他们是什么人，或轻易地去褒贬他们怎么样之前，先来考察一下这个词的来龙去脉以及词中所包含的全部内容，由读者自己先勾画出这类人物的基本形象和轮廓，进而再据此分析今天的我们和从前的他们究竟有着何种关系，而昨天的他们对如今的我们又有着怎样重要的意义和价值。

俄国很多作家的作品都和“多余人”这一形象有关，包括普希金《叶甫盖尼·奥涅金》中的奥涅金、莱蒙托夫《当代英雄》中的毕巧林、赫尔岑《谁之罪》中的别里托夫、屠格涅夫《罗亭》中的罗亭以及冈察洛夫《奥勃罗摩夫》中的奥勃罗摩夫等。而“多余人”这个叫法最早出现在19世纪俄国作家屠格涅夫的小说《多余人日记》当中。1851年俄国文学批评家赫尔岑在评论普希金的诗体小说《叶甫盖尼·奥涅金》时使用了这个词语。“奥涅金是一个无所事事的人，因为他从来没有什么事要去忙的，这是一个在他所安身立命的环境中的多余的人。”

要想弄清“多余人”是什么形象，我们可能需要先了解一下和“多余人”同一时代的其他人分别是什么样子，因为形象来源于自我，而评价却必须是在比较之中，这样才有可能公正和客观。在“多余人”生活的时代，俄罗斯的上流社会里还有两类人，一类是醉生梦死日薄西山的贵族专制主义统治者，一类是以“十二月党人”为代表的青年进步贵族军官，而提到“十二月党人”就必须要说起十二月党人起义这一重大历史事件。1821年，俄罗斯一批具有民主主义思想的贵族军官成立了革命组织，谋划推翻现有的沙皇专制主义制度，建立全新的共和国或君主立宪政体。1825年12月14日（俄历），他们趁沙皇亚历山大一世突然死亡之际，先后在彼得堡和乌克兰发动武装起义，但均遭失败。其后共有多达五百余人受审，五位首领被处死，一百多人被流放。这就是历史上著名的“十二月党人”和他们的起义。十二月党人起义是俄国历史上对沙皇专制制度的一次巨大冲击，因为这一次和以往不同，这不是历来的农民阶级造上层的反，而是贵族革命家从王朝内部燃起的巨大爆炸，其震撼力之强可想而知。然而起义最终失败，而沙皇政府的血腥镇压与变本加厉的残酷统治使当时一大批贵族知识分子原本具有的社会变革热情逐渐消退，这成了产生“多余人”的深层历史原因。因为“多余人”之所以多余，正是由于其身处以上两种贵族分子中间，他们一方面接受了西方新思想的熏陶，无法再让自己沉沦于腐败堕落的寄生生活而苟延残喘，但另一方面长期的阶级属性影响又使得他们无力扛起向前奔跑的大旗而勇敢前行，在“思”与“行”这本应被连接在一起的两个动作中间，“多余人”产生了巨大的断裂和鸿沟，他们不敢向左，又不忍靠右，这种尴尬的骑墙状态使他们像无根的野草一样在空中飘荡，被自己也被社会认为可有可无。这种完全来自于主观体验中的多余感是“多余人”这个词的直接来源，也是“多余人”之所以多余的根本原因和真实写照。从奥涅金开始，他们虽然面目不尽相同，但精神实质却无一例外。

普希金被誉为俄罗斯文学之父，俄国诗歌的太阳，如此高的评价和赞誉很大一部分当然要归功于他写的那部长篇诗体小说《叶普盖尼·奥涅金》，也正是在这部作品里，俄罗斯文学史上的第一个“多余人”形象被创造了出来。作品中的主人公奥涅金就是这样一个贵族青年，他对荒唐腐败的上流社会生活早已无比厌倦，有机会来到乡下伯父的庄园后，与贵族青年连斯基结为好友，并认识了邻村地主的女儿达吉亚娜，然而这个时候的奥涅金又做了什么呢，一是拒绝了达吉亚娜真挚的爱情，二是在决斗中杀死了连斯基。而这两件事产生的根本原因无他，正是因为他的多余人性格。奥涅金在乡下尝试过农事改革想要解放农奴，但被贵族生活养成的懒散习气和好逸恶劳使他既无实际工作能力又无强大的精神与意志力，加之其他庄园主大力的非难和反对，他的事业失败了，他试图有所作为的希望也彻底破灭了，这对于原本就是为了摆脱上流社会空虚无聊生活才准备在乡村大干一场的奥涅金来说无疑是沉重的打击，也使得他无比的沮丧和更加的空虚迷茫，在这种精神状态下的奥涅金拒绝了达吉亚娜的感情并冷漠而无动于衷就是再正常不过的了，再加上他谙熟的上流社会中存在着的大量感情里的逢场作戏更导致了他对达吉亚娜产生误判。这种失去了方向与目标之后的烦乱心绪和彷徨无依的沮丧感觉还直接造成了他的玩世不恭与愤世嫉俗，他故意向自己不爱的奥尔伽献殷勤，这终于激怒了作为其未婚夫的连斯基，最终导致了决斗和朋友的死亡。而奥涅金也从此四处漂流，内心痛苦异常。

奥涅金这个人物产生于1823年，是多余人画廊里的第一位，他的新思想仅只限于读过亚当·斯密的《国富论》和卢梭，虽然他和连斯基也讨论过有关历史、政治和科学等问题，并甚至进行过农事改革，但也只是一时的心血来潮而已。这就是俄罗斯19世纪二三十年代的“多余人”的典型特征，从这里开始，所有有意识无意识书写“多余人”形象的俄罗斯作家都在关注的问题就是俄国贵族知识分子的面貌，作用和历史进程，而这一形象在经过了多个俄罗斯作家的传承后确实有很大的变化和发展。比如正是发明了“多余人”这个词语的屠格涅夫同时也为这个形象贡献了数个人物，尤其是其中的罗亭，特点鲜明，令人印象深刻。但长时间以来，在大陆研究界中罗亭都被贴上了一个明显的标签，那就是语言的巨人行动的矮子，很明显这个标签是带有贬义色彩的。屠格涅夫是真的只写了一个符号般的人物吗，其价值又何在？作家于1856年完成的这部作品塑造的其实是19世纪40年代的俄罗斯贵族知识分子典型，这个时代是继十二月党人之后的第二代贵族革命家和进步知识分子涌现和成长的时代，然而也是沙皇统治最为恐怖的年代，此时此地，公开的抗议和斗争几乎没有任何存在的可能，那么出口暂时只有一个，也就是哲学和理论，这造就了思想界开始进入最为活跃的时期，以莫斯科大学为中心的著名“斯坦凯维奇哲学小组”（又称“斯坦凯维奇—别林斯基—巴枯宁”哲学小组）就是明证。而文学上的反映其实就是罗亭，似乎也只有罗亭了，是罗亭填补了当时俄罗斯画廊中贵族进步知识分子的空白，甚至连作家自己都承认在创作罗亭时，“斯坦凯维奇的形象一直在我眼前闪动”“我在罗亭身上相当忠实的表现了巴枯宁的影子。”

罗亭最大的特点就是言语和行为的矛盾，他思想丰富，语言闪光，说出来的道理总是能够吸引住在场的所有人，他充满激情的思考，并经常谈论人的崇高使命，教育的意义，科学和文化的价值，谈论文学、绘画、音乐等艺术之美，和伟大的自我牺牲精神。他赞美人的意志和力量，“我们的生命虽然短暂而且渺小，但是伟大的一切却正由人的手所造成。”他畅想人类的美好未来，把“人民的需要、使命和将来”当作人生的归宿。他还和顽固的怀疑主义者进行勇敢的辩论，有理、有力、有节的把对方驳得体无完肤落荒而逃。他赢得了人们的赞美和女性的热爱，当然也有保守派的嫉恨。从宣传家的意义上来说，罗亭成功了。他的思想和语言点燃了青年一代对理想的热望和期盼。可是作为一个行动者，罗亭失败了。他的理论光彩夺目然而实践性和坚持性又弱的不行，他用他的方法浅尝辄止过很多次，所以最后无一成功。他自己也说“我始终是个半途而废的人，只要碰到第一个阻碍……我就完全粉碎了”。那么他真的是一个彻头彻尾的失败者吗？屠格涅夫的态度其实在作品的结尾已经显露无遗，作家不仅借用小说中一个一直以来对罗亭都十分冷漠的人物列兹涅夫之口道出了他对“多余人”的看法，“说一句有益的话——这也是做了事情”，而且在谈到罗亭时还说：“谁有权利说他无用，说他的话不在青年的心中播下良好的种子？！”甚至包括后来的高尔基也说“假如注意到当时的一切条件——政府的压迫，社会智慧的贫乏，以及农民群众没有认识自己的任务——我们便应该承认，在那个时代，理想家罗亭比之实践家和行动者罗亭是更为有益的人物……不，罗亭并不是可怜虫，他是一个不幸的人，但他却是一个适时地而且做了不少好事的人物。”在当时沙皇尼古拉一世残酷统治的年代，在任何别的行动都不可能进行的条件下，即便是只有言论没有行为，也是勇敢的和具有积极意义的。

截至19世纪40年代，在俄罗斯文学中的“多余人”形象基本上来说都还属于正面人物，也许他们因为社会的黑暗和个人方面的种种弱点无法真正实现自己的理想和抱负而显得多余，但仅仅是他们在理想的追求与幻灭的过程中所表现出来的斗争和反抗精神，及其苦闷彷徨，前进不能，后退不忍的心理状态就足以体现出其自我的价值和对社会的价值了。

然而从五六十年代开始，历史终于迎来了这个形象的尾声，俄罗斯贵族知识分子的前途和命运在最后一个“多余人”这里也找到了答案。这就是冈察洛夫的小说作品《奥勃洛摩夫》。主人公奥勃洛摩夫和他的同道者们虽然一样都是贵族，受过良好的教育，头脑聪明，但是他的优柔寡断和懒惰成性在此时已经发展到了极致，他整天只是躺在床上或沙发里从早晨昏睡到傍晚，以至于没有任何真正的生活，连做梦都没有现实生活的来源所以只能梦见自己在睡觉，并最终在睡梦中死去。这种奥勃洛摩夫性格淋漓尽致的概括了19世纪50年代以后的俄国贵族知识分子最终的精神面貌及其结局，至此这一类人物也注定已经走完了他们的人生旅程，彻底地退出了历史舞台。事实证明贵族阶级即便倾向于进步和革命思想仍然没有能力承担起改造社会的重任，他们长期浸淫的贵族生活环境并由此植入的阶级惰性导致他们甚至连改造自我的任务都无法完成，未来不属于他们，代之而起的必然是新世界的主宰者——其后的无产阶级，俄罗斯文学中的“新人”形象即将登场。

“多余人”的时代虽已落幕，但“多余人”所起到的历史作用和当代价值却仍然值得我们深思。他们是俄罗斯19世纪贵族阶级里的一类特殊分子，由于其自身的教育状况使得他们有智力水平对时代进行思考，所以在这一风起云涌的历史进程中，他们承担起了反思者和引路人的角色，他们在思考“谁之罪”，也在思考“怎么办”，他们试图唤醒睡在俄罗斯这座铁屋中的人们，唤起俄罗斯整个民族的自我意识和独立精神。当今天的我们再阅读到俄罗斯的“多余人”时，不应该只是简单的批判他们没有知行合一，或哀叹其最终的衰亡命运，而是应该思考21世纪的我们如何先做“多余人”，再不做“多余人”，如何承担起知识分子指路的责任，又不流于空泛和虚无，这才是多余人带给我们的最大意义。

不再“多余”的“多余人”。

第五节　臧克家的诗和汪峰的歌，到处都是死魂灵

臧克家的诗《有的人》

有的人活着
他已经死了；
有的人死了
他还活着。

有的人
骑在人民头上："呵，我多伟大!"
有的人
俯下身子给人民当牛马。
有的人
把名字刻入石头，想"不朽"；
有的人
情愿作野草，等着地下的火烧。
有的人
他活着别人就不能活
有的人
他活着为了多数人更好地活。

汪峰的歌《存在》
多少人走着却困在原地
多少人活着却如同死去
多少人爱着却好似分离
多少人笑着却满含泪滴
谁知道我们该去向何处
谁明白生命已变为何物
是否找个借口继续苟活，
或是展翅高飞保持愤怒，
我该如何存在
谁知道我们该梦归何处
谁明白尊严已沦为何物
是否找个理由随波逐流
或是勇敢前行挣脱牢笼
我该如何存在

臧克家的诗《有的人》和汪峰的歌《存在》，加上果戈理的小说《死魂灵》和戏剧《钦差大臣》，放在一起看，能看出什么？能看出无论中国外国，无论以前现在，总是有那些死魂灵，数量不少，甚至越来越多，俯拾即是。他们都是如何死去的，他们也曾活过吗，死去之后他们变成了什么样子，怎样才能不让这些灵魂渐渐死去，读过这些作品，至少能让我们首先发现存在着那么多问题，而且已经存在了很久，也只有意识到这些才不会导致继续麻木，无视，持续死，死很久。

19世纪俄罗斯伟大的批判现实主义作家，自然派的奠基人果戈理为读者奉献出的伟大作品就是借鉴之镜，不仅照射出了那个时代俄罗斯上流社会的丑陋嘴脸，而且还具有更深更广的象征意义，其实写的是每个俄罗斯人或者根本就是每个人。果戈理的小说《死魂灵》写一个投机钻营的骗子乞乞科夫假装成六等文官来到某市，通过利用制度和法律的漏洞去乡下向地主们收买已经死去但尚未注销户口的农奴，准备在新的人口调查开始之前把他们当作活人抵押给政府，骗取大笔押金的故事。他走访了一个又一个地主，经过激烈的讨价还价，买到近400个，当他高高兴兴地凭着早已打通的关系办好了法定的买卖手续后，其罪恶勾当被人揭穿，只好匆忙逃走。

作品的杰出源于创作的严谨与细心，这从作家对书名用词的精挑细选，对人物形象的精确表达中都可见一斑。俄文中的魂灵是个多义词，既有农奴又有鬼魂之意，所以书名的本意符合故事的内容指死去的农奴，但实质上指的却是那些虽然活着但和行尸走肉没有差别的地主官僚资产者们。果戈理的设计是层层深入的，他让玛尼罗夫先出场， 至少这个地主从外在上看起来还不至于令人大跌眼镜。如果接触不多，你会感觉到和其他地主相比， 他的相貌“招人喜欢”， 对人温文尔雅而且慷慨好客，尽管结婚已有八年， 但还能用甜腻动人的语言和行动对妻子表达感情。所以他给人的第一印象是可爱的。但如果接触的时间稍长一点， 就会发现原来他其实是在装腔作势，附庸风雅，此人见识浅薄无知，对重要问题的言论都极其愚蠢使人发笑，他的空虚表现在整天沉溺于不着边际的空想之中，极度的缺乏主见也没有实际生活和理财的本领，是被惰性和幻想吞噬的一坨活尸，这个地主很像俄罗斯文学史上著名的“多余人”形象中负面性格的极端化表现和变种，在他的身上只有“多余人”的多余性，没有“多余人”的进步性，因而更接近于冈察洛夫所写的最后一个多余人奥勃洛摩夫，那是贵族地主阶级行将就木日薄西山的总代表，是濒死或已死的死魂灵。

第二个出场的是女地主科罗蟠契加，她不仅有普通靠剥削农奴劳动为生的地主的劣根性，还尤其增加了女性特质带给她的局限性。她和空虚懒散的玛尼罗夫不同，她终日为农务操劳，但精神世界就如她的名字（科罗蟠契加意为小匣子）一样局促狭小，她盲目闭塞，愚蠢迟钝，冷漠固执，无知浅薄。她过着与世隔绝的生活， 不问世事，只想发财， 力求从一切事物中获得利益。当乞乞科夫向她购买死魂灵时， 她却向乞乞科夫推荐她的蜂蜜， 当乞乞科夫与她商量价格时， 她甚至贪婪到想等别的买主来时， 比一比价钱再作决定。她唯一的乐趣就是把积蓄下来的每一个戈比“一个一个的放进她藏在柜子的抽屉里的那个花麻袋钱包里去”。

第三个出场的是罗士特来夫。他算是个新型地主， 既有着传统地主们会捞钱的本领，又有着很会用钱的特点， 他随心所欲， 吃喝嫖赌，过着挥金如土寻欢作乐的放荡生活， 而且除此别无其他的生活目标。他还热衷于散布谣言，破坏关系，他的厚颜无耻和泼皮无赖流氓加恶棍的特性使他堕落到那些动物一样的层次，比如他特别喜欢养的狗群，果戈理讽刺他说：“罗士特来夫在它们那里， 完全好像在他自己的家族之间。”因为他只懂得到处寻欢作乐和惹是生非。他作为人的灵魂已死，只作为狗的灵魂活着。

果戈理写完了狗一样的魂灵，下一个写的是熊，梭巴开维支， 他的外表和他的为人就像他的名字一样， 是只“熊”。 他不仅有着笨拙的熊一样的体型，而且还有着大型食肉动物的冷酷和凶狠，他没有任何精神需求，对世界上发生的事情一概不理，对一切带有文化和文明头衔的东西都抱持敌视态度。他只有巨大的食欲，他把充实口腹当作他的第一件要事， 他的生活信条和生存目的就是吃，“吃一个饱， 直到心满意足。”他还固执多疑，不能接受新鲜事物，为了攫取财富，他既能残暴蛮横的强取豪夺，又会狡诈精明的钻营算计。当乞乞科夫向他购买死魂灵的时候， 他毫无惊讶之意， 但“分明已经看穿这买主是要去赚一笔大钱的了。所以一开口，就要了一个使乞乞科夫跳起来的价钱”。他善于讨价还价，还能揣摩对方的心理，最终连骗中高手乞乞科夫也不得不甘拜下风。

最后一个是文学史中最为著名的泼留希金，他的形象已经位列世界文学史中四大吝啬鬼形象之一，他的名字已经成为贪婪和悭吝的代名词。他除了过着与其他地主一样的寄生生活外，其余却令人惊讶的毫无共同之处，他的贪婪和吝啬已经达到了可怕和难以置信的程度。他拥有巨额财产，广袤的土地和一千多个农奴。然而他的庄园里道路泥泞，房屋陈旧，他自己衣衫褴褛，活得像个乞丐。对物质财富的极度贪欲使他几近变态。他的房子就像是一座仓库，地窖里堆积着硬得像石头一样的面粉，已经腐烂了的布料和一切废物。他宁可使农奴饿死，也不愿意多给他们一点食物，他自己也只吃个半饱，就是酒里拌了苍蝇也不舍得倒掉。凡是他途经的道路都不用再打扫，因为任何“一片破衣裳，一颗锈钉，一角碎瓦”他都要捡起拿走。收集破烂，积聚财富已变成了他根深蒂固的嗜好。梭巴开维支失去人性但还像动物一样懂得享口福，而泼留希金剩下的只是一副没有灵魂的躯壳，连动物都不是而是个怪物了。

这部小说是一副淋漓尽致的群丑图，而在这副群丑图之前，果戈理其实已经在一部戏剧作品里预演和描画过一次了，只不过那一次涉及的只是官场而已。那部作品就是《钦差大臣》。故事描写12等文官花花公子赫列斯达可夫与人打赌输得精光，却恰巧被外省某市以市长为首的一群奸猾世故的官吏误认为“钦差大臣”从而上演了一幕幕令人捧腹丑剧的故事。作家的创作目的非常明确，作家不仅自己曾说：“我决定在《钦差大臣》中将我当时所知道的俄罗斯的全部丑恶集成一堆……痛快的一并加以嘲笑。”而且还在剧本题词中写上“自己脸丑，莫怨镜子”，另外还安排戏剧表演过程中利用剧中人质问观众，“你们笑什么，你们在笑你们自己。”这样犀利尖锐的批判和讽刺效果确实振聋发聩。演出时的反响当然也可想而知，当台下那些俄罗斯的贵族老爷被剧中各种具有喜感色彩的情节和桥段逗得前仰后合时，突然听到这一句，立时哑然无语，甚至连沙皇尼古拉一世在看了首场演出后都不高兴地说："这个剧本对每个人都够受的，尤其对我。"

果戈理说过"我的主人公一个跟着一个出现， 一个比一个更无耻"，而纳博科夫对此评价时用的词是"庸俗气"。作家用五个地主加上骗子乞乞科夫以及《钦差大臣》中的那些人物代表了俄罗斯形形色色各种死去的魂灵，他们虽然活着但其实已经死了。果戈理擅长描写丑陋，似乎没写过什么正面人物，可是作家的这段话却提醒了我们，他曾说"我很遗憾，谁也没有注意到我的剧本中的正面人物。是的，有一个真正高尚的人，他始终在剧中活动着，这个人物就是笑"。的确，果戈理的作品充满了喜剧效果，但那笑声是讽刺，是挖苦，是以调侃的姿态来嘲弄可悲的现实和来震动沙皇俄国这座专制主义大厦及农奴们的牢房，使"魔鬼的宫殿在笑声中动摇"。但在读者和观众的哈哈大笑之中，我们也看到了作家"含泪的笑"。那含着的泪是作家充盈着的深情，犹如老诗人艾青唱出的那句"为什么我的眼中常含泪水，因为我对这土地爱的深沉。"这泪水是果戈理对俄罗斯大地的同情、关注以及更多的深深忧虑之心。而今天的人们，在普遍以金钱为核心和旨归的当下，又有着多少这样的活着却已经死了的灵魂在各处游荡，该用什么为他们招魂，该用什么作为救赎的方法，是最值得我们思考的事情。读臧克家的诗《有的人》，听汪峰的歌《存在》，看果戈理的小说《死魂灵》和戏剧《钦差大臣》，净化灵魂，呼唤重生。

复活吧，死魂灵们！

第六节　蒙尘之后精致的利己主义者

莎士比亚在他著名的四大悲剧之一《麦克白》中给我们讲了一个私欲如何毁掉好人的故事，这故事极其触目惊心，不仅只是因为结局的惨烈，更是因为作品让观众看到了人性被扭曲之后惨不忍睹的狰狞面目，难以直视。曾经闪耀着文艺复兴光辉的人类美好脸庞在蒙尘之后变成了何等模样，莎士比亚用他一系列著名的悲剧作品给世人做出了淋漓尽致的展示，《麦克白》尤其如此，而且更深入的直指人心和人的灵魂。

麦克白是 11 世纪苏格兰的一位贵族兼大将军，本有着“伟大的灵魂”，在战场上也是舍生忘死叱咤风云的英雄人物。但他在不可遏止的权欲和野心驱使下，加之女巫的蛊惑和妻子的怂恿，终于弑君夺位残忍的谋杀了国王邓肯，自己登上了宝座。然而自从他篡位之日起，就无一刻不感觉到巨大的恐怖和不安，永保王位的欲望使得他残害异己继续一步步从血腥走向更为血腥。直到最后在正义力量的讨伐之下彻底失败殒命而亡。

陆建德先生说过：“简单的扬善惩恶，伟大的作家不屑为之。考察寻常生活中的道德复杂性，这才需要非凡的眼光。”莎士比亚的这部作品重点描画了主人公麦克白如何从一个气势非凡的盖世英雄堕落为一个祸国殃民的残忍暴君的具体过程和他的内心世界，作品着重刻画的不仅是麦克白的性格，更是他复杂的内心变化，通过戏剧中大量的书信心声，内心独白，梦游呓语，幻听幻视，遭遇鬼魂等各种艺术手法写人写心，对主人公内心的状态及其发展变化进行了精准的展现。《麦克白》虽然在四大悲剧中篇幅最短，但写人却最深。而人正是文学研究的最重要母题，作家创作，观众欣赏，批评家解读其实都只为了一件事，即更好的弄清人性的复杂和分裂以及其中的各种色彩，黑的，白的，或灰色的边缘地带。在这方面《麦克白》做得相当出色。

虽然麦克白是一个勇冠三军的大将，在镇压叛乱和抵御外敌的拼杀中战绩显赫，功勋卓著，但莎士比亚用主人公上场后的第一句台词一针见血的隐喻了他的性格。麦克白说：“我从来没有见过这样阴郁而又光明的日子。”这句自相矛盾的台词很好地预示了麦克白在接下来发生的故事里整个的心理状态。谋杀前，女巫的预言点燃了暗藏已久但连他自己都未曾发现的野心。而这小火苗在麦克白夫人的极力挑唆和客观恰巧出现的难得良机下慢慢变成了一股难以遏制的烈焰，这烈焰既光辉夺目又烧灼着主人公的内心，形成了一股巨大的内在焦灼感，就如同麦克白夫人对他的评价一样，“可是我却为你的天性忧虑：它充满了太多的人情的乳臭，使你不敢采取最近的捷径；你希望做一个伟大的人物，你不是没有野心，可是你却缺乏和那种野心相联属的奸恶；你的欲望很大，但又希望只用正当的手段；一方面不愿玩弄机诈，一方面却又要作非分的攫夺；伟大的爵士，你想要的东西正在喊：‘你要到手，就得这样干！’你也不是不肯这样干，而是怕干。”

麦克白明白做人的道理，知道“谁干了不适宜人干的行为，就不是人”。他也相信现世惩罚，确信杀人者最终一定会被杀，所以谋杀时，他的内心充满着复杂的矛盾与纠结，强烈的恐惧和犹豫。而这既由于是非观念道德良知的谴责，也出于个人利害荣损得失的畏惧。而这只是刚刚拉开的麦克白灵魂冰山帷幕的一角，更多的内心戏是在血案发生之后呈现出来的。从第二幕第二场谋杀国王邓肯开始直到剧终，莎士比亚用了整整三幕多戏来淋漓尽致的表现麦克白人性中恶的因素如何达到顶峰和良心彻底泯灭的可怕过程。弑君后的麦克白开始经受着未曾有过的极度痛苦。他所承受的精神折磨已经远远超出了外部正义势力所能加诸他的任何惩罚。幻听使他在寂静中能够忽然感到“一个人在睡梦里大笑”，“还有一个人喊杀人啦”。甚至还似乎听到一个可怕的声音大喊：“不要再睡了！麦克白已经杀死了睡眠。”即便在他骗过了所有人顺利地登上王位以后，仍然难以逃脱内心中的巨大折磨。他和夫人每天“在忧虑中进餐”，“在惊恐的恶梦的谑弄中睡眠”。他们被强大的力量“折磨得没有一刻平静的安息”，而这力量又完全不来自于外界，而是即便有多少权势多少财富也都完全无法控制的，他们开始感觉到了最深重的绝望，认为不如“跟已死的人在一起倒要幸福得多了”。但此时的麦克白并没有所谓的悔悟，这也是莎士比亚在盛年创作悲剧和老年创作传奇剧时的明显不同之处，这里没有理想化的道德自我完善和坏人悔改，只有真实的人性和作家洞悉一切的犀利眼睛，他知道野心如同洪水猛兽，一旦出笼开闸便很难遏制和倒流，而变本加厉反倒更容易得多，不管是为了保护得来不易的王位还是为了消除每天惴惴不安的恐惧。因此，麦克白继续用他染血的双手更狡猾和老到地除去了班柯父子和他认为有必要除去的任何人，从血腥变成嗜血，就这样在比例越来越小的残余良心，越来越膨胀的无尽欲望和难以排遣又持续不断的恐惧之中撕扯沉浮，直到最终断送了自己。

麦克白得到了很多，也失去了最重要的，那就是人生的意义。正如他所说的：“我已经活得够长久了；我的生命已经日渐枯萎，像一片凋谢的黄叶；凡是老年人所应该享有的尊荣、敬爱、服从和一大群的朋友，我是没有希望再得到的了；代替这一切的，只有低声而深刻的诅咒，口头上的恭维和一些违心的假话。”这段孤独无助充满绝望的内心独白是主人公对自己结局的深刻领悟。行路至此，他已发现了人生对于他自己的意义所在，那就是一场虚无。所以他才喊出了那段著名的台词“明天，明天，再一个明天，一天接着一天地蹑步前进，直到最后一秒钟的时间；我们所有的昨天，不过替傻子们照亮了到死亡的土壤中去的路。熄灭了吧，熄灭了吧，短促的烛光!人生不过是一个行走的影子，一个在舞台上指手划脚的拙劣的伶人，登场片刻，就在无声无息中悄然退下；它是一个愚人所讲的故事，充满着喧哗和骚动，却找不到一点意义。”后来，众叛亲离的麦克白在听到自己妻子的死讯时无动于衷，因为在自己的生命结束之前，麦克白在精神上其实已经死了，人生三观和主体信念对他来说都已经彻底崩溃，这也是为什么麦克白的绝望和死亡比莎士比亚其他悲剧里的任何毁灭都更为极致的真正原因。

莎士比亚塑造麦克白不是为了批判他，真正的恶魔早已出卖了灵魂，感受不到良心的谴责；愚人和无知无觉者则无法表述自己的感受，或者根本没有丰富的感受，莎士比亚四大悲剧中所刻画的主人公其实都是具有人文主义理想的正面人物，无论是曾经是，还是最终是，而悲剧的结局只是作家所要表现的对社会的深刻体认和清醒意识，即主人公所代表的先进力量与现实中强大的邪恶势力所进行的顽强斗争和最终失败，不管这邪恶势力是来自于外在的奸佞小人，还是来源于自我人性中内在的致命弱点和缺陷，而驱使这些因素作恶多端的唯二动力无他，权势和金钱而已。这两者其实就是导致人性普遍堕落的最深层根源，莎士比亚的作品揭露它，鞭挞它，用理想主义的执着追求和坚守来顽强的对抗它反击它，热切的呼唤人性的复归。这其实也是我们如今需要继续做的事情，路还很长。

《麦克白》的故事情节主要取自于约 1580 年英国历史学家霍林舍德的《英格兰、苏格兰、爱尔兰编年史》一书。借古喻今历来是莎士比亚的拿手好戏，作家展现了精英分子的“命运抉择”这一母题，深刻揭示了对权势名利的欲望和野心如何戕害和吞噬了人性以及极端个人主义的反人道本质。无论何时何地都引人深思发人深省。毋庸置疑，精英阶层对任何国家民族的社会发展都至关重要，他们拥有最高的才华和智慧，在很大程度上决定了一个国家的命运和前途，但他们对自己的命运和前途如何选择如何信靠，他们的人性牵涉影响的不只是个体的命运，还有整个国家。如果精英们都被欲望和名利所遮蔽蒙尘，变成了丧失信仰为所欲为的精致利己主义者，社会又将呈现何等面容。而当今的麦克白们依然存在，只不过是穿上了五颜六色的衣服戴上了各式各样的帽子而已。甚或有的人还比不过他，麦克白对人生还发出了那段著名的感悟，在迷惑中有质疑，疯癫中有清醒，而新麦克白们连起码的反思精神都普遍缺乏，他们被有问题的父母、社会、文化熏陶而成，又由于生育率的降低往往是家庭中唯一的独生子女，从小被当作众星相拱的太阳月亮，六个仆从围绕其中，被整个家庭集全部人力物力财力精心供养，被满足了所能提出的一切要求，而后赶上的应试教育使书包沉重的负荷畸变成对分数的偏执追求和评价依靠，在这样的大环境里，他们的人生目标就自然而然的变成了烫金的成功二字，而对成功的偏狭定义和过度渴望导致一些人走上的是自私自利甚至利欲熏心的不归之途。而其实他们原本和曾经的麦克白一样杰出和优秀。演变成悲剧的原因只是缺乏了一件东西，那就是真正值得信应该信的信仰。

请回来吧，歧路中的麦克白。

第二章

“第二性”的声音

——从喑哑到响亮

第一节 “女神”——“女人”——“人”

在世界上存在过的和存在着的所有不平等之中，性别间的不平等应该是持续时间最长的，直到今天。女性在各个方面的地位均远不及男性，进步一直是有的，但速度和程度是否能让人满意仍然比较可疑，而且有的变化其实是打着进步的旗号而行退步之实。因此详细地考察一下女性的精神面貌是从何时清晰起来，女性的身躯是怎样一步步站直和挺立，女性的意志又是如何主动的觉醒等这些情况是很有意义的。但如果只靠社会学历史学来进行考证的话，即便清晰明确但一定有所欠缺，因为更多的女性心灵史和文学这种艺术形式息息相关，或者用弗洛伊德的精神分析理论来解释的话，某些潜意识的浮现只能依靠升华后形成的艺术品来探微知著。因此文学作品中的女性形象就变得意义重大了。

有人说古希腊三大悲剧家之一的欧里庇得斯在希腊文学领域里第一个发现了女人。因为西方文学史中第一个女性形象的塑造就是由他来完成的。美狄亚——这个独特的女子出自于他的同名剧作，而故事则取材于古希腊的神话传说。剧中描写伊俄尔卡斯国王的儿子伊阿宋在科尔喀斯国王的女儿美狄亚的帮助下取回了金羊毛，并依靠美狄亚的巫术报了杀父之仇，但几年后却见利忘义喜新厌旧，抛弃了美狄亚，另娶他国公主。最后，在沉重情感打击和即将被驱逐出境的双重压力下，彻底绝望的美狄亚展开了疯狂的复仇，不仅设计烧死了国王和公主，还亲手杀死了自己和伊阿宋的两个孩子，最后乘龙车飞去。

美狄亚因为爱才背叛父亲帮助伊阿宋盗走了金羊毛，因为爱才追随他并杀死了自己的兄弟以阻挡父亲的抓捕，因为爱才利用法术致使敌人惨死替伊阿宋解除了忧患。因为爱才弃绝了故乡家人众叛亲离。而所有这些换来的却是伊阿宋的抛妻绝情和自己即将被驱逐出境的悲惨命运。作为身处异乡的外族女子，她无处容身无家可回。走投无路之际，美狄亚发出了为自己也为全天下所有女人的痛苦悲叹："在一切有理智有灵性的生物当中，我们女人算是最不幸的！"

在这部大悲剧里，由于她的际遇和行为，主人公美狄亚成了一个非常独特的女性形象，也是迄今为止备受争议的女性形象之一。原因就是对美狄亚反抗行为的质疑，从她采用的如此激烈和极端的报复手段上来看的话，也许我们确实会对她的决绝和疯狂感到残忍和恐惧，但这可能只是因为我们抛开了故事的具体情境，没有去探究造成她如此行为的深层原因和象征意义造成的。因此草率地仅凭感觉而为其定性，完全否定其行为发生和发展的必然性的话，是不公正不客观的。美狄亚的悲剧从表面上看可以算是一出家庭悲剧，因为悲剧的主要制造者就是男主人公伊阿宋。从这个角度分析，美狄亚最后选择杀子惩夫作为报复丈夫的方式是必然的。因为在希腊"真正的生育者被认为是父亲，母亲则被认为只是父亲的种子的培养者和保护者。"①儿子是继承人，是父亲生命的延续，也是父权的荣耀、地位和财产的体现。因此美狄亚才选择了通过剥夺孩子的生命以斩断血缘和生命之根来达到报复的极致，让伊阿宋失去子嗣痛彻心扉的。而杀掉伊阿宋甚至都算不上是对他的惩罚，可能还反而使他得到了解脱。

但美狄亚的悲剧又并不仅仅是一出家庭悲剧，它有着更深刻的时代和社会背景，尤其和女性历史地位的变迁息息相关。原始社会母权制时期，女人可以支配男人的命运，男人不但听从女人指挥，而且把妇女当神一般加以敬奉，女性地位崇高。但随着生产力的发展和奴隶制、父权制的产生，女性的地位逐步而持续的向下跌落，头顶天使般的光环也在渐渐黯淡和慢慢消失，从"女神"开始一步步的跌落为"女人"但却不是"人"。《美狄亚》创作的年代，正是古希腊父系社会深入发展，女性地位日益低下的时期，甚至低下到了几乎和奴隶相同的水平。经济上，她们无权拥有或控制任何财产，政治上她们既不能参加公民大会更没有选举权，法律上，她们被认为没有行为能力，梭伦立法时曾规定"凡在女人影响下所为之事皆于法无效"。婚姻

① 〔苏联〕谢·伊·拉茨格：《对欧里庇得斯的〈美狄亚〉进行历史——文学分析的尝试》，《古希腊三大悲剧家研究》，北京，中国社会科学出版社 1986 年版。

上，她们必须恪守妇道，严守贞操，整日被禁锢在家庭之中，只有在他人的陪伴下才能外出。她们的经济权，政治权，甚至人身自由都不同程度地丧失和受到限制，完全“变成丈夫淫欲的奴隶，变成生孩子的简单工具了。”[①]在雅典人的眼中，妻子除生育子女外，不过是一个婢女的头领而已，甚至如果“人类有旁的方法生育，那么，女人就可以不存在。”

从母系社会到父系社会，从女神跌落为女人的过程是漫长而痛苦的，而要去掉前面的那个字，从“女人”升格为“人”的过程则会更加艰辛。因为在已经形成而且相对稳固的文化中，两性的人格价值已经被定见所确认，男性在于取得社会成就，而女性则在于被男性选择，为悦己者容。女人们离开了男人的庇护，一般来说处境都非常艰难。因此，女性追求的最高目标便成了做贤妻与良母，为了名誉和爱情，就要牺牲和奉献自己的一切，所以也就很容易丧失掉自己作为女性的独立人格和主体意志。这样一来女性的悲剧就随时都有可能发生，因为有依靠就有可能靠不住，有“悦己者”就有“不悦己”或“悦他人”的可能。这正是女性悲剧产生的最内在和最根本原因。当伊阿宋另有新欢后，由妇女组成的歌队甚至这样劝慰美狄亚：“即使你丈夫爱上了一个新人，这不过是件很平常的事，你也不必去招惹他。”短短一句话就可见当时男子见异思迁的普遍性和人们对男子见异思迁行为的司空见惯和不以为然。这是丧失主体地位和独立人格后的古希腊妇女的必然命运。从这个意义上来讲，评论家拉茨格的这句话就很能概括欧里庇得斯这部作品的价值，他认为《美狄亚》具有全人类的意义，因为美狄亚的悲剧“是破碎的妇女心灵的悲剧”[②]。

欧里庇得斯的创作是写实主义的，他笔下的人物都是“人现实中本来的样子”所以美狄亚也是，并没有被作者刻意的理想化。而她的自我意识的觉醒也是一个逐渐发展变化的过程，美狄亚在成长。她也曾把全部的希望寄托

---

① 恩格斯：《家庭、私有制和国家的起源》，《马克思恩格斯选集》（第 4 卷），北京，人民出版社 1972 年版。

② 〔苏联〕谢·伊·拉茨格：《对欧里庇得斯的〈美狄亚〉进行历史——文学分析的尝试》，《古希腊三大悲剧家研究》，北京，中国社会科学出版社 1986 年版。

在伊阿宋身上，一心一意的过夫唱妇随的普通生活，她也曾委曲求全的通过悲苦哀告希望获得怜悯以使丈夫能够浪子回头。但现实一次次让她的理想幻灭，屈辱却一层层的如霜雪般覆盖加深，直到美狄亚最终清醒时刻的到来。妇女解放运动中的一个重要问题（如果不是最重要的）就是妇女本身自我意识的主动觉醒，没有自我意识的觉醒，任何启蒙都终将徒劳。

美狄亚的形象具有明显的历史进步意义，她背弃父亲的行为，是女性冲破父权制束缚，争取个性自由和幸福爱情的表现，她报复伊阿宋的行径是妇女自我意识觉醒和反抗意识加强的表征。抗父，惩夫，杀子，从象征的意义上来说，是女性对男权社会的一次次深刻兼完美对抗。作家最后让美狄亚犹如神明般的乘着龙车飞走，也许不是欧里庇得斯情节弱化无控制力的表现，而是作家有意在精神上把身为奴隶一般的女性重新提升为女神的方法，在作家眼中，复仇的美狄亚是值得关注、同情、惊叹、尊重和赞美的。她有着超乎寻常的女性的知识、智慧和反抗的勇气。其实我们也不必去考察作家创作时是否真的具有这层深意，只要我们能从作品中并不牵强附会地感受到这种即便是无意图的意图的存在就足以彰显这部作品的价值了。

《美狄亚》给文学中的妇女解放运动打开了一扇大门，从此之后，一个个鲜活的女性形象在作家尤其是作为后起之秀的众多女性作家笔下缓缓流出，从英国作家简·奥斯丁的小说，到勃朗特三姐妹的《简・爱》和《呼啸山庄》，再到托尔斯泰笔下的《安娜·卡列尼娜》。从对门第观念，父母之命的反抗，到对独立自主人格和两性平权的追求，以及敢爱敢恨充满勇气的独自与舆论和宗教的作战，同道者和后继者仍然在源源不断地涌现出来，在波澜壮阔的女性解放运动的发展历程中，在层出不穷的新女性的美好面孔里，从“女人”到“人”的这条路一定会越走越远，越走越平。

不是女神也不是女人，而是“人”。

第二节　离开的理由和归来的声音

在世界文学史中的众多女性人物画廊里，有一个不美又矮小的女性形象却大放异彩闪烁耀人，她就是独特的简·爱，19世纪英国女作家夏洛蒂·勃朗特同名小说中的主人公。她像一尊静默的雕像，为古往今来的所有女人们完美地诠释了作为一个独立女性所应具备的精神世界和全部美好品格。

创作之初，出版商希望夏洛蒂提供的是一部利用情节来吸引眼球从而能够畅销盈利的通俗小说，但杰出的作者最后捧出的却是一部以性格取胜堪称文学版的女性《圣经》。在这部作品里一个独立的有尊严的勇于追求真爱的女性形象感召和映照着每一个人，尤其是今天的我们。故事以英国维多利亚初期的社会为背景，讲述了一位平凡的孤女通过外在的努力和内心的强大最后自我实现的感人故事。主人公从小就失去了双亲，在舅母家过了十年寄人篱下备受歧视和虐待的生活，后来她被送进了寄宿学校。严苛的教规，生活的艰苦和既冷酷又伪善的校长以及挚爱朋友的离世让简在这里继续承受着精神和肉体上的各种折磨。毕业后，简去了桑菲尔德庄园做家庭教师，并和庄园的男主人罗切斯特产生感情接受了他的求婚。但在婚礼现场，教堂里突然有人指证罗切斯特先生15年前已经结婚。他的妻子原来就是那个被关在三楼密室里的疯女人。为了自己做人的尊严，简毅然决然的拒绝成为罗切斯特的情妇，离开了自己的爱人，只身去寻找完全未知的新生活。在旅途中她风餐露宿，历尽磨难，后被牧师圣·约翰收留，又意外地收获了一笔不菲的遗产，但她最终还是拒绝了牧师的求婚，当内心中听到罗切斯特的声声呼唤时，她再一次回到了桑菲尔德庄园，而这里已经变成了废墟，疯女人放火后坠楼身亡，罗切斯特也受伤致残。但简·爱仍然坚持和他成婚，得到了自己追求的幸福生活。

这部经典作品带有女作家本人的自传色彩，也许正是因为这种感同身受和相似的意志品质，让夏洛蒂为世界文学史呈现出了一个具有如此饱满灵魂的女性人物，甚至对任何时代的女性读者来说都具有巨大的榜样力量。因为在简·爱身上我们能发现很多与传统女性形象完全不同的珍贵品质，甚至有一些还极具男性特征，比如其始终如一的和命运顽强抗争的不屈不挠精神。简·爱从小就是孤儿，父母早亡幼年失怙对于一个小女孩来说意味着连最基本的生存和安全需求都严重缺乏，加之舅母和表弟的一次次欺侮，在无数次的忍让之后她也对压迫者进行了坚决的反抗和回击，哪怕每次的反击带来的都是更残酷的惩罚。在寄宿学校，她遇到了成为她挚爱好友的知己海伦。海伦信奉容忍哲学，面对任何人的欺压和凌辱，总是步步退让逆来顺受。但简却对她说："当我们无缘无故挨打时，我们应该狠狠地回击；我肯定我们应该回击——狠狠地回击，教训教训打我们的那个人，让他永远不敢再这样打人！"在这里她的斗争精神和反抗意志表现得非常清楚，简正是这样一个外表柔弱，内心坚强的女性。生活的磨砺和考验造就了她坚毅执着自强不息的独特个性。从舅母家到寄宿学校，再到桑菲尔德庄园，她从未因生活的困境和命运的捉弄而丧失过信心，而是一直以强大的精神去面对接踵而至的各种艰难与险阻，挫折与不幸。

在简·爱所追求的所有事物中，她始终把尊严放在首位。她坚信一个女人必须要有独立的人格和自立自强的品质，只有活出自己的尊严，并敢于维护住这份尊严，才能赢得别人的尊重。与庄园主人罗切斯特的第一次会面，她并不像一般人那样，因为自己出身和职业的卑微而表现出低人一等的奴颜媚骨，而是在居高临下冷漠傲慢的雇主面前沉着冷静，没有流露出丝毫的胆怯和自卑。即便自己衣着寒酸，但在那些浓妆艳抹的小姐太太面前她也表现得不卑不亢落落大方。在她看来，人与人都是相同的，是私欲和偏见把人分成三六九等，制造了各种不平。正是靠自己具备的这些不凡品质，简赢得了罗切斯特先生的尊重，欣赏和爱情。

小说中最动人的还是女主人公那段经典台词，那既是振聋发聩的爱情观的宣言，也是女主人公离开与放弃的理由和回归与坚守的原因。罗切斯特通过假装要娶英格拉姆小姐为妻来试探简的真实想法，当简决定离开桑菲尔德，却又面对罗切斯特要求她留下的命令时，她是这样回答的："你以为，因为我穷、低微、不美、矮小，我就没有灵魂没有心吗？你想错了！——我的灵魂跟你的一样，我的心也跟你的完全一样！要是上帝赐予我一点美和一点财富，我就要让你感到难以离开我，就像我现在难以离开你一样。我现在跟你说话，并不是通过习俗、惯例，甚至不是通过凡人的肉体——而是我的精神在同你的精神说话；就像两个都经过了坟墓，我们站在上帝的脚跟前，是平等的——因为我们是平等的！”[1]简的这段话语既是热烈而深沉的爱情告白，显示出她的真诚与勇气，又是关于爱情和婚姻真谛的平等宣言，她不能容忍罗切斯特高高在上以救世主的态度挽留自己。她追求和渴望爱情，但她决不想要施舍的爱，也决不会因对爱的渴求而放弃尊严委曲求全。简对罗切斯特的爱足够坚定、执着和纯真，完全不是因为罗切斯特的身份、地位、财富和外貌，而是因为他能与之进行心有灵犀的交流，两人互为知己，精神契合，心灵相通。简相信爱情的基础必须以平等为前提，再加上彼此的真心相爱，才能得到真正的幸福。婚姻应该是心与心之间的自由结合，而不是商业契约与合同，不是物物交换和买卖。所以当具有大男子主义气息的罗切斯特凭借自己的地位、财力和阅历上的优势，企图操纵和支配简，不把她当作一个平等的个体时，她是不能接受的。就像罗切斯特为她挥金如土购置金银珠宝绫罗绸缎，暗示要用金链子拴住她时，敏感而自尊的简突然觉得自己就像一个被苏丹王宠幸的奴隶一样，而不是一个“人”，这种烦恼和堕落的感觉使她坐立不安。她不同意罗切斯特称自己为“天使”，也讨厌自己被他“打扮成一个玩偶”。简的这些反应充分表明了她作为一个独立女性的自觉意识。尤其是当阁楼上的疯女人被大白于天下的时候，她勇敢而艰难的做出了自己的选择，不要偷偷摸摸充当情妇没有尊严地度过余生，而是哪怕万般不舍也要毅然决然的离开。她的选择是痛苦的但也是理智的。她对罗切斯特说：“我要遵从上帝颁发世人认可的法律，我要坚守住我在清醒时而不是像现在这样疯狂时所接受的原则；我要牢牢守住这个立场。”[2]简把平等，独立，尊严看得高于一切，即便在丰裕物质条件的诱惑下，她依然会坚持做人的原则和遵从自己的内心。在简身上，我们不仅看到的是一个女人不幸的命运和遭遇，也看到了她的顽强抗争和永不屈服，更看到了她的理性，自尊和独立人格。而这些即便是在如今的时代里，也不是每一位女性都能做到的。

在离开桑菲尔德之后，过着颠沛流离生活的简遇到了年轻牧师圣·约翰，但她最终拒绝了圣·约翰婚姻外衣下寻找事业助手的非爱情求婚。因为这种殉

① 〔英〕夏洛蒂·勃朗特：《简·爱》，祝庆英译，上海译文出版社1990年版第234页。

② 同上，第297页。

道的爱是没有人性的爱，况且她的心从未远离过桑菲尔德庄园，从未远离过罗切斯特先生。当简听到那冥冥中来自罗切斯特的心灵呼唤时，她对罗切斯特从未熄灭的爱火又重新被点燃，她意识到自己还是深爱着他，她决定最后一次去探望心底的爱人，重回桑菲尔德。当她看到大火后的一片废墟，看到失去了眼睛和健全躯体变得穷困的罗切斯特时，坐拥遗产且富有和独立的自由女性——简却执意留在了他的身边，成了他合法的妻子，收获了她始终想要得到的幸福。

这就是简。

第三节　愿爱玛为我们受的苦没有白费

法国19世纪有一位特别的小说家，他成就斐然，却作品稀少，他属于现实主义流派，却又打开了自然主义的大门，他对待自己的创作极其严格，教授学生也同样严苛，他精雕细琢，勠力勤勉，终身与文字为伴一生未婚，甚至还因为写作而长年彻夜不熄灯火，被船夫们称为“塞纳河畔的灯塔”，他就是男性作家福楼拜，他也是女主人公包法利夫人。因为他自己曾说过“包法利夫人就是我”。

福楼拜的小说《包法利夫人》讲述了一个普通女子的普通故事，但同时也揭开了故事后面深具普遍意义的真实人生及其悲惨结局的原因。故事发生在法国城市鲁昂附近的一个村镇上。农民之女爱玛嫁给了平庸的乡村医生包法利，其后又受到地主罗道尔夫的引诱和欺骗，之后是和书记生赖昂鬼混再次被弃，爱玛在偷情的生活中恣意挥霍甚至借贷为生，最后无法偿还债务走投无路吞砒霜自尽。这个众多人生悲剧中的普通一例乍看上去好像并没有哪里会特别引起读者的新奇，甚至如果再简单粗暴点的话，也许有人会把这个作品概括为一个女人堕落的故事。福楼拜确实写了一个女人的堕落，但他又不仅仅只写她的堕落，更重要的是他写出了她为什么堕落，是什么让她堕落。

爱玛是如何走上这条不归路的，她虽然自己吞下了砒霜，但她其实并不是自己杀死了自己，她是被谋杀的，都有谁又是什么力量参与了对她的犯罪，作家福楼拜从故事的开始处就慢慢地一个一个的给读者指了出来。第一个凶手其实是她的父亲，为了附庸风雅，爱玛被送进了修道院去接受所谓的上等教育，这使她不可避免地受到了教会中不良风气的影响，变得开始喜欢幻想，并不切实际的拼命向往上流社会的糜烂生活，然而，现实不能给予她想要的，她只是一个出身农民家庭也注定一直会过农民日子的普通农民之女，比如她嫁给包法利。第二个凶手是她的丈夫，这个生活的浑浑噩噩的乡村医生，平庸无能，医术不高却虚荣心很强，到头来手术失败害人害己，生意萧条意志消沉，他甚至把自己不幸的遭遇和妻子的奸情统统归结于命运使然，终其一生都窝窝囊囊逆来顺受。正是被身边平庸的包法利不断刺激加之无法控制的内心欲望，第三个凶手——老到而无耻的罗道尔夫才能乘虚而入，致使爱玛失足，还有第四个赖昂，以及最后一个勒乐，彻底堕落了的爱玛从此走上了一条通向毁灭的不归之途，至此，社会与环境的合谋假以一双双黑手终于成功的杀死了爱玛。

福楼拜写这部作品的目的就是为此，他要批评的不是一个满脑子爱情幻想少女心爆棚的已婚妇女，而是社会。作家对自己笔下的包法利夫人充满了怜悯和同情，他曾说：“此时此刻，我可怜的包法利夫人正在法国的二十个村庄里，一同在受苦，在哭泣。”是啊，如果一个国家的每个城镇每个乡村都有无数的包法利夫人，那么这一定说明并不是个体的人偶然犯了什么错误有了什么问题，一定是这个寓居于人的生存环境出了毛病。福楼拜批判当时法国上流社会盛行的享乐主义生活，批判法国在拿破仑之后英雄人物一去不复返的平庸惨景，更批判包法利主义——这种在世俗卑污的现实与美好理想的渴望中充满矛盾冲突和撕扯完毕而留下的后遗症，以及在这肮脏现实中一张张比爱玛更加难看的丑脸，比如虚伪狡诈的药剂师，利欲熏心的商人，无耻下流的地主，迟钝愚蠢的教士，空虚无聊的军官……福楼拜给自己的小说起了个副标题叫《外省风俗》，这真是一张淋漓尽致的百丑图，而图中给我们描画的就是这金玉其外败絮其中的外省面貌。福楼拜用爱玛临死前的那一刻象征性的表现了这一点，弥留之际，爱玛听见了那个瞎眼乞丐的歌声，她“相信自己看见乞丐的丑脸，站在永恒的黑暗里面吓唬她”，这张可怕的丑脸正是现实中那些置爱玛于死地的所有丑陋嘴脸的总和，是平庸而卑污的外省和巴黎以及整个社会的总和。

然而，在福楼拜所要批判的各种势力之中，令作者更加殚精竭虑的却是他最熟悉的那个东西。爱玛的悲剧固然和其自身的弱点与社会的逼仄息息相关，但起因可以说确实是教育中那尤为重要且特殊的一环——文学。那些消极的浪漫主义小说，超凡脱俗的传奇人物、荡气回肠的瑰丽爱情，以及充满神秘色彩的异国情调等，这一切都使爱玛疯狂和着迷，使她想要远离此时此地婚后的无聊生活，去寻求那梦幻般的场景，享受那旖旎般的胜境，然而，她太盲目了，她不知道那书中的描写并非“生活”本身，甚至几乎都是假的。可是福楼拜知道，而且知道的无比清楚，他之所以如此熟稔和深谙此道，正是因为自己也曾和爱玛一样是个幻想家，是作家，读过也写过。他曾写道：“我一直走进我的思想，我把它面面翻转到，我走向它的内部，我回来，我又开始，渐渐这成为想象的跑道：一种超乎现实的神异的奋越，我给自己编出种种的奇遇，我给自己排出种种的故事，我给自己盖起种种的宫廷，我住在里面也就和一位皇帝一样，我挖掘所有的金刚石矿，于是一桶一桶，我把它们抛撒在我要走过的路上。”正是对这东西的清晰了解和把握，使他想用爱玛的悲剧来说明幻想的弊端。福楼拜曾说：“这本小说，含有一种明显的教训，如果母亲不允许她的女儿读，我想丈夫拿给他们的夫人读，总该不坏吧。”福楼拜希望他的《包法利夫人》能向世人敲响警钟，使那些类似爱玛的女性(至少是妻子)以她为鉴。19世纪的法国女性需要这面借鉴之镜，21世纪的我们其实也需要，甚至更需要。我们从《包法利夫人》这部作品中汲取到和联想到的甚至应该比福楼拜贡献出来的还更多，这也是这部作品能够经典长存的重要理由和我们进行当代阅读的重要任务。那么我们需要做什么呢?

每当我们谈起包法利夫人的时候，我们应该首先想想每个人自己，想想我们生活的时代文化和它的流行品，因为流行代表着这些东西多到铺天盖地，且具有巨大的淹没和裹挟力量，并很难被拒绝。正是这些力量在潜移默化的浸润着我们，影响着我们，改造着我们，使人们的面孔在不知不觉中发生了变化，它们也许是三观不正的世俗轻浮小说，也许是有害无益的速食主义肥皂剧，也许是任何令我们充满不切实际幻想，分不清理想和现实之间差别与距离的迷魂汤和忘川水，它们在消耗着所有人的精力，愚弄着所有人的头脑，尤其是年轻人的。除了自省，我们别无他法。福楼拜读小说写小说，但他能跳出小说的园囿，反观文学，反思浪漫和幻想，而两百多年后的我们更应该具有这种敏锐和犀利的眼光，时刻警醒自己不要变成包法利夫人，被身处其中的任何力量迷惑了思想，混淆了是非。而除了作品所具有的这点教诲意义和防微杜渐功能之外，《包法利夫人》能够引起我们进一步思索的还有关于人生的两难本质和真实处境，虽然真相总是不会让人太舒服，但真正的勇者不害怕面对任何事实。这道理就是最完美至极的幻象可以存在但只能存在于书中，而现实中的不美好则可以作为辩证法中具有积极意义的异己力量永恒并置以体现价值，我们要思考和研究的是如何去认识它，利用它，而不是被它压垮，也不是向它妥协。

愿爱玛为我们受的苦没有白费。

第四节　易卜生新发现的一个老问题

1879年易卜生完成了他的代表作《玩偶之家》，这个剧本自同年被丹麦的哥本哈根皇家剧院首演以来，以其巨大的容量和超越时代的价值成为世界戏剧舞台中上演不衰的经典之作，直到今天。另外，这部上演次数最多，最受观众喜爱，影响最大的戏剧对中国戏剧史的意义尤其重大。从“五四”时期开始，中国人对易卜生剧作的翻译、表演乃至模仿的热情，都显示着易卜生给中国戏剧和中国人的思想所带来的巨大变化。

如此重要的一部作品，写的是女性也为女性而写，当然更成为女性文学研究史里极其重要甚至具有开创意义的一节，可是易卜生自己却表达过这样的观点：“我不应当接受自觉促进妇女运动的荣誉。我甚至还没有完全弄清它的实质。妇女们为之奋斗的那个事业在我看来是全人类的事业。谁认真读我的书，谁就会明白这一点。当然，最好能顺便解决妇女问题，但我的整个构思不在这里。我的任务是描写人们。”[①]易卜生的这段话看似是在否定作品和妇女运动的直接联系，而实际上他是从一个更广阔的视野来表示他认为这是一个属于两性的而不仅仅属于妇女的重要话题。所以他用了人们这个词，妇女们的那个事业是全人类的事业，因为如果没有男性的参与，没有对男性问题的同步探索，没有把两性作为一个整体来进行研究的话，所谓的妇女运动是没有意义也不会成功的。而《玩偶之家》的最大价值则在于易卜生替所有人发现了这个一直以来被掩盖着的却对两性来说都极其重要但又极难发现的新问题，就是剧名中的那个词——玩偶。

《玩偶之家》的故事表面看起来非常普通，简单地说其实就是一场家庭矛盾和夫妻争吵。海尔茂，娜拉和三个孩子组成了一个小康生活的中产阶级之家，戏剧在第一幕开场的时候地点是室内，钢琴、摇椅、地毯、炉中跳动的火苗，墙上的几幅版画，储物架上的瓷器和小物件，书架上许多精美的书籍……屋子布置的雅致而又温暖。时间是冬天，男主人海尔茂刚被任命为银行经理，女主人娜拉正为家里置办圣诞树和各种节日用品，她哼着小调兴高采烈地登场，一切似乎都是如此的美好，然而美好下面却又好像能嗅出一点隐藏着的不安，戏剧的核心就是矛盾与冲突，表面上的欢乐与祥和往往暗潮汹涌着作品要揭开的秘密。这秘密是什么呢，其实从作家最初把这部戏命名为《现代悲剧》这一点上就能看出些许端倪。随着剧情的发展，矛盾与冲突开始渐渐浮现在观众的眼前，易卜生道出了这出现代悲剧的真相，真相有时总是令人畏惧的。

戏剧通过人物之间的对话介绍了故事的前情。六年以前，娜拉为拯救重病的丈夫，不惜伪造父亲的签字以便能够向丈夫的下属那个银行职员柯洛克斯泰借钱，此事被柯洛克斯泰发现之后，变成了后来他要挟娜拉帮他阻止海尔茂解雇自己的筹码。然而娜拉的阻止没有成功，当海尔茂看到第一封足以让他身败名裂的信件的时候，他从震惊，到咆哮，再到痛斥娜拉是个骗子，伪君子，没有道德的小人，一个坏母亲，等等，而当看到第二封解除危险的

① 选自易卜生于一八九八年五月二十六日在挪威保卫妇女权益协会的庆祝会上的讲话。见王忠祥主编：《易卜生文集》（第八卷），潘家洵译，北京，人民文学出版社 1995 年版，第 234 页。

信件时，海尔茂马上变得喜笑颜开，如释重负，大喊“我得救了”，一切各种温柔的称呼，语言和行为都瞬间恢复原状。生活似乎只是和娜拉开了个小玩笑，停滞了一小会就一切如常了，甚至看起来会更好，但也就在此时，在这停滞了的一小会中间，娜拉突然间好像大梦初醒明白了什么，而这也就是易卜生为所有女性也包括男性新发现的那个老问题——真正的婚姻应该是什么。

觉醒后的娜拉坚定地说，为自己也为所有女性，“首先我是一个人”。是的，在是一个女人之前，所有的女性都首先是一个“人”。从“女人”到“人”，让男人们在看待女性的时候去掉前面的这个修饰语并非是一件容易的事。而作品中的娜拉最后终于做到了，娜拉形象的真实正因为她的性格自始至终在变化和发展，出场时的娜拉和谢幕时的娜拉有着天壤之别。

娜拉是个独特的女人，她虽然已是三个孩子的母亲，但仍具有少女般的天真、漂亮、活泼与热情，娜拉经历过苦难，品尝过艰辛，但生活的艰难困苦并没有使她屈服，为偿还债务她省吃俭用，节衣缩食，还在外弄些纺织绣花之类的活计和抄写的工作干到深夜。家中的一切大小事物都由她负责，这时的娜拉觉得“自己像一个男人”，一个同男人一样具有顽强意志的人，而六年前的救夫情节就是她坚信这个论断的明证。在这件事上她有思想（办法是她想的），有勇气（字是她签的），有担当（债务是她一点点偿还的）。她每天都像快活的小鸟一样始终精神饱满的给孩子和丈夫带来欢声笑语，也认为自己虽然辛苦但生活美满感情幸福。可是八年后的今天娜拉突然发现她其实想错了，这只是美好的假象和幻觉而已，就如同梦中一般，只不过这个梦做得比较长，当她醒来之际，她看清楚的不仅仅是海尔茂这些年的真实嘴脸，更看清楚了自己的本来面貌，一个傀儡般愚蠢又快活的洋娃娃，一只可爱的美丽“玩偶”，却不是一个“人”。因为人应该是有理想的，玩偶却不需要。所以“娜拉不能够以林丹太太的方式去体验爱情与婚姻，林丹太太的爱情与婚姻没有一点奇迹，充满美满理性、习惯、献身精神和简单责任。林丹太太的‘内心’生活中已被剥夺的东西，在娜拉心里却是理想地和丰富地存在着。”[①]也正是因为这理想，所以此时的娜拉才第一次提出了要与海尔茂“正正经经地谈话”。谈她对男性和社会的认识，当海尔茂搬出婚姻、家庭、道德、责任、宗教、法律等一系列观念来试图辖制住娜拉时，娜拉用“是社会正确，还是我正确。”这一句话就给予了这些压迫女性的一重重枷锁以全面的否定和批判，并随着最后留下的那沉闷而坚决的关门声——“砰”，使自己变成了一个真正的独立的“人”。全世界都被这声音震撼了，当人们因为这一声巨响而开始思考时，幕却落了下来。易卜生是一个善于提出问题的伟大作家，他说“我的工作是提出问题，我对这些问题没有答案”。所以《玩偶之家》中没有指出娜拉走后的情况。鲁迅对这个问题进行过思考，他在《娜拉走后怎样》中说：“但从事理上推想起来，娜拉或者也实在只有两条路：不是堕落，就是回来。……否则，就得问：‘她除了觉醒的心以外，还带了什么去？倘只有一条像诸君一样的紫红的绒绳的围巾，那可是无论宽到二尺或三尺，也完全是不中用。她还必须更富有，提包里有准备，直白地说，就是要有钱。’”[②]我们确实无法证明娜拉是否一定能通过出走寻找到幸福，但如果说她一定会堕落或回来又未免太过悲观，就凭娜拉在剧中表现出的意志力和勇气，也至少在一半的可能性上决定了她离家出走之后，能够依靠自身的力量去作为一个真正的人而生活，哪怕“外面有鹰，有猫以及别的什么东西之类”。正如挪威评论家艾尔瑟赫斯特指出：“是什么点燃了娜拉心中的喜悦，这就是对于总有一天会到来的奇迹的梦想，这个梦……是赋予娜拉力量的毅力的秘密的源泉，使她能快快活活地勇于忍受辛苦和忧虑——唱啊、跳啊，让她内心的幸福反照一切。”

时间虽然已经过去了一百多年，但易卜生发现的“玩偶”问题在人类的两性关系中并没有解决得很好，同样的问题还在不断地出现，甚至在今天的社会生态中变得更加尖锐而复杂。在这样的语境下，我们再重新讨论《玩偶之家》中的婚姻家庭问题，夫妻间独立和依赖问题，信任和欺骗问题，都很有意义。只要两性之间还有矛盾冲突，《玩偶之家》就不会过时，就值得我

---

① 普列汉诺夫：《亨利克·易卜生》，《外国文学评论选》，长沙，湖南人民出版社 1982 年版。

② 鲁迅：《娜拉走后怎样》，《坟》，北京，人民文学出版社 1972 年版，第 128—130 页。

们继续去思考和深挖。而如果想要更好的解决这些问题，女性自身的独立与觉醒是必不可少的先决条件，生为女人，要想摆脱第二性的从属地位，首先要有经济上独立的能力，这是当年鲁迅最揪心的地方，然而随着时代的发展，女性就业问题得到了较大进步以后，我们应该特别关注的是精神独立这个更重要的问题。女性应该意识到自己首先是一个人，然后才是一个女人，应该意识到长久以来社会所强加给女人的各种规范要求不过是权力控制之下的文化建构和偏见而已，应该意识到女性需要主动地去摆脱有意识或无意识的“玩偶”身份而追求作为一个“人”所应该享有的一切平等权利，同时也更应该意识到在追求男女平权这条道路上一定会遇到挫折和困难，付出代价和艰辛，唯有如此，才能沿着易卜生给我们指出的这个至关重要的老问题一直坚定地走下去，直到“奇迹”来临的那一天。这才是《玩偶之家》的最大意义。

感谢易卜生和他的社会问题剧，致敬。

第五节 重要的，是先醒来

评论家凡·沃·布鲁克斯说“南方19世纪的小说中，有一本是值得牢记的，这本完美的小册子要比许多多产作家的整个作品都要重要。”艾米丽·托斯认为这部小说是形式的女性主义批评，而其中的主人公则是十九世纪女性批评主义的化身。这些极高的赞美确实是实至名归，因为作品极其出色，作家也极其勇敢，它就是美国女作家凯特·肖邦于1899年出版的长篇小说《觉醒》。

小说讲述了这样一个故事，19世纪末，女主人公埃德娜·庞德烈正和丈夫孩子在避暑胜地度假，在这里她结识了一个年青人罗伯特，从青少年时候开始罗伯特都会在每年夏天选择一个不同的女性作为密友，小说发生的这个夏天他选择了埃德娜。随着时间的推移，两人单纯的关系开始有了微妙的变化，罗伯特的关心在埃德娜心中激起了压抑已久的性欲。埃德娜变得比任何时候都有活力了，她开始意识到自己的独立和性需求。在此之后，罗伯特意识到这段感情的不可能，突然离去。失去罗伯特的埃德娜失魂落魄，度假结束回到新奥尔良后，她开始沉浸在绘画中，抛弃了所有该负的社会责任，她在这种反叛的过程中，感到日益的快乐。直到最后彻底放弃了过去的生活方式，搬进了一所小房子里居住，并且宣称自己是独立的。在这期间，埃德娜与一个叫阿尔塞·阿罗宾的人有染，但在两人的关系中，却丝毫没有爱的成分。后来难忘旧情的罗伯特再次回归，并第一次向埃德娜坦言对她的爱，这让埃德娜重燃爱火。但此时已经独立的她向罗伯特解释自己不属于任何人，她可以和罗伯特在一起，而不需要丈夫的同意。罗伯特再次离去。埃德娜发现就连志同道合的罗伯特也无法理解她，丈夫更不能，她只是孩子的囚徒。最后她选择在大海温柔的拥抱中得到解脱，永远地逃离了孤独。

由于这部小说将19世纪在作品中绝对不可能出现的女性性意识写了进去，可以说，绝对是属于惊世骇俗之举，完全踏足了禁地。因此在《觉醒》发表之后的很多年里作品的命运一直不济，不仅备受排山倒海的舆论谴责，有的图书馆甚至把它列为禁书，作者本人也因此被剥夺了圣路易斯艺术俱乐部的会员资格，五年之后在冷遇中悄然离世。但就创作的艺术水准而言，本书从一开始就被认为是上乘之作。因为就连很不喜欢书的内容的文学评论家也说“这本书的确是伤心，的确是疯狂，的确是坏，但是的确是，全是顶峰的艺术。”直到20世纪 60年代末西方兴起了广泛的妇女解放运动，这才令尘封了半个多世纪之久的《觉醒》重见天日，并被人们理解和重视，而作者本人也被认为是一位具有超越时代性的优秀女作家，甚至走在了与她同时代的许多男作家前头。评论家们认为作家的思想比同时代人至少超前了十年。

小说被作者命名为《觉醒》，足见作家对女性自我意识的复苏这一话题的聚焦力度。小说大胆而又直率地从深层次探索了已婚女性的内心世界。女主人公的人生经历以及每一阶段的主体选择成了作品的主要内容并凸显了作品的核心精神。波伏娃说：“一个人之为女人，与其说是‘天生’的，不如说是‘形成’的。”[①]这个“形成”清楚的阐述出社会对女性的塑造、改变、压迫甚至扭曲，社会鼓励女性放弃自我和独立的人格去心甘情愿的充当丈夫

① 〔法〕西蒙·德·波伏娃：《第二性》，晓宜、张亚莉译，中国国际广播出版社 1988 年版，第 23 页。

的财产和性对象，而不是让她们成为同男性一样拥有自我的人。《觉醒》就是这样一部反映了作者生活的那个时代已婚女性在面对现实世界所加诸给她们的重重压迫时，其精神和内心逐渐强大和觉醒起来的真实过程，也同时展现了女性的自我实现与社会对女性的期望之间的冲突，并表达出作者对这种限制女性实现自我价值和追求精神满足的文化传统的批判。

埃德娜的原生家庭是父权制的典型代表，作为女儿的她必须处处遵循父亲的指挥和命令，并承受着宗教信仰的严苛控制。所以听父亲给她朗读和解释《圣经》这一细节就暗示出一个女性在父权制和宗教信仰的双重压迫下所过的禁锢生活，但主人公从小开始就没有停止过对这些压迫合理性的质疑，觉醒的种子是从儿时种下的。

成年后，在爱的渴望需要被满足时，她嫁给了年长她 12岁，出身名门的列昂·庞德烈，并做了两个孩子的母亲。而这段爱情或婚姻却是出于青春年少的错误幻想或纯属偶然。当时以为能够志趣相投的判断被婚后令人失望的生活彻底否定了，列昂是个商人，头脑精明，处事果断，但心胸狭窄，平庸势利。他把埃德娜视为私有财产，一点儿也不能理解她陪伴她。而婚姻在此时则完全成了束缚她的枷锁，无法给她带来任何幸福的感觉，她发现自己是不自由的，受制于丈夫和孩子。她不愿再死守着这个由错误而造成的婚姻牢笼，希望自己能像个男人一样去追求理想、爱情和自由。所以后来埃德娜毅然决然地主动选择离开，搬进了一所小房子里居住，一个人独立地生活。在一个属于自己的新环境里，可以按照自己的意愿做自己想做的事，而不用考虑别人会怎样看待她的行为，她可以去结交自己喜欢的朋友，去爱自己想爱的人。尤其是在埃德娜对罗伯特产生感情的过程中，她“逐渐认识到她作为一个人的存在在宇宙中的位置，以及她作为一个个体与周围世界人的关系。”在这间小小的鸽子房里，“她有一种感觉——她的社会地位降低了，而她的精神地位却上升了”。她觉得终于摆脱了丈夫对她的控制，扭转了男性社会中自己的依附地位，搬出金丝鸟笼的勇敢行为是埃德娜的首次伟大觉醒。

小说中埃德娜的觉醒更表现在关于性意识的全新认知和自我掌控上。在

19世纪的美国社会，性是最为忌讳的话题之一，人们对其均是采取回避的态度。而作家在这种情况下仍然敢于触及禁区，既令人敬佩不已，又从另一个角度上表明了作家认为性意识的觉醒对于女性的全面觉醒具有多么重要而深远的意义，所以才甘愿冒着如此巨大的被诟病的危险去勇敢地挑战世俗。在那个认为正派女人是没有性要求和不应该体会性快乐的时代的宣传与舆论教化下，埃德娜在结婚的几年中，从没有与她丈夫体会到性的快感，但人的自然本能和冲动是不会被任何力量所压抑而减弱或消失的，在埃德娜学会游泳的那刻起，她突然感受到自身意志的巨大力量，而且是各种感觉的骚动，无论是生理上的还是心理上的。尤其是在思念罗伯特或与罗伯特待在一起的时候，这时欲望战胜了她任何的道德观念。埃德娜对性意识的觉醒使她重新渴望真正的爱情,她觉得自己有权利去爱她所喜欢的人，她不应该再是丈夫的财产，而是属于自己的。 她对罗伯特说: “我不是庞德烈先生随意放置的一件所有物。我把自己献给我所选择的人。”因此，从那次独立游泳开始，艾德娜逐渐有了自己的主张，她一反往常逆来顺受的生活态度，先是拒绝丈夫的要求，进而拒绝和丈夫同床，通过对性的掌控，不断的实践女性的权利，使女性在一定程度上越来越拥有独立的自我。而女性对自我身体和性爱活动的控制权本身就是女性争取平等权利和精神觉醒中极其重要的一环。

在作品中，作家除了重点刻画女主人公之外，还有另外两位女性形象的塑造对于烘托和映照埃德娜的人物性格和强化作品的觉醒主题起到了至关重要的作用。她们一个是娇美、温顺、忠贞、富有牺牲精神的贤妻良母拉提诺夫人，她集中体现了传统社会要求女性所应具备的全部美德。她崇拜丈夫，宠爱孩子，是“家庭天使”的代表。但也是被婚姻磨蚀得丧失了自我，却仍然以此为乐的盲目女人。从拉提诺夫人的身上，艾德娜看到了自己和所有这一类循规蹈矩女性的不幸与可悲并进而促发了自己的觉醒意识。另一个女性形象瑞兹小姐则完全不同，她是一位长相平平，离群索居的钢琴家，从未结过婚，只专注于自己的艺术事业。虽然她崇尚自我，具有传统女性不具备的叛逆精神，能够主宰自己的生活，但她表面自由其实内心孤独，过着毫无激情的日子。不过瑞兹小姐在埃德娜的精神觉醒上确实起到了很大的作用，她鼓励埃德娜“艺术家必须要有勇敢的灵魂”。每次艾德娜听到《孤独》那首乐曲时，她就感到自己是只困在笼中的小鸟。如果要挣脱传统和偏见的牢笼自由飞翔，那么这只鸟儿，就像瑞兹小姐说的“需要有一双强壮的翅膀”。因为“看着小鸟伤痕累累，筋疲力尽掉到地上是件很悲惨的事”[①]翅膀不够强壮就需要付出惨痛的代价，这是瑞兹小姐对埃德娜追求自我的最好提醒。

女性主义的代表人物弗吉尼亚·伍尔夫在《自己的一间屋》中指出女性的真正独立必须是在满足了两个条件之后，即有自己的一间屋和经济上的自立。[②]而产生于1899年的《觉醒》早在伍尔夫之前，就已经探讨了这两个因素的必要性。埃德娜自我意识觉醒后的第一个举动是拿起画笔，这既体现的是自己的创造力又是在靠作画卖画尝试经济独立。而埃德娜那个“脱下结婚戒指，丢到地毯上，看到它就躺在那里，不仅狠狠用鞋跟踩了几下，想踩碎它”的精彩桥段则淋漓尽致地表现出主人公清楚地认识到婚姻和丈夫的财富对她是一种巨大的束缚，而女性在争取自由的道路上一定要先取得经济的独立。埃德娜扔掉的不仅仅只是一个婚戒而已，她还从雍容华贵的豪宅搬到了简朴的“鸽楼”居住，并且弃绝了以前的一切生活，获得了梦寐以求的全面自由。

埃德娜说：“我会放弃无关紧要的东西，我会为了孩子们舍弃金钱，舍弃我的生命，但是，我不会为了他们舍弃自我。”[③]作者通过埃德娜的故事展示出女人应该拥有追求自己生活和自由的权利，即使是已经结婚的女人。也就是说，女性的生活范围不应该只限于家庭，她们应该有自己的梦想，自己的事业来支撑自己的精神，坚持做真实的自己。然而读者在小说中也能看到这几个女主人公实际上都生活的并不幸福，甚至有的还以悲剧告终，这样的情节安排使我们能够切肤地感受到作家对小说中以及现实世界中的各类女性人物实际上都充满着深深的遗憾，忧虑和同情之感。无论是已经觉醒的埃德娜还是尚未觉醒的拉提诺夫人抑或是特立独行的瑞兹小姐，即便直到21世纪

---

① 凯特·肖班：《觉醒》，杨瑛美译，辽宁教育出版社 1997 年版，第 104 页。

② Virginia Woolf, *V. A Room of One 's Own*,London: *Penguin Books*,1993,P4.

③ 同①，第 59 页。

的今天，女性寻找幸福实现自我的道路仍然相当艰苦和漫长，女作家清醒地认识到了这一点并在作品中用文学性的笔法将这种忧虑呈现出来以期能够引起社会的共鸣和时代的关注，为女性的自我解放道路寻找正确的方向和有效的办法，当然19世纪的读者还不能体会作家的这份良苦用心，但后人已经能够理解了。

肖邦在一百年前就敢言人之不敢言，用一部超越了时代的觉醒型著作《觉醒》呈现了世纪之交女性觉醒的心路历程，这部作品不仅在当时听起来振聋发聩，对今天仍然处在未觉醒时期和前觉醒时期的每一位女性同胞也同样具有极其重要的价值。

重要的，是觉醒。

第六节　也许只是愿望但仍然美好

包法利夫人的故事让我们对浪漫理想等一系列词语心有余悸，可是这并不应该成为让我们因噎废食而拒斥美好的充足理由，相反，经典文学的唯一使命就应该是也必须是惩恶扬善，对真善美的永恒追求和对假恶丑的持久批判，而这也永远是我们衡量优秀作品的首要标志之一。在人类各种美好感情的王冠之上有一颗最为璀璨的珍珠，那就是恒久的爱情，无法百分之百确定在现实中是否真的存在过或存在着这种纯粹到极致且没有一点杂质的情感，但至少它活在两部作品里，像乌托邦的理想一样一直支持和鼓舞着人们去寻找，去靠近，去相信，也许这才是这类作品的最高价值。它们是由女性作家完成的《呼啸山庄》和由男性作家创作的《霍乱时期的爱情》。

19世纪英国最神秘和形而上的女性小说家非艾米莉勃朗特莫属，这个出身于勃朗特三姐妹名头之下的女作家，在当时及其以后的很长一段时间里其实都处在一个比较尴尬的位置，因为她的这部唯一的小说《呼啸山庄》既不能像姐姐夏洛蒂的《简·爱》一样备受追捧和赞扬，也不像妹妹安妮的作品那样过于无声无息平凡普通，评论界和学术界注意到了这部作品，可似乎又没人能够说得清，它里面究竟蕴含了何种富矿，一个生活在19世纪终生未婚甚至没谈过多少恋爱的女作家用这部爱情力作想要表达什么，而作品又真正的表达出了什么，以及读者读到了什么……这一连串的问号更增加了这座幽暗狂暴山庄的独特魅力和令人探求的欲望，探求在这个神秘的山中庄园里曾经发生过怎样神奇和动人的故事。

故事发生在英国北方约克郡蛮荒的自然环境里，是一部关于恩萧家族和林惇家族两代人的编年史。偏僻阴森的呼啸山庄最初由恩萧先生和他的妻子孩子们居住，山下的画眉田庄里则住着林惇夫妇和他们的子女。可自从恩萧先生从利物浦捡回来一个黑头发黑眼睛的弃儿希刺克厉夫之后，一切就都变得不同了。这个弃儿几乎备受所有人的歧视和侮辱，尤其是恩萧先生之子辛德雷，而和他站在同一阵线的，唯有凯瑟琳——恩萧先生的女儿，只除了恩萧先生的女儿凯瑟琳，然而虽然希刺克厉夫和凯瑟琳相依为命产生了真挚的爱情，但后者又不能完全弃绝上流社会的物质诱惑和门第观念，最终还是嫁给了画眉田庄的继承人。从此惨剧便开始了。希刺克厉夫愤而离家出走，三年后变为富绅回来进行了旷日持久的一系列报复活动，而凯瑟琳处于丈夫，情人和哥哥等几种不可调和的矛盾与纠结之中，最终在产下女儿小凯瑟琳后痛苦死去，而与凯瑟琳的死别，失去此生唯一挚爱和幸福希望后的希刺克厉夫报复的程度更是无以复加，甚至从第一代波及第二代，然而就在他的报复最终全面成功之时，在他获得了两个庄园的全部财富与权力却生活得越来越痛苦之时，他突然从小凯瑟琳和被他长年虐待的辛德雷之子哈里顿相互依恋的生活中看到了过去自己和凯瑟琳的影子，良心受到了谴责，最后终于死去，而下一代们也开始了新的生活。

《呼啸山庄》说出来的东西很多，这里面有深刻的社会批判，批判阶级压迫，批判金钱关系，批判门第观念，批判种族歧视，批判冷酷复仇等，然而艾米莉最想说的其实并不是这些，而是那人生中带有本质性的最根本问题，这问题不受时代和环境的影响普遍存在又深奥无比，只有具备哲学家气质和勇气的人才愿意费尽心力去思考和碰触。但艾米莉做到了，因为她首先是个诗人，她留下了大量具有哲理思辨性的诗歌作品，她在诗与思之间一直来回逡巡，最后用一部不长的小说给读者讲述了爱的本质和她对爱的理解。

她有着极其惊人的想象力，她对婚恋方面经验的缺乏反而可能更好的促使她可以自由驰骋不被影响的去描述那纯净到极致的美的极值。艾米莉是独特的，因而《呼啸山庄》才能独特。作家用一个比喻让书中女主人公凯瑟琳形象化的表达出了自己和爱人之间难以用抽象语言来表达的情感，她说：“在这个世界上，我的最大的悲痛就是希刺克厉夫的悲痛，而且我从一开始就注意并且感受到了，在我的生活中，他是我思想的中心。如果别的一切都毁灭了，而他还留下来，我就能继续活下去，如果别的一切都留下来，而他给消灭了，这个世界对于我将成为一个极陌生的地方。我就不像是它的一部分。我对林敦的爱像是树林中的叶子，我完全晓得，在冬天改变树木的时候，时光便会改变叶子。我对希刺克厉夫的爱恰似下面的恒久不变的岩石，虽然看起来它给你的愉快并不多，可是这点愉快却是必需的。耐莉，我就是希刺克厉夫！他永远永远地在我心里……”正是因为这样，这段也许在人世间真的不可能存在的惊世骇俗之情才能直抵爱的本质深处，以至于能够使凯瑟琳死后仍然不肯离去，变成鬼魂也一直要在约克郡的旷野里和呼啸山庄附近久久徘徊，等待着心上人希刺克厉夫，也能够使希刺克厉夫可以在任何一个暴风雪之夜中内心只要听到凯瑟琳的呼唤之声就可以冲出门去掘开坟墓只为再看一眼情人的面容。为了和她相会，他最终绝食而死。

这部小说囊括了中世纪哥特式的浪漫主义幽灵，19世纪现实主义的批判内容，和20世纪现代主义的叙事手法。一本小书，一颗精致的猫眼宝石，一种爱的极限和无穷。能够和这部作品相提并论的也许只有20世纪哥伦比亚小说家马尔克斯的经典文学巨著《霍乱时期的爱情》了。在这部小说里，作家写尽了人世间几乎所有爱情的可能性：忠贞的、隐秘的、粗暴的、羞怯的、柏拉图式的、放荡的、转瞬即逝的、生死相依的……再现了时光的无情流逝，被誉为爱情的百科全书。但小说讲述的却是一段人类有史以来最伟大的爱情故事，吟诵的是一首专注且长达半个多世纪的爱情史诗，又一个此生等待唯一的心灵之爱。在这些爱情故事里，我们不应该仅仅读出它们几近乌托邦式的浪漫和幻想，也不必追根溯源的去求证其真实存在的可能性，存在与否其实一点也不重要。因为即便有些东西确实不存在，但并非没有价值，相反，那些美好的也许无法实现的理想和愿望都能够化作我们前进的动力，目标和方向，即使我们永远也无法抵达，但我们可以无限靠近它，靠得越近，美好就会越多，这才是“追求”这个词的真正内涵。

美好的东西，是可以不存在的。

第三章

社会顽疾与人生处境

——个体的选择与坚持

第一节　我们是奥德修斯还是尤利西斯?

本章的名字可能会令读者感到陌生和拗口，但奥德修斯和尤利西斯指涉的内容及其这两个外语词汇内在的关联对现代人却意义重大。

奥德修斯是古希腊伟大的《荷马史诗》中的一个重要人物。荷马史诗包括两部作品：《伊利亚特》和《奥德赛》。相传为盲诗人荷马所作，但其实在史诗那漫长而复杂的形成过程中，荷马应该只是最后的润色者和加工者。《伊利亚特》讲述了希腊人和特洛伊人十年战争的故事，而《奥德赛》则是写战争结束之后，希腊英雄奥德修斯又一个耗时十年的返家历程。《尤利西斯》是20世纪爱尔兰意识流小说家乔伊斯的代表作品，这部作品与荷马史诗中的《奥德赛》有着千丝万缕的联系，仅仅从作家给小说的命名上就能略见一斑。罗马神话是希腊神话的精确翻版，唯有神明的称呼都被语言所拉丁化，而尤利西斯正是奥德修斯的罗马叫法。可是这部20世纪现代文学中的经典之作并不是对古典史诗的模仿和重复，而是蕴含着乔伊斯非常隐晦的创作目的，他借用了公元前古希腊神话传说中的灵感，想说的却是身处20世纪的人类对世界和生活的深刻感受。而到今天，又过了一百多年后的我们依然感同身受。

荷马史诗又被称为英雄史诗，产生荷马史诗的时代又被称为英雄时代。这部古希腊文学经典中的经典，其提供给后人的不仅仅是动人的情节，丰满的人物，更重要的是作品中展现出来的作为远古时期人类的精神面貌和意志品质，让我们看到了在那蛮荒时期的蛮荒之地，人作为生物界的最特殊物种是如何把自己的一撇一捺写的刚毅和笔直的，看到了人应该是什么样子。奥德修斯是特洛伊战争中的大英雄，他不仅聪明智慧，谋划出决定乾坤的屠城木马，更了不起的是在还乡的十年旅途中，他的执着精神和坚定品格。荷马从主人公十年艰辛即将结束的最后几十天开始讲起，倒叙的手法吸引着我们去了解这位英雄十年之久的回家渴望。从他在席间听见乡音后潸然泪下娓娓道来的故事中，我们知道了在这漫长旅程里，他是如何与伙伴们机智巧妙地战胜了独眼巨人，如何逃过了能把人变成各种动物的喀尔刻怪物，如何克服了女妖塞壬那迷人的歌声，还有卡律布狄斯和斯库拉的恐怖旋涡，还有许给他长生不老如神般生活的卡吕普索。可是，在如此多的艰难险阻和唾手可得的安逸诱惑面前，奥德修斯仍然没有停止他归家的脚步，这不仅仅只是因为家中那守候了二十年的忠贞的佩涅洛佩和自己的财富权力，他的坚持更是因为那内心深处不断响起的来自家乡的召唤，那只能用心才能听得到的关于理想的声音，这声音成了唯一能屏蔽其他噪响从而能一直指引他回家的那束明亮的光。

《奥德赛》题目的原意是奥德修斯的战争，其实这真是一场不同于特洛伊大战的特殊战役，没有战火硝烟却更加难于取胜。这场战争的对手不是人而是大自然，甚至也并不完全是波谲云诡变幻莫测的大自然，因为比强大的自然之力更难于战胜的其实还是奥德修斯自己，也是我们每个人自己。战胜自己，战胜自己的软弱与怀疑，战胜自己的惰性和迷茫，依靠内心中的信念，不放弃自己的理想。这才是英雄时代的英雄主义，奥德修斯式的伟大英雄。

这也正是乔伊斯选中这部作品的地方，他戏仿了奥德修斯，为的是让我们看到千百年后镜中的自己。

《尤利西斯》讲述的是20世纪几个极其普通的现代人的极其普通的生活。布鲁姆是千千万万个平凡现代人中的一员，他是爱尔兰人，但出生在匈牙利而且是犹太裔，他既有普通人一般都有的忠厚善良和恻隐之心，但同时也有普通人一般都有的猥琐不堪和庸俗无能。他靠为一家报社招揽广告过日子，生活的辛苦拮据压抑无比。他的婚姻和夫妻生活早已名存实亡，每天都会痛苦的想象妻子与情人间的画面却又毫无办法无可奈何。面对暴力袭击，他不敢挺身而出只会逃之夭夭，面对奚落和侮辱，他不敢奋起反抗只能忍气吞声。乔伊斯要写的是当代的奥德修斯—布鲁姆，但这个奥德修斯的言谈举止行为思想以及人生观价值观和几千年前的那位真正的英雄却有着天渊之别。作家讲述的是我们每个现代人的故事，他说出了他看到的，感受到的，甚至是亲身体验到的一切，包括他自己，从年轻到年老，从男人到女人。布鲁姆代表着充满中年危机和碌碌无为的庸人大众，他不仅自己也同时令人感到虚弱无力痛苦彷徨，我们会充满同情地看待这个故事，但同情的可能并不仅仅是主人公，还有我们自己。因为这确实真真切切的反映了现代人的生活状态和精神面貌，浑浑噩噩痛苦不堪，没有了目标和理想，失去了勇气和韧性。悲观的说，现代西方文明不仅无法孕育新的英雄，也许它本身就是扼杀英雄的最根本原因。生活在慢性谋杀他们，他们自己也麻木地参与其中不自觉地成为了共谋者。

《尤利西斯》中还有个年轻人叫斯蒂芬，这个人物形象是包括作者在内的整个现代社会里年轻人的真实写照，普遍而典型。读《尤利西斯》很容易让我们想起几乎在同一时期伟大诗人艾略特创作的那首著名长诗《荒原》，相似的主题，差异只在于诗歌和小说这两种不同的体裁和表达方式。伟大的作家都有其相似之处，乔伊斯和艾略特几乎同一时间敏锐的觉察到了现代人的生存状态。在《尤利西斯》中我们看到的并不是奥德修斯身边那个勇敢助阵为父杀敌的彪悍青年，而是一个彷徨无顾充满精神危机的世纪孤儿。这其实象征着现代西方文明巨幕笼罩下的一代漂泊的灵魂，在尼采杀死上帝之后，在“狭隘的无神论”和为所欲为的交相辉映当中，航船失去了方向，海上的灯塔也衰朽腐坏一片漆黑。尽管艾略特在《荒原》这部长诗中给出了他的答案——施舍，同情，克制，但这答案的可行性与操作难度仍然晦暗不明，谜题依然存在。斯蒂芬和忒勒马科斯唯一相同的地方也只剩下寻父的情节而已。一个是寻找亲生的血缘上的父亲，一个是寻找心灵上的智者和导师。忒勒马科斯最终找到了父亲，是英雄和英雄后代的大团圆。而中年丧子的布鲁姆则早已虚弱到无暇自顾，更别说有能力去拯救他的义子了。

《尤利西斯》中还有一个女性人物叫莫莉，如果说中年人布鲁姆和青年人斯蒂芬代表了现代西方文明社会中的所有男性的话，那么莫莉给我们呈现出来的就是现代女性的面目和妆容。她早熟，少女时代就没有什么性禁忌，结婚后仍然背叛丈夫，和不止一个男人持续不断地偷情，只是为了满足自己的肉欲。她是个小有名气的歌手，但整天只想着寻欢作乐。女性的堕落其实才是整个时代都在堕落的最明显表征。因为女性是母亲，是生命的源头，所以忒勒马科斯能够在父亲缺席的二十年里成长为一个年轻的英雄，而莫莉和布鲁姆的亲生儿子在父母双全的情况下也必然会未及成年就注定夭折。也许乔伊斯的这个叙述未见得有深远的象征，但冥冥中却也暗合了作家对西方现代文明和人类未来的悲观情绪，这种悲观甚至都远远超越了托马斯·曼的《布登勃洛克一家》。这位德国作家给这个显赫家族的第四代继承人小汉诺安排了一个即将走向坟墓的命运，这个现代西方文明的幼子除了音乐这种艺术之外几乎丧失了一切的能力，并且还长年的体弱多病疾患缠身。无论是现实主义的托马斯·曼还是现代主义的乔伊斯，他们都在20世纪初的时候就已经看到了现在时的堕落，预见了将来时的衰亡。

《尤利西斯》刻写的是现代人的本真形象，是我们灵魂深处中那个最隐蔽的小殿堂。斯蒂芬说："你不认为我们的灵魂里有着含混不清的东西吗？……我们的灵魂被我们的罪孽所玷污，越发依附我们，正像女人拥抱情人一样，越抱越紧。"我们虽都渴望真诚善良也尽力真诚善良，但在西方现代文明的夹缝之中和重压之下，宿命般的被扭曲变形成了连我们自己都不喜欢甚至深恶痛绝的样子，然而更可悲的是，我们对此心知肚明了然于胸但却又真的软弱无力难以改变。那些绳索从四面八方袭来，如破茧前的蚕蛹把我们牢牢困住，有没有勇气和能力挣脱，就算挣脱了，蛹的外面如果还包裹着更大的蛹，那么在刺破之前可能就早已窒息，更遑论涅槃或化蝶了。所以结果只能是或麻木而缺氧的喘息，或懦弱而悲惨地死去。我们早已无法企及古代史诗中的英雄气概和崇高品格，我们甚至连普通人最低的底线能够有尊严地活着都难以办到，我们自觉不自觉的自愿不自愿的在朝某个危险的未知方向滑去，那里也许就是新的索多玛和俄摩拉①。

乔伊斯用《尤利西斯》嘲弄了现代人，可仅仅发现作者的反讽和作者的焦虑是不够的。经典文学的当代阅读不仅要读出《尤利西斯》和《奥德修斯》的对应关系，更要去思考乔伊斯在20世纪初发现的问题到如今是否仍然

① 《圣经》中记载的罪恶之城。

存在，甚至是否更严重了，丧失了英雄主义情怀的现代人是否还在一步步堕落下去。也许问题无法很快被解决，但至少能够意识到并时刻保持警醒，那么在行进于现代化这条道路上时，总比盲目乐观的高歌猛进要理性的多。古希腊文化是西方文化的源头和荣耀，也是人类理性智慧的成果和结晶，日神精神虽和酒神精神互相倚靠，但其作为两千年来世界发展的主流也是不争的事实。这两千年，西方文明从原始人的茹毛饮血到今天的火箭飞船，科技大踏步地前进，而人类的精神面貌却似乎并没有成比例的进化，我们反而从奥德修斯蜕变成了布鲁姆。这是时代的问题还是人类自己的问题，是完全的无能为力还是我们根本没有想去认真地做点什么。如何重返心灵家园，归家的路奥德修斯寻找了十年。现代人也许要寻找更久。

也许我们什么都不是了，空心人。

第二节　我们都是于连但并不都是盖茨比

鲁迅先生说："悲剧将人生的有价值的东西毁灭给人看。"在19世纪的法国和20世纪的美国，有两个年轻人被毁灭了，我们在叹息之余不仅仅是因为同情他们的悲惨命运，更是因为我们从他们身上看到了自己和每个人，这种反观具有重要的意义，因为它能让我们发现几百年前人们的困惑痛苦与今天的几乎别无二致，只不过换了时空，而不变的仍然是那永恒的人生处境。

第一个年轻人是于连，19世纪法国著名作家司汤达小说《红与黑》中的主人公，这部作品是批判现实主义文学诞生的标志，深刻而有力地揭露了当时法国社会的很多问题，但这部作品的意义要远远大于社会批判，它更多的是在写每一个年青人，无论他们生活在哪个世纪。

小说的故事概括起来其实很简单，写了一个出身于平民阶级的年轻人于连·索雷尔，在当时的社会中追求自我实现努力向上爬的故事。主人公的人生历程可以分为三个阶段：1.在市长家，为了对抗出身和阶级的自卑感并满足自尊心，于连靠自己的聪明才智不仅征服了城里所有的人，而且征服了市长夫人的心灵和肉体，获得了他人生中的第一次巨大成就。2.在神学院，内心并不信仰上帝的于连却熟练背诵《圣经》和《教皇传》这两部他自己也觉得毫无用处的书籍，只是为了赢得神父的欢心，替自己的前途铺路搭桥。3.在侯爵府邸，他极力讨好贵族，为自己寻找靠山，正当他即将与侯爵小姐结婚取得贵族头衔时，市长夫人所写的揭发信彻底摧毁了于连得到的一切。他在盛怒之下开枪报复了市长夫人，最后被判处绞刑。

故事的主要情节如此，但人物的性格并不单一，司汤达在写于连不择手段向上爬的过程中更为突出地去描绘了主人公复杂的内心与灵魂，让我们看到在这个年轻人不遗余力地想要出人头地的同时，他那内心中的矛盾与冲突，痛苦与挣扎，看到那深潭中荡起的涟漪，波澜及至巨浪，看到这些涌动的水花甚至大到足以把主人公吞噬并确实在最后把他吞噬了。于连并不是一个单纯趋炎附势利欲熏心的小人，他的人性在他成长的整个过程中都并未完全泯灭，他也会为自己的行为自责和愧疚，他也在不停地纠结、反省和思索。但他也会在巨大的现实利益面前一次次败下阵来，投入“自私的沙漠”。他的内心逐渐成了一个混乱的战场，交织着高尚与卑鄙，自信与惭愧、正直与虚伪、热血与野心、反抗与妥协……但在死亡即将来临的时候，于连终于认清了社会也认清了自己，入狱后，他发现了自己曾经犯下的罪过和错误，并拒绝了侯爵小姐，市长夫人以及其他人的营救和帮助，也拒绝了上诉和向贵族阶级控制的法庭求饶，反而慷慨陈词地指出这些冠冕堂皇的审判者并不是真的只因为他所犯下的暴力罪行，而更是封建贵族统治集团借此机会去维护贵族特权，打击和压制像自己一样的所有下层青年，只因为他们想要改变自己的地位，从而造成了对当权者巨大的威胁。于连最后平静地选择引颈就戮慷慨赴死既是他反抗性格发展的最高峰，又是勇敢承担责任，通过自我惩罚来进行的道德自我净化和救赎。

于连是时代造就的。他是19世纪西方出身低下的知识青年的典型代表，他的一生是欧洲平民阶层个人奋斗者命运的一个缩影。他出生成长在主张民主、平等、自由等进步思想的拿破仑时代，这个时代的闪光之处是即便出身卑微的平民知识分子也能够像拿破仑一样凭借自己的才华和努力去建功立业实现自我。但当于连长大成人即将要迈入社会大干一场时又恰逢波旁王朝复辟，任人唯贤唯才是举的拿破仑倒台了，封建贵族社会以出身排地位，看血统定荣辱，凭阶级分界线，等级壁垒森严。当强烈渴望改变自身命运的于连由于时代和社会的原因而致使抱负无处施展时，压抑就变成了反抗。

实现自我价值是任何一个时代人们的共同追求，尤其是对于社会下层阶级来讲。从我们每个人身上似乎都能找到一点于连的影子。所以于连的理想、追求、奋斗、失败，似乎让我们每一个读者都感同身受并能引起强烈共鸣。很多人也都像于连一样怀着美好的理想和热情，强烈地渴望改变自身的命运，并努力地与难以抗衡的异己力量进行着顽强的斗争并在斗争中忍受着道德的折磨和两难的处境。于连的悲剧是具有普遍意义的。这悲剧在19世纪不可避免是因为封建贵族的专制制度，因为等级偏见。而在其他时代的不可避免则是因为世界上仍然存在着许许多多的不平等不合理之处，为了让于连的悲剧不再上演，我们还需要做很多事情。只要记住我们都是于连就行。

第二个年轻人是盖茨比，20世纪美国作家菲茨杰拉德《了不起的盖茨比》中的主人公，这位年轻人个人奋斗的故事比于连的更富隐喻意味。一个出生于美国中西部贫寒家庭的有志青年想要通过自己的努力来出人头地，而当他真的成为百万富翁后，却发现自己梦寐以求的初恋女友黛西已经嫁给了一个叫汤姆的纨绔子弟。为了能重新吸引和赢得女友，他搬到了这对夫妇的住宅对面，大手笔的一掷千金夜夜宴请，但当他以为可以和黛西重温旧梦时才发觉她已经不是自己梦想中的那个人了，最后由于汤姆的挑拨，导致盖茨比被人开枪打死。在这个故事里，作家要写的不是穷奢极欲的富豪生活，不是混乱复杂的感情关系，也不是跌宕起伏的刺激情节，而是一个独特的珍贵的人。虽然盖茨比对自己的身世也撒过弥天大谎，虽然盖茨比也通过当时不正当的手段而发财致富，但他谋求成功的目的包括举办盛大聚会的原因却都是如此的浪漫单纯，仅仅是为了吸引心目中的白雪公主。而在这里，作者笔下的黛西对于盖茨比来说所承载的意义和身份并不仅仅是主人公难以忘怀的初恋和情人，实际上她更代表着主人公内心中那最美好纯洁的梦想。而拥有美好梦想的盖茨比也同样具备着一系列的美好品质，他对黛茜多年未改的纯真情感，他内心深处永不熄灭的理想火焰，他那种即使在意识到“原来现实中的一切并不真实，那磐石般的世界也不过是固定在仙女翅膀上的一个坚实的物体”后仍义无反顾地坚守自己信念的执着精神，都是普通人身上所不具有的一种理想主义激情。也正是因为混杂在这些自私自利、污浊不堪的人群当中，盖茨比的纯情和浪漫更显得无比高贵和脱俗。而黛西的丈夫汤姆正是反面人群的典型代表——一个举止粗鲁奉享乐主义和物质主义至上的花花公子，和盖茨比完全不同。而且汤姆也是最后导致盖茨比死亡的关键原因，这场理想与现实较量的结果淋漓尽致的隐喻了作家想表达的思想：在20世纪美国这个物欲横流的世界中，盖茨比所代表的理想主义精神在与汤姆所代表的巨大物质利益面前节节败退，最后甚至灰飞烟灭。这是盖茨比的悲剧，也是“美国梦”的悲剧。虽然菲茨杰拉德所写的这个“美国梦”的幻灭故事发生在那个被他称之为“爵士乐时代”[①]的特殊历史时期，此时传统的清教徒道德已经土崩瓦解，享乐主义开始大行其道。用菲茨杰拉德自己的话来说：“这是一个奇迹的时代，一个艺术的时代，一个挥金如土的时代，也是一个充满嘲讽的时代。”但关于“美国梦”的悲剧却不仅仅只存在于这个时期，自1776年美国的《独立宣言》开始，世世代代的美国人包括想要奔赴美国的所有人都对这个梦想深信不疑，那就是只要经过努力不懈的奋斗便能获得更美好的生活，任何人都有可能通过自己的聪明才智和实干精神取得成功，而不需要依赖什么其他别的因素。两百多年来，“美国梦”一直激励着所有怀揣理想的年轻人，但无数作品包括盖茨比的故事告诉我们的却是这个梦并不如此真实完美和毫无瑕疵。这悲剧其实遍布于每一个角落。

因为很遗憾，我们并不都是盖茨比，却都是于连。

第三节　拉斯科尔尼科夫有罪吗?

对于知识分子来说，选择和处理好众声喧哗的各种理论问题似乎更为重要，因为理论是一种力量，但究竟是造善的力量还是为恶的力量，可能还要

① 爵士乐时代一般指第一次世界大战（1918 年）结束以后，经济大萧条（1929 年）还没有到来之前的大约十年时间。

取决于掌握知识的主体也就是这个人。

俄罗斯文学史上有一位最复杂最矛盾的作家，他既有现实主义风格又有现代主义气息，他说："我对现实（艺术中的）有自己独特的看法，大多数人称之为超乎寻常的和虚幻的东西，对我来说，有时则构成最本质的现实。平常的现实主义以及对现实通行的看法，我认为还不是现实主义，而且甚至相反。"他的一生跌宕起伏令人唏嘘，他的作品深邃丰富令人惆怅，读者对他有很多不解和误会，他对自己也有很多困惑和迷茫，他一直在寻找在探求，他的匕首投枪直刺人的心脏拷问人的灵魂。他想弄清人的本质究竟是什么，企图在人性中寻找社会黑暗的原因与俄国未来的出路。他就是伟大的陀思妥耶夫斯基，伟大的灵魂，伟大的心。

陀思妥耶夫斯基出生在一个知识分子家庭，父亲是济贫院里的医生，童年时期的耳濡目染，让陀思妥耶夫斯基对疾病和贫穷印象深刻，而和这些贫病交加群体的接近又使得作家从年轻时开始就对贫困问题有着设身处地的体会思考，并导致了在初登文坛时的处女作便以《穷人》命名，这个书名象征着作家未来整个文学活动的口号和纲领，奠定了其文学创作的色彩和基调。而对这个问题探讨得最为深刻的还要算那本代表作《罪与罚》。

作家完成《罪与罚》的时间是1866年，45岁，此时的他几乎已经经历过了人生中的所有悲惨事件，有些甚至超乎任何人的想象。这些经历包括：

一：1846年，在备受当时文坛领袖别林斯基和涅克拉索夫赞誉的《穷人》出版后，却因创作了《两重人格》而备受诟病和指责，甚至由于对文学使命看法的分歧，最终导致了双方的决裂。

二：1849年，因参与进步青年知识分子组成的彼得拉舍夫斯基小组活动被捕，之后是长达半年的严苛审讯，等待死刑前的精神折磨以及其后精心策划卑劣无耻的假死刑，毫无人道。当作家被蒙上双眼绑缚刑场执行完毕后，发现枪声停止了自己还活着的时候，那种在生死一线瞬间去返的巨大心理刺激和精神创伤是难以想象的，作家本来已有的癫痫病由此加重，而后等待他的还有被判苦役和流放的残酷刑罚，从此开始了远赴苦寒之地西伯利亚那间巨大死屋的十年漫长生活。在这十年之中，他受尽了肉体上和心灵上的巨大折磨，但也正是这摧残使作家对一系列重要的问题有了深刻认识，比如俄罗斯的民族性问题、道德问题，宗教和信仰问题、自由问题、人性问题、人的价值问题、生死与永恒问题、苦难、罪恶与惩罚问题等。这些都是作家在其后的创作生涯中集中精力表现在作品中的。他发现之前的自己并不真正了解人民，是苦役生活给了他与各种各样来自底层人的真正接触，而下层人民对出身贵族的政治犯们的隔膜和不理解甚至敌视的态度也带给了作家巨大的震撼和反思，最后他并没有向自己曾经反抗过的沙皇专制政府妥协，但也同时修正了自己曾有过的乌托邦社会主义信仰，而是走向了“正教民粹主义”。作家反对一切试图用暴力血腥的革命方式来改变现存制度的主张，而是呼吁所有人包括知识分子都应该皈依和笃信俄罗斯的东正教。

三：60年代中期，作家又接二连三的经历了亲人去世，经济困窘，债主逼迫，疾病缠身，孤独无助的多重打击，可以说生活给他的磨难不是足够而是过量和满溢了，在这样特殊的人生遭际之下，作家随后写出了《罪与罚》，用如此宗教性浓厚的词语来审视洞察世界和人生。

《罪与罚》讲的是一个穷大学生拉斯科尔尼科夫的故事。主人公名字的词根来源于俄语单词“раскол”（分裂）及其派生词“раскольник”（异教徒），专指那些于17世纪与东正教信仰决裂的旧信徒。主人公在痛苦纠结后还是选择了为民除害伸张正义杀死放高利贷的老板娘。但充足的理由并没能使他在行凶之后心安理得坦然度日，反而是饱受良心的折磨以至痛苦不堪，当他看到索尼亚一家极度贫困但其却宁肯靠卖淫维生也绝不伤害他人时最终受到震撼，于是投案自首皈依宗教。小说内容涉及一桩案件，写作的方式却像一部犯罪心理调查报告，主要刻画了主人公拉斯科尔尼科夫犯罪前的动机和犯罪后的精神状态。故事梳理起来并不复杂，但却极其严肃的思考和讨论了人生在世最重要的两个问题，“罪恶”与“惩罚”。

穷大学生拉斯科尔尼科夫之所以犯罪并不主要是因为他的贫穷，甚至可以说跟他自己的贫穷关系并不是特别大，他的杀人越货不是为了图财害命，也不是由于报复复仇，所以他在行凶时并没有惯常罪犯的那种恐惧或愤怒的感情，而只有麻木，而这麻木感的直接来源则是尼采“超人”理论影响下的主人公的犯罪心理。

19世纪德国著名哲学家尼采的“超人”理论其实是在追寻一个重要问题答案的过程中产生出来的，这个问题就是在传统价值全面崩溃的时代，人如何重新确立生活的意义。所以尼采受达尔文进化论的触动，把世界上的人划分为两类：超人和人。并指出一切物种都在进化，人也必然进化到“超人”。就像人高于猿类和动物，“超人”高于人，人或者进化成为“超人”，或者在努力进化中失败和毁灭，或者退化到动物界。成为“超人”是光荣的，在努力进化中失败和毁灭是可敬的，退回动物界是可耻的。所以“超人”是天才，是宇宙的真正精华，是人类生物进化的顶点。“超人”绝对自由，具有极大的权力欲，是天生的统治者，能主宰平庸之辈，是真理与道德的准绳，是规范与价值的标尺，“超人”凌驾于善恶观念之上，不受良心的责备，并且还拥有最强劲的意志力和胆量，最能忍受痛苦的折磨，又能从痛苦中崛起。不利的环境憎恨、嫉妒、顽固、怀疑、严酷、贪婪和暴力只能使超人更加坚强。在尼采这里，超人是指未来的新人类，而不是指现存的伟人或杰出人物本身。历史上或现实中还没有出现过超人，尼采也没有把自己看作超人。他是在世纪之交看到了人类的颓废和孱弱之后，预见到了超人会出现也应该出现，以此来挽救人类自身可悲的退化。“超人”的出现，是尼采“重估一切价值”和英雄道德观的必然结果，也是他最高的道德理想人格。

尼采的理论自成体系，可读尼采和学尼采的人如何取舍和如何践行却不由尼采作主。就像希特勒利用尼采理论进行种族灭绝一样，穷大学生拉斯科尔尼科夫的犯罪心理就是渴望并想证明自己不是软弱的蝼蚁而是真正的“超人”，所以当他偶然听到一个大学生说：“我真想杀死这个该死的老太婆，抢走她的钱，她对大家有害，把她杀死，拿走她的钱，为的是往后利用她的钱为全人类服务，为大众谋福利，死一个人，活百条命，这就是算术。她不过像只虱子，或蟑螂罢了。”他就找到了最合适的证明自己究竟能不能成为“超人”的方法，而道德上的成就感也很好的掩盖了应该遵守的基本人权和人道主义。在他杀死老太婆后，作家又安排了老太婆的妹妹意外地出现在现场，让拉斯科尔尼科夫也用斧子劈开了她的头颅。这个情节的安排颇有深意。作家是想说即使理由充足的暴力也很容易失控和泛滥。拉斯科尔尼科夫前后两次麻木地举起斧子的行为，任何冠冕堂皇的理由都无法遮盖其行动的反人性本质。我们甚至可以概括地说，这部作品就是拉斯科尔尼科夫在自由的唆使下进行了一场杀人试验，展示了他“犯罪有理”的观点。

正如卢那察尔斯基所说：“人人都要对每一个孽障、每一次罪行负责，犯罪是普遍的现象，刑罚应该加于所有的人，这就是陀思妥耶夫斯基的世界观。”至此，罪成。而罚的脚步也没有一点迟缓，几乎接踵而至。拉斯科尔尼科夫杀人后的内心感受是主人公自己没有料到的，“超人”理论并没有带给他想象中的灵魂安宁，反而使他无法摆脱内心的恐惧，陷入了无止境的长期痛苦之中，他意识到自己信奉的理论彻底失败了。在索尼亚的感召之下，拉斯科尔尼科夫最终选择了自首服刑，皈依宗教。但他的悔过，并不是因为他内心认罪，直到自首前他还冲着妹妹大声说：“我杀了一只可恶的有害的虱子，一个放高利贷的老太婆，她吸穷人的血，杀了她可以赎四十桩罪，这算犯罪吗？”他不觉得自己有罪，或者至少他不能断定自己一定有罪，他的自首和主动接受惩罚更是出于他对母亲、妹妹和索尼亚等这些爱他的人和他所爱的人的一种回报，是被索尼亚这个如基督般具有自我牺牲精神的女子所代表的善的力量的成功俘获，是为求使自己的心灵得到最终的平静和安宁。这里的“罚”不再是客观对主观的强加，而成了人的一种自觉的选择。

何为罪恶，有无惩罚，罪与罚又都源于何处，虽然即使作家本人也不愿轻易地去评断拉斯科尔尼科夫有罪还是无罪，但作家为小说最后安排的结局绝对能说明作家的观点，如果一个人否定了信仰，必自视为“超人”，有绝对的权力和绝对的自由。谁这样立论，在潜能中就已经是杀人犯了。陀思妥耶夫斯基的信仰是自己经过多年的挣扎、体验和矛盾思索后才寻获到并深信不疑的。他不赞成当时日渐抬头的自由主义，因为那是一种只顾个人利益，不管他人得失的自由，其后果必然是不道德的自我主义或个人主义。作家清楚地看到了自由这个词的两面性，也发现了绝对自由的危险和后果，所以才通过拉斯科尔尼科夫的故事将“自由”这一现代性的根本价值作为思考和探讨的对象来区分世纪末众声喧哗之中的一系列音响，包括超人哲学，无神论、宗教信仰和虚无主义等。而这其中的每一个课题直到21世纪的今天都仍然和我们每个人息息相关，是非、黑白、善恶对错如何辨别、选择和坚持是主人公、作家和每一个读者都必须面对和思考的问题。

“伸冤在我，我必报应。”上帝说：我没有死。

第四节　艺术与艺术家问题

翻开20世纪上半叶的欧洲大陆文学史，两个音乐家的形象一头一尾遥相辉映却又迥异不同——法国作家罗曼·罗兰笔下的约翰·克利斯朵夫（小说《约翰·克利斯朵夫》）和德国作家托马斯·曼笔下的莱弗金（小说《浮士德博士》）。这两部作品在让我们看到了不同的艺术家形象的同时也促使我们不停地去思考艺术家应该是什么样子，艺术家对社会的责任都包含什么等这些必须正视的问题。

有学者说，“伟大的心”和“真诚的艺术”是贯穿罗曼·罗兰创作道路始终的原则精神。罗曼·罗兰的作品写于一战前，并在1915年被授予了诺贝尔文学奖，与其说这个文学界的最高奖项是授予了一个作家和一本小说倒不如说是授予了一个人物和一种精神，这部被称为“现代心灵的道德史诗”的鸿篇巨制长河小说带着它天赋异禀的音乐性和艺术家气质在20世纪初给人们呈现出了一颗伟大的灵魂，当然同时也成就了罗曼·罗兰这位伟大的法国作家。罗兰说：“我所说的英雄，不是指那些靠自己的思想和威力而取得胜利的人。我所说的英雄，是指那些具有伟大灵魂的人。”作家本人从小就崇拜英雄伟人，长大后为让世人“呼吸英雄的气息”也开始不停地书写英雄伟人，并先后完成了被统称为《名人传》的伟人三传，包括《贝多芬传》《米开朗基罗传》《托尔斯泰传》三部传记作品。这些主人公都是作家心目中仰之弥高的榜样式人物，他写下他们苦难坎坷的人生，赞美他们高洁的品德和顽强的精神。而《约翰·克利斯朵夫》里的主人公约翰·克利斯朵夫的许多事迹就是以贝多芬这个伟人为原型的，包括主人公的家庭、童年少年的经历以及他一生战斗不止的精神，都是贝多芬人格的真实写照。可以说，《贝多芬传》就是《约翰·克利斯朵夫》的序曲，描述了一个真诚的音乐家是如何由幼稚走向成熟，如何不怕被孤立而勇敢地反抗虚伪浮华的社会，并在斗争中升华自己完善自己。

主人公约翰·克利斯朵夫出生在德国莱茵河畔的一个小城。祖父和父亲以前都是公爵的乐师，但此时已家道中落。约翰从小就具有早熟的音乐天赋，再加上父亲严格的训练，使他被誉为“在世的莫扎特”，还被邀请到公爵府演奏，并在11岁那年被任命为宫廷音乐联合会的第二小提琴手，成了一个真正的音乐天才。而天才之路一向并非坦途，天才也要在大历史的洪流中摸爬滚打一步一步成长，年轻的他经历过失败的爱情，垂头丧气意志消沉。这时自小就教他安贫乐道、真诚谦虚的舅父再一次引导他重新振作，继续投身音乐。他因为发表出和当代大师们完全不同的音乐观点而失去了公爵的宠爱也得罪了乐队和观众。他在酒馆里借酒浇愁时替人打抱不平，和大兵发生冲突失手杀人，只好远走避祸。在巴黎，他陷入了生活的困境，经受着经济窘迫的折磨和精神世界的痛苦。但他依然继续着他的音乐创作，他用交响诗的形式写成了一幕音乐剧，却因拒绝一个声音庸俗肉麻的女演员的演出，又给自己招惹了麻烦，演出被人捣乱搞得一团糟，他也愤然中途退场。后来，直到他创作的《大卫》出版，他再次赢得了“天才”的称号，生活也出现了转机。但耿直、天真、不谙世故的他却仍然被人利用，卷入了一个又一个的是非之中。当“五一”节的示威游行导致他的好友死于军警的乱刀之下，他也因自卫而打死了警察的时候，音乐家的内心悲痛欲绝，再次逃亡瑞士。隐居的岁月慢慢流逝，克利斯朵夫老了，朋友和爱人都已去世，充满激情与斗争的生活也遥远了。当他重新回到法国时，他曾有过的反抗精神已消失不见，甚至与曾经的敌人也握手言和，并反过来俯视像他当年那样反抗社会的新一代。晚年的他避居意大利，专心致力于宗教音乐的创作，不问世事，完全变成了一个与世无争的老人，进入了所谓“清明高远的境界”。

在这部作品里，罗曼·罗兰其实是把原型贝多芬甚至也包括自己的感受都融入到了主人公约翰·克利斯朵夫身上来叙述一个艺术家的成长故事。作家的母亲笃信宗教，酷爱音乐，这对其从儿时起便产生了极其深刻的影响，作家本身也是音乐评论家，甚至被人归纳为是在用音乐创作小说，而作品中约翰的艺术观也正是作家对艺术和艺术家等各种问题看法的具体体现。

主人公的祖父、父亲和舅舅有着完全不同的文艺观，祖父和父亲教育小约翰去追求世俗的成功，而舅舅却告诉小约翰创作的目的如果是为了以后能做大人物和叫人佩服的话，这样的作品是不能打动人的，真正的艺术家应该不为迎合别人不为任何党派服务而创作。在舅舅的影响下，约翰不肯去忍受虚伪的艺术，当他看到巴黎艺术的荒诞后毫不客气地对出版商说："你们都是伪善之徒"，你们"用艺术和美的名词来遮饰你们民族的荒淫。"这言辞清楚地表现出主人公已经成长为一个具有独立思想，有自己艺术追求的真正艺术家了。为了坚持自己的艺术观念，他走上了一条充满艰难困苦的道路，甚至一个人和全社会作战，哪怕导致自己身败名裂一无所有也在所不惜。为了成为一个"大写的人"，他一生都在和清贫、蔑视、诬陷、迫害、虚伪和病态的艺术以及自身的情欲等重重力量进行着坚持不懈的斗争。他有着自己做人的原则和执守，即一以贯之地表现出自己的真诚，绝不受任何人事物的影响。这就是主人公的伟大之处。他不再让音乐只成为表达自己情感的独白，更不希望它成为只适用于少数内行人的精神产品，它应该是能引起广大人民的精神共鸣并充满博爱气息的艺术，他糅合了各国音乐的长处，最终创作出了一生中最伟大的作品。

虽然晚年的约翰自己也说巴黎没变，"可是我，我改变了，不敢再对他们严厉了"，"我老了，不会再咬人了，牙齿钝了。"但这仍无损他作为一个伟大灵魂的声誉，我们没理由苛刻的去要求一个英雄或伟人从始至终的即使在他年老体衰的时候也要保持曾经的锐度和力度，或者甚至更可能的是这种青春的锐度和力度并非是伟大心灵的最终样态与最适合样貌。约翰·克利斯朵夫是复杂，真实和感人的。罗曼·罗兰自己也说过"每个人身上都有二十个不同的人"，他笔下的正面人物都具有多重性格。主人公身上的缺点几乎不少于优点，作家毫不隐藏地暴露了他的不足与问题。他鲁莽、笨拙、轻信，并有些自命清高，他脾气乖僻易怒，遇事手忙脚乱，思想不够灵活，生活不拘小节，还跟好些女性有过风流瓜葛。他也曾有过年少轻狂和桀骜不驯，也曾有过错误思想和成见执念，但他最终认识到个体、民族、国家和艺术的正确关系，他要音乐成为人类沟通的桥梁。"唯有和别人密切相连的艺术才是有生命的艺术。""一切民族都使约翰·克利斯朵夫备尝痛苦，也使他受到恩惠；一切民族都使他感到失望，也使他受到赞扬。他日益清楚地认识了他们的面目。在他旅游结束时，一切民族对这位世界公民来说，都不过是灵魂的祖国，而这位音乐家幻想创造出一部崇高的作品，一部伟大的交响乐，在那里，各民族的声音摆脱了刺耳的不和谐，而以最动听的人类和谐响彻云霄”。来自德国的约翰能具有此种伟大的见解，也使得我们似乎想起了和他相同祖国的前辈大师歌德说过的那段话。“我越来越深信，诗是人类共有的精神财富……民族文学在现在算不了什么，世界文学的时代已快来临了。现在每个人都应该发挥自己的作用，促使他早日到来。” 匈牙利学者贝兹克认为歌德的这段有关“世界文学”的理念其实是“一个大型音乐会”。每个民族都在这个音乐会中发出自己独特的音响谱写自己迥异的乐章，而各个乐章最后会融合成一部伟大的交响乐。无论是歌德还是罗兰，一切伟大的艺术家都有着某些共同的心理特征，世界性的眼光和胸怀这一点就是其中最重要的品质。

托马斯·曼的作品《浮士德博士》写于第二次世界大战之后，小说借用了德国民间传说中有关浮士德这个人物的故事框架，虚构了主人公一代音乐大师阿德里安·莱弗金把灵魂出卖给魔鬼，以换取长达24年音乐创作的灵感与高产的故事。为此主人公付出了24年泯灭爱心、冷漠孤独和死后堕入地狱的高昂代价。作品表面抒写了个人艺术家的悲剧，其实却是用文学的方式形象地展示了先后发动两次世界大战的德意志民族60余年间所走过的曲折道路，并对德国的国家命运进行了深刻而沉重的思考。小说主人公最后成为白痴的安排包含着作家尖锐的自我反省和民族批判精神。正是不择手段甚至使用战争来实现国家目的才把德国带进了地狱般的悲剧性结局。而艺术上的灵魂出卖者只为求新，却舍弃真善美的最终结局则必然是堕落、虚无和空心，最终让魔鬼和法西斯主义乘虚而入。托马斯·曼对某些为艺术而艺术的唯美主义作家思想和艺术本质看得十分清晰，法西斯主义固然是罪魁祸首， 但艺术家的错误引导和在数量上占绝对优势的小市民们的随波逐流软弱容忍也起到了同谋者和帮凶的作用，助长了邪恶势力。罗曼·罗兰说“艺术家好比一支罗盘针，外边尽管是狂风暴雨，它始终指着北斗星”。艺术的目的永远都应该是用美来拯救，使人类重新变得纯洁无邪，使世界不再陷入庸俗和残忍。这也是作为社会良心的所有艺术家的永恒责任。

对比两位音乐家的人生选择，不言，自明。

第五节 雨果的药和如今的病症

“悲惨世界”是病的名称，《悲惨世界》又是药的叫法。雨果这位生活在19世纪的法国作家研究的却是古今中外所有社会都需要面对的问题。这就是本部作品的真正意义。

小说的主人公叫冉阿让，幼年父母双亡，由姐姐含辛茹苦的抚养长大，而此时姐夫却撒手人寰，只给姐姐留下了7个嗷嗷待哺的孩子。冉阿让为报答姐姐当年的养育之恩代行父职，靠树枝修剪工微薄的薪金和四处当苦力来勉强养活他们，直到27 岁时为给饥饿的外甥们偷一块面包而进了监狱为止。因为牵挂着没有他的日子外甥们如何活下去，冉阿让一再越狱，不断加刑，最后到他出狱时已经坐了19年的牢了。一块面包等于19年的刑罚，这极不公平的严苛法律使他满腔怒火。他承认自己有错，但认为社会更难辞其咎。他从对法律的仇恨，发展到对社会，对人类，对造物主的怨毒。“最后变成一种无目标、无止境、凶狠残暴的为害欲，不问是谁，逢人便害。”他已经从当年那个知恩图报善良忠厚的老实人变成了一个无恶不作不思悔改的撒旦和魔鬼。而且出狱后的备受歧视直接导致他又实施了两起恶魔行径。但这两起恶行最后却变成了他由恶转善的关键契机。一件是冉阿让投宿无门的时候是米里哀主教真诚的接待他，给他最好的食宿。可他却恩将仇报，偷了清贫的主教家唯一值钱的银餐具。然而当他被抓后让他瞠目结舌的是，对他的“以怨报德”，主教大人却是“以德报怨”，对警察说那些餐具是自己送给冉阿让的，并当场又加赠了自己祖母传下来的珍贵银烛台，并且郑重地对他说：“不要忘记，永远不要忘记您允诺过我，您用这些银子是为了成为一个诚实的人。” “冉阿让，我的兄弟，您现在已不是恶一方面的人了，您是在善的一面了。我赎的是您的灵魂，我希望能把它从黑暗的思想和自暴自弃的精神里救出来，交还给上帝。”第二件事是离开主教家后他出于恶习的“惯性”，竟然抢了一个比他更不幸的扫烟囱小孩的银币。小孩的哭声使他猛然发现自己原来是那样的丑恶。正是这两件事的巨大震撼令冉阿让决心从此弃恶从善。后来他通过勤奋努力当上了市长，认真处理政务，大兴福利事业以改善穷苦大众的生活，他善良宽厚，乐善好施，甚至还具有舍己救人的牺牲精神，他帮助了很多人，拯救了很多人，感化了很多人，最终使自己成为一个“大写的人”。临终时，他望着米里哀主教赎回他灵魂的那对烛台说：“不知那个把这一对烛台给我的人，在天上是否满意我的一切，不过我已经尽了我所能做的了。”

《悲惨世界》书名的原意是“受苦受难的人们”，雨果说：“只要一个人可以抱有希望，我便希望消灭在人类头上的厄运，我要痛斥奴隶制，我要消除贫困，杜绝愚昧，我要治疗疾病，我要驱散黑暗，我要憎恶仇恨。这便是我的信念，这正是我要写《悲惨世界》的原因。”具有人道主义情怀的雨果正是因为发现了在19世纪这个如此文明和现代的社会历史阶段之中，法国社会还存在着那么多受苦受难的人们，所以他在小说的序言里写出了本书的作用：“只要因法律和习俗所造成的社会压迫还存在一天，在文明鼎盛时期人为的把人间变成地狱并且使人类与生俱来的幸运遭受不可避免的灾祸，只要本世纪的三个问题：贫穷使男子潦倒，饥饿使妇女堕落，黑暗使儿童羸弱还得不到解决，只要这世界上还有愚昧和困苦，那么，和本书同一性质的作品都不会是无用的。”在这部作品里，作家首先找到了令悲惨世界如此悲惨的根本原因，那就是社会制度弊病，阶级的不平等，分配的不公正，法律制度的荒谬和虚伪，审判处罚的黑暗和腐败，国家机器的暴虐和残酷……。在这些受苦受难的人们头上，“层层叠叠有一堆大得可怕的东西，法律、偏见、人和事，堆积如山，直到望不见的高度，崇危峻岭，令人心悸”，也正是这些东西才使得好人犯罪和难以悔改，而在这一切压迫当中，雨果最为关注的是有问题的资产阶级法律对广大人民的敌视与蹂躏，正是这些和政治制度紧密联系在一起的法律在很大程度上决定了这个世界的面貌和人们为什么不能幸福。在雨果这里，他要通过小说肩负起重要的社会责任，帮助人们寻找到让世界不再悲惨的良方。作者的最终答案是在辅以其他手段的条件下，主要靠改造人心，靠博爱、宽容、仁慈等去教育和感化人的灵魂。纵观整部作品，其着眼点自始至终都落在主人公冉阿让身上，写他如何从善到恶，再从恶到善的巨大而离奇的人性转变过程，从前半生入狱前善良本分的工人到出狱时仇视社会的恶魔，再到后半生因心灵被感化而转变为普救众生的天使。而这种突变的根本原因就是主人公的“心”被改变了。作家曾说：“世界上最广阔的是海洋，比海洋更广阔的是天空，比天空更广阔的是人的心灵。”在雨果看来，人的心灵才是人性善恶这个问题的根本原因，才是最应该值得关注的焦点。社会由人组成，而每一颗心灵组合在一起就决定了整个社会的精神面貌。想要改变世界只有先改变人心。而改变人心的有效手段只能是靠知识的教育和爱的感化。在雨果看来，教育可以照亮人心驱散愚昧，爱可以改造灵魂、创造奇迹。作者借小说中的一个国民公会代表之口发声：“人类有一个暴君，那就是蒙昧。我表决了这个暴君的末日。王权就是从那暴君产生的，王权是一种伪造的权利，只有知识才是真正的权力。人类只应受知识的统治。”因为只有知识才能清除社会普遍存在的根源于不良人性的愚昧、偏见、歧视等社会恶习。作家借米里哀主教之口说：“永远不要害怕盗贼和杀人犯。那是身外的危险。我们应当害怕自己。偏见就是恶贼，恶习就是杀人犯。重大的危险都在我们自己的心里。危害我们脑袋和钱袋的人何足介意？我们只须想到危害灵魂的东西就得了。”作家还呼吁政府当局：“对无知识的人，你们应当尽你们所能的多多教给他们，社会的罪在于不办义务教育，它负有制造黑暗的责任。当一个人的心中充满黑暗，罪恶便在那里滋长起来。有罪的并不是犯罪的人，而是那制造黑暗的人。”而僵化死板、不近人情的刑罚不仅对于人性的改善无济于事，反而更会适得其反，况且更是违反人性和极不人道的。“那种刑罚的最不人道，也就是说，最足以戕害人的智慧的地方，就是它特别能使人经过一种慢性的毒害逐渐化为野兽，有时还化为猛兽。冉阿让屡次执拗不变地图谋越狱，已足够证明法律在人心上所起的那种特殊作用。”虽然雨果也主张大兴福利的实干精神甚至理解和支持用暴力斗争的革命形式来改造社会，但他最终推崇的仍然是人道主义，而人道主义的实质与核心就是那个字：“爱”。雨果把人道主义和爱置于一切之上，认为“在绝对正确的革命之上，还有一个绝对正确的人道主义”。在作家的心里，人道主义和爱是普世性的绝对真理，是判别美丑、区分善恶、评价一切的最低也是最高，最易也是最难标准。

如今的世界虽然已和19世纪的状况大有不同，但是社会与法律制度的不完善，贫富差距，偏见歧视，愚昧盲从等社会问题并没有得到彻底的根治和完全消失，不否认改良这些的确需要政治、经济等各项制度和技术的发展，但雨果提出的那味药仔细想来其实意义更为重大，这药18世纪的歌德和席勒就靠《浮士德》中海伦的象征和《审美教育书简》中的论述提出过，而且直到19世纪直到今天仍然有人坚信依靠这味药一定会获得巨大的成效，雨果就是这种坚信的一分子。悲惨世界里的世界是一个美与丑、善与恶、真与伪、光明与黑暗的搏斗场，雨果坚信凭借“爱”，人性能够战胜自己的劣根，靠自我净化的能力不断完善，坚信最终的胜利是属于善而不属于恶的。

只要我们相信和依靠它。

第六节　在俄狄浦斯的境遇中呼唤俄狄浦斯精神

俄狄浦斯情结是奥地利心理学家兼精神分析学派创始人弗洛伊德所组合的一个词语，他借用古希腊神话传说中俄狄浦斯这个人物的特点来总结和指代一种人类普遍存在的心理现象即恋母情结。而用人物的名字指称这一心理现象实际上只是截取了俄狄浦斯故事中仅有的一小部分，既不是最重要的部分也不是最有价值的部分。而真正的俄狄浦斯让我们记住的不应该只是杀父娶母令人惊心动魄的震撼情节，更应该是主人公身上所具备和体现出的那种精神，即俄狄浦斯精神。

在古希腊神话故事里，俄狄浦斯是忒拜城老国王拉伊俄斯的儿子，但这个含着金汤匙出生的小王子从呱呱坠地的那一刻起就被命运之神降下的魔咒死死缠绕，因为神谕说这个男孩长大后会杀父娶母，所以恐惧万分的老国王命令牧羊人把这不祥的婴儿抛诸荒山以绝后患。然而好心的牧羊人并未完全遵照老国王的旨意行事，而是出于怜悯把俄狄浦斯送给了科林托斯国王的仆人，仆人又把他转送给了自己国家那一直无嗣的国王夫妇。俄狄浦斯在未知自己身世的情况下被收养，在异国长大，享受着王子的荣耀，及至成年。但后来当俄狄浦斯偶然得知了那个可怕的神谕之后，他矢志逃亡就是为了摆脱自己可怖的命运。然而造化弄人，命运就像故意要和他开玩笑一样，兜兜转转，在逃亡旅途中不知情的情况下，他杀死了自己的亲生父亲，又由于智慧勇武，破解了狮身人面的妖怪斯芬克斯之谜而成为了解救忒拜国的大英雄，被拥戴为新国王还娶了以前的王后也就是自己的母亲。由此命运对俄狄浦斯的预言彻底实现了。

古希腊三大悲剧家之中最杰出的那位索福克勒斯借用这个故事完成了一部极其经典的悲剧作品《俄狄浦斯王》。悲剧的故事从中间开始写起，开场时俄狄浦斯在忒拜城已经当了16年的国王，而且是一个好国王，然而国家的灾难就在此时突然降临，一场大瘟疫铺天盖地袭来，像死神拿着镰刀儿乎要把全部城中居民的头颅割下一样。此时此刻作为国王的俄狄浦斯心急如焚，向太阳神求告，答案是必须追查出杀死老国王的凶手。于是他开始不遗余力，但越是尽职尽责就越是一步步把自己逼近真相的深渊，可是当他预感到真相可怕后果堪忧的时候，他仍然勇敢地选择了继续追查到底。最终大白于天下时，我们看到的是一个令我们充满敬意的罪犯：他承认自己所犯的罪孽，虽然这罪孽不是有意为之，他承担罪孽应付的代价并进行主动的自我惩罚，他刺瞎自己的双眼离开城邦到处流浪。到此为止，戏剧落幕，对于坐在台下的观众来说又都看到了什么呢?

首先是一个跌宕起伏讲得很好的故事。索福克勒斯的高明之处就在于能够通过巧妙的安排来结构这个剧本，让读者在一波波的悬念，突转，震撼和刺激中，感受到命运强大而邪恶的力量，令观众唏嘘不已。其次，坐在台下，每个观剧者都深刻地感受到了主人公那炯炯有神的面孔，疑惑过后又复归坚定的神态表情，以及最能说明一个人具有何种品质的语言和行为，一个完整的俄狄浦斯的人物形象随着剧情的发展越来越清晰和高大起来。

瘟疫蔓延时，面对向他哀告痛苦的臣民大众，他说："你们每人只为自己悲哀，不为旁人，我的悲痛却同时为城邦，为自己，也为你们。"

祈求神谕时，他向人们保证他的品德和人格，他说："我若是不完全按照天神的启示行事，我就算失德。”

对于残忍的凶手，他的裁决公正而严厉，他说：“我不许任何人接待那罪人—不论他是谁—不许同他交谈，也不许同他一起祈祷、祭神，或是为他举行净罪礼，人人都得把他赶出门外，认清他是我们的污染。”

对于失职的下属，他的指责既入情又入理，他说：“即使天神没有催促你们办这件事，你们的国王，最高贵的人被杀害了，你们也不该把这污染就此放下，不去清除，你们应当追究。”

俄狄浦斯说：“一个人最大的事业就是尽他所能，尽他所有帮助别人。”“我要彻底追究，凭了天神帮助，我们一定成功——但也许会失败。”“只要能拯救城邦，那也没什么关系。”甚至在俄狄浦斯的母亲兼妻子伊奥卡斯特对他说：“偶然控制着我们，未来的事又看不清楚……如果你关心自己的性命，就不要再追问了”的情况下，他仍然坚持：“我不听你的话，我要把事情弄清楚……要发生就发生吧，即使我的出身卑贱，我也要弄清楚……我要听那怕人的事了，也只好听下去。”

这就是被誉为经典“命运悲剧”的俄狄浦斯王的故事，这就是俄狄浦斯——那个命定为王子，却生下来就被钉住双足捆绑得脚肿的孩子。牧羊人的恻隐之心让他没有被弃之荒野自生自灭，却也让他在异国享受了欢乐富足的童年之后，迎来了这世界上最悲惨的命运——杀父娶母时并不自知，最后又由自己亲手揭开自己的身世和罪孽并亲手惩罚了自己。可以说，命运对待他是如此的不公正和不讲道理，但他却用他的行为和选择给读者诠释了一个英雄，一个“神一样的人”的面貌。他有独立意志，为了千方百计地避免犯罪，他主动舍弃了锦衣玉食的王子生活，离开了自己的父母家园，而不是坐以待毙，怨天尤人。为了解除忒拜的大灾难，他勇敢甚至执拗的追查真凶，哪怕越来越发现那些可怕的线索指向自己也毫不畏惧毫不退缩。最后当真相大白尘埃落定时，他又勇敢地承担起应负的责任，不推脱不辩解。这就是也才是英雄时代真正的英雄。

俄狄浦斯的故事表面上看起来虽和无理的命运有关，但如果推而广之从更高的层次和视角来关注的话，这所谓的被我们呼之为命运的东西又何尝不能被我们称之为偶然。萨特说过，人是被抛到这个世界上来的，存在先于本质，这句话应该是真理，因为每个人在来到这个世界以前，并没有人先征求我们是否同意，这种偶然性和荒诞感是与生俱来的和人类本质上的。而我们被抛入的这个世界，也就是人类的生存环境处处充满着不美好、不公正、不平等、不和谐，处处充满着意外、巧合、非逻辑和荒谬，就如同俄狄浦斯的命运一样，让我们找不到原因找不到理由。这种感觉让人类并不舒服，就如同萨特在他那部作品《恶心》里描述的对世界的感受一样，充满恶心。但索福克勒斯写这部戏的重点并不是让我们去看破红尘或愤世嫉俗，而是让我们以英雄为榜样，学习与效法主人公。既然命运无法掌控，那么人类该如何自处，是束手就擒还是在这本来就无意义的人生中给自己注入某些意义。意义不是客观实存物，意义是我们自己加诸在自己身上的那个无法名状的东西，我们应该如何生存在这个世界上，在每个人都要面对的俄狄浦斯式的境遇中呼唤俄狄浦斯的精神，这精神就是：不管命运如何，人独立而自由的意志和抗争才应该是人类成就感和荣耀感的最重要来源，即便我们明知这抗争的尽头必然是失败是毁灭，是每个人都逃不脱的坟墓，但正是这抗争尤其是这意志才让人成其为人。就像帕斯卡对人的描述一样，“只不过是一根苇草，是自然界最脆弱的东西，但他是一根能思想的苇草，用不着整个宇宙都拿起武器来才能毁灭，一口气、一滴水就足以致他死命了。然而，纵使宇宙毁灭了他，人却仍然要比致他于死命的东西更高贵得多，因为他知道自己要死亡，以及宇宙对他所具有的优势，而宇宙对此却是一无所知。”

对于这个道理，人们最熟悉的莫过于海明威的小说《老人与海》了，作品中的老渔夫桑地亚哥就像一个现代版的俄狄浦斯一样，出海84天，没有钓到一条鱼，不是他技不如人，也不是他选错了海域驶错了方向。只是运气不好，只是命运如此，只是偶然。可老人并没有放弃，在第85天，他独自一人划的更远，终于与一头从未见过的巨型大马林鱼遭遇，经过两天两夜的搏斗，终于将对手制服，然而就当老人应该为自己的不懈和执着收获报偿的时候，命运女神却再一次想要扼住老人的咽喉，绞杀他的志气。突然出现的鲨鱼群让老人陷入了又一场既事关自己生死存亡又事关个人尊严荣辱的搏斗之中，又是一天一夜的拼杀，虽然最后终于驱散了鲨鱼，但一同丧失的是曾经的胜利果实，只剩如今的大鱼骨架。最后，老人筋疲力尽的回到家中倒头睡去，睡梦中他看到了一头巨狮。这短短几万字的一本小书，作家不仅把故事写的波澜壮阔，更重要的还是背后深邃无边的寓意和象征。同《俄狄浦斯王》一样，这又是一部命运悲剧，是属于20世纪的人类命运的写照，是我们竭尽全力不屈不挠但仍然无法战胜命运的一个真实剧本，因为它每天都在上演。就像法国存在主义哲学家加缪的那本散文论集，他借用了古希腊神话里一个著名的故事来诠释人和世界以及那个被称作命运的东西之关系，终日推着巨石上山而每到山顶巨石又会滚落的西西弗斯周而复始的接受着命运的折磨，因为这种无望而又无效的劳作才是神明对他的最严厉的惩罚。其实人类的命运也犹如西西弗斯，最深重的徒劳，一切都是虚无空幻，命运与死神最后都会必然的把每个人推向河的那边，何时被推过去，以何种方式被推过去，人类无从知晓也猝不及防，即便抗争的再如何猛烈，结局也早已注定在那里不会更改，人类无法选择，唯一能选择的只剩下我们面对它的态度。还好海明威告诉我们，“一个人并不是生来就要被打败的”，“人尽可以被毁灭，但却不能被打败。”命运可以不公，世界可以荒诞，但人类自己不应该放弃自己，明知失败却仍有勇气继续前行的才是强者。

高贵的俄狄浦斯，高贵的“俄狄浦斯精神”。

第四章

大自然的咆哮

——理性主义和纯粹科技理性之争

第一节　哈代看到了什么？

1840—1928年，英国伟大作家哈代的跨世纪特征并不仅仅体现在他的生卒年上，他之所以被人们誉为是一位“在历史与未来交叉点上的文学家”是因为他像桥梁一样连接了19 世纪与20 世纪的文学，他和其他维多利亚时期的作家完全不同，在思想和创作上均有着巨大的差异，他看到了一些人没能力看到，没仔细看或是不愿意去看的东西。就像西尔维亚・林德说：“哈代作为一个作家对我们这一代人具有双重意义。他不仅应当被看作伟大的文学家，而且应当被看作是划分十九世纪和我们时代文学的重要人物。在技巧方面，哈代是维多利亚作家，但在思想感情上，他是现代作家。他的生活观已广为人们认同，但当时却不为人们所接受。”

哈代的生活经历和创作历程既独特又曲折，他的父亲是个泥瓦工，他自己也在真正进行文学创作前从事了很长一段时间的建筑事务工作，但比建筑学这门艺术对他的文学创作影响更深的还是历史、社会、环境和真实的生活。他记录下英国南部农村社会的发展变化，展示英国的宗法制农村社会向现代资本主义社会演变的过程，还建构起了在文学地图上非常有名的小世界——威塞克斯。威塞克斯是哈代家乡英格兰西南部多塞特郡的古地名，作家几乎把他全部作品的发生地都设置在这个地方，从而把多部小说联结起来，写出了那里曾经的宗法制农村社会的美好，和其后由于资本主义的入侵致使这些美好慢慢消失的悲剧性过程，以及最后的结局——农民阶级的消亡和传统生活方式的彻底毁灭。因此，哈代被誉为“是描述各国屡次发生过的、稳定的私有者阶层衰落现象的优秀编年史家”，“是描述普遍的重要历史现象的艺术家”。他几乎写出了他见到的和预见到的一切。

哈代的小说创作可以分为三个阶段。在第一个阶段里，哈代看到的是很多美好的人。他歌颂那些生活在古老乡村中的威塞克斯人的美好面孔，他们大多都是农夫或牧人，他们具备善良、诚实、勤劳、正直、勇于牺牲的阶级美德，他们拥有着田园牧歌般的幸福生活和自得其乐的精神世界，那时的他们自给自足，生活环境还没有遭受资本主义工业文明的破坏和污染。比如《绿荫下》中的狄克，《远离尘嚣》中的奥克。

在第二个阶段里，哈代看到了很多痛苦和失败的人，看到了传统的宗法制社会和外来的资本主义势力殊死搏斗的一幕幕大戏，以及这出历史大悲剧的不幸结局。《还乡》是这出悲剧的序曲。作家借这个故事不是要谴责追求大城市生活的少女的虚荣与势利，而是要揭示造成这悲剧的真正根源——古老的宗法制农村文明与现代工业化都市文明之间难以调和的矛盾。主人公姚伯其实是作家特别设置的试图去调和这两种文明矛盾的人物代表。他来自威塞克斯本地，血脉里和乡村息息相通，但他又受过现代的高等教育，不想只成为一名有钱却无用的暴发户，所以他选择回到故乡，希望靠兴办教育用知识启蒙来改变其落后的生活面貌，以使它适应时代的发展，适应新一代人对更美好生活的追求。然而传统的农业文明无法理解姚伯的思想和行为，就像一位妄自尊大不容侵犯的家长不允许任何对它的打扰和干预，依然沉睡在古老的习俗里。所以姚伯必然的失败了。

序曲过后出现的《卡斯特桥市长》是这出悲剧的真正高潮。作品描写了象征着传统宗法制农业文明的老市长亨察尔在同象征着新兴资本主义文明的伐尔伏雷竞争时不可避免的全面而彻底的失败。伐尔伏雷无疑是在资本主义社会中诞生的典型现代人。他的身上汇集了现代资产者最重要的性格特点：有才能干，理性清醒，但却精明圆滑唯利是图。他不择手段的在商业竞争中和政治上都打败了虽无知顽固但真诚豪爽的亨察尔，当上了新一届市长，这些均象征着现代资本主义工业文明完全战胜了传统而古老的宗法制乡村。而这其中所蕴含着的作家对两种文明的评价好恶和感情倾向则是复杂的。哈代塑造亨察尔就是也承认传统宗法制文明在优点之外也确实存在着故步自封、落后保守的致命弱点，作家也客观地感觉到现代文明的理性进步必将取传统而代之是历史的大势所趋，但新市长的形象和性格又暗示给我们现代文明的种种弊病，比如物欲的膨胀，人情的冷漠，道德的沦丧等，而这个难解的课题并不是哈代生活的那个时期所独有的，我们其实和哈代一样始终处在传统与变革、理想与现实的现代性焦虑之中。

在第三个阶段里，哈代看到的是人的彻底毁灭，《德伯家的苔丝》和《无名的裘德》就是这幕悲剧的结局和尾声。此时的农民纷纷破产，丧失了曾经拥有的土地和生活资料，他们不得不为了生存而向工人转化，把自己沦为出卖劳动力的一种商品。苔丝的故事讲述的就是破产农民在向无产阶级转化的过程中那些悲惨的生活和遭遇。老马的死去直接导致了苔丝一家失去赖以生存的经济基础，也正是贫穷才最终导致了苔丝的悲剧命运。而在裘德的故事中，哈代用蓬勃兴起的城市背景代替了凋零破败的农村和田园神话，更通过批判资本主义社会的伦理道德、宗教法律、婚姻爱情、教育制度、人际关系等重大社会问题，描写了一个壮志难酬愤懑失望的普通青年工人的悲剧一生。而这悲剧的根源就是现代资本主义都市文明已经取得的全面胜利，这种胜利彻底改变了威塞克斯人传统的生活方式，使得他们都堕入了痛苦和不幸的重重深渊并导致了最后的毁灭。

在哈代的每一部小说里，作家看到的都是现代性这头怪兽的影子，它由远及近渐渐走来。虽然直到如今对现代性这个词语的定义还众说纷纭莫衷一是，但马克思认为资本主义的诞生是现代社会的开端，这一定位还是应该没有什么问题的。所以从基本上我们可以把现代性理解为社会的一种类型、一种模式或一种阶段以及人们的一种体验，一种感受。哈代看到并说出了现代文明的破坏作用及其给人们思想上带来的负面影响。这种社会为了维护自身的稳定，极力宣扬一系列以牺牲个人利益为代价的人生观、价值观，要求人们必须按照社会的意愿进行循规蹈矩的生活，人们正常的感情和合理的追求均受到社会的限制和责难，人性的正常发展均受到忽略、压迫和阻碍，最终导致了人性的扭曲，人与自我之间的分裂，人与他人之间的隔膜和人与社会之间的对立。在这里，社会变成了和人完全对立且强大的异己力量。所以哈代说这是个“有问题的”世界，是这个有问题的世界毁灭了美。虽然作家并不否认现代性带来了理性、科学和自由，但在带来这些进步的同时却也拿走了很多美好的东西，同时造成了这样或那样新的社会问题，甚至招致了灾难。马克思说资产阶级将“一切封建的、宗法的和田园诗般的关系都破坏了。它无情地斩断了把人们束缚于天然尊长的形形色色的封建羁绊，它使人与人之间除了赤裸裸的利害关系，除了冷酷无情的现金交易，就再也没有任何别的联系了。他把宗教的虔诚、骑士的热情、小市民的伤感这些情感的神圣激发，淹没在利己主义打算的冰水之中。” 确实，资本主义的都市生活方式和传统的乡村田园牧歌存在着巨大的差异，资本主义的大机器生产没日没夜的猛烈轰鸣，使人类个体异化成庞大机器上的一枚小小的齿轮或螺丝钉，细碎的劳动分工和专业化趋势要求每个人只能聚焦于某一方面，又导致了人性上的狭隘和残缺。无尽的繁重工作后又被囚禁于钢筋水泥的都市丛林中，如同进入铁笼，丧失了归属感，这一切让现代人类体验到的都是在乡村生活中从来不可能产生的那种巨大的孤独和迷失。人在现代都市文明中享受着物质满足的同时精神上却饱受着难以言喻的折磨和痛苦。这种现代性疾病始终持续，甚至愈演愈烈，直到今天。

哈代的小说向我们描绘了一个现代工业文明逐渐入侵宗法制农村社会最后全面占领导致威塞克斯农民和农业生产方式终于毁灭的历史进程。其实从世界观的角度来分析的话，哈代本人并不相信神的存在。他认为人的命运不是由神主宰，而是由不以人的意志为转移的自然规律和社会规律所决定。这就是作家称之为“环境”的那种东西。正是这种“环境”或叫“规律”的强大力量让人们无法按照自己的意愿生存，要么听天由命苟且偷生，要么进行注定失败的奋力抗争。哈代认为环境或规律才是这一幕幕悲剧不断上演的真正根源。在小说里，作家把这种力量化身为代表大自然的爱敦荒原，它是人类悲剧的观察者。它目睹了人类无数次的盛衰荣辱和悲欢离合，然而却始终那么冷漠和无动于衷。亘古不变的爱敦荒原如今依然存在，它依然用千百年来惯有的目光注视着21世纪的人类和大历史的变迁。

这一切，哈代都看到了。

第二节　砍是容易的，然而砍完以后呢？

契诃夫是俄罗斯19世纪晚期最后一位批判现实主义大师，与法国的莫泊桑和美国的欧·亨利并称为“世界三大短篇小说家”。因此提到契诃夫我们首先想到的就是他大量杰出的短篇小说作品，却往往忘记了他的另一重身份，他还是俄罗斯19世纪一位杰出的戏剧大师，他在戏剧方面的杰出不仅仅是因为他创作了大量优秀的戏剧作品，更因为他这些创作于19世纪的戏剧作品思考和忧虑的却是百年后人类的处境和困惑问题。伟大的作家都是预言家，伟大的作品也都是先知书和启示录。

契诃夫一生创作了不少戏剧作品，其中最意味深长的当属《樱桃园》。作家自称《樱桃园》是一部“四幕抒情喜剧”，可是不管是著名大师的排演还是学院殿堂的讲授，很长时间以来，樱桃园的喜剧效果并没有被特别的强调和注意，而且甚至著名的俄罗斯导演斯坦尼斯拉夫斯基也把《樱桃园》排演成沉重的正剧，观众更看的泪流满面，很难让我们想起这个剧本原有的喜剧性质。契诃夫对此也并不满意，认为导演的悲剧意识和演员的伤感表演影响了自己作为创作者对这部作品的真正表达，尽管后来斯坦尼斯拉夫斯基确实做了调整，加入了大量具有滑稽性质的舞台动作，但也并没有让观众和剧作家由衷的笑出声来。《樱桃园》究竟是喜剧还是悲剧，这两者之间又有着何种微妙的对立和转换关系，《樱桃园》又是一部怎样的作品，在19世纪如何讲述着关于20世纪的预言。

这部戏剧讲述了19世纪俄罗斯一处樱桃园被迫易主的故事。朗涅夫斯卡娅是俄罗斯的一个女贵族，因为丈夫和儿子的接连死去，她便离开家乡定居法国。她的哥哥加耶夫是个典型的贵族老爷，好吃懒做、贪图享乐，缺乏生活能力，对经营田庄一窍不通，致使欠下了一大笔债务，只能把家里一座美丽的樱桃园抵押出去。为了挽救即将被拍卖的樱桃园，朗涅夫斯卡娅从巴黎回到了俄罗斯。商人罗巴辛的父亲以前是她家的农奴，罗巴辛一直不能忘记朗涅夫斯卡娅早年待他的恩情，像爱姐姐那样爱她，于是向她提出一项通过把樱桃园的土地租给别人盖别墅用以摆脱目前经济困境的办法。但女主人没有采纳，樱桃园最终被拍卖，而购得樱桃园的正是商人罗巴辛。罗巴辛开始大刀阔斧的实施他的计划，砍掉了所有的樱桃树修建别墅楼。朗涅夫斯卡娅哭泣着黯然地离开了这片土地，从远处隐隐传来了砍伐樱桃树的斧头声。

美丽的樱桃园在美丽的樱桃花盛开的春天被砍掉了，而剧作家契诃夫也在这部作品首演后不到半年就去世了。舞台上“美”的被毁灭和舞台下凝望“美”之人的消失竟好像是在彼此呼应的隐喻着什么。《樱桃园》是契诃夫留给我们的最后一部戏剧精品，也是其戏剧创作的巅峰之作。在这部作品里，作家并不是想讲一个情节上引人入胜的复杂故事，而只是想通过刻画各种各样人物的精神面貌来展现一幅人物群像，通过人物群像把俄罗斯乃至整个人类的生存状态和生存处境全部呈现出来以引发人们的思索。在《樱桃园》里，我们看到了很多人和很多类人，旧贵族阶级地主、新兴资产阶级商人和年轻一代，他们在对待如何解决樱桃园问题上的不同意见和看法反映出他们不同的追求、爱好、精神世界和价值观。同时我们也看到了作家对这些人物的观点和态度，但和很多作品不同的是，我们并没有看到明确而深信不疑的褒贬，反而处处感受到作家的矛盾，困惑和两难。

第一类人物以旧贵族地主阶级里的加耶夫和朗涅夫斯卡娅兄妹为代表。樱桃园对他们意义重大，是历史和记忆，是辉煌的过去和荣耀与美的化身。但无奈的是他们这些寄生虫式的人物，既不会创业，也不会守成。只知道吃喝玩乐、坐吃山空，一旦遇到生活中的麻烦和问题，没有任何能力处理和解决，只能选择逃避和颓废。他们想保住美好，但力不从心。高尔基说：“喜欢流泪的朗涅夫斯卡娅和樱桃园的其他旧主人……对于四周的一切，他们完全看不见，也完全不了解；他们是一些没有力量再适应生活的寄生者。”但是作家并没有一边倒的去对这类人物进行彻底的批判，而是也同样客观地表现出他们身上其他阶级所缺失的闪光点。贵族对樱桃园的眷恋和不舍正是他们推崇和热爱艺术之美的直接反映，他们对书籍的热爱正是对文化教育和知识真理等价值观的坚守与尊重。可是作家在认可这一价值观的同时也并没有忘记指出他们身上的精英文化或理想主义也存在着很严重的空洞性、盲目性和软弱性。在这里，契诃夫对旧贵族和其所代表的生产力所具有的矛盾心态展露无遗。

契诃夫对第二类人资产阶级新贵也同样矛盾。这类人以罗巴辛为代表。他的祖辈都是农奴出身，他自己也没受过什么良好的教育，所以不能也不喜欢空谈理论，而是讲求既功利又浮躁的实干精神，他头脑精明，善于经营，目的明确，知道自己为什么活着。契诃夫评价这个人物说“要知道这不是庸俗意义上的商人 ……是一个中心角色……这是一个性格很柔和的人，的确罗巴辛是一个商人，但他是一个名副其实的正派人，他的举止应该是体面的，有文化修养的，并不卑鄙的，也不要狡猾手段……”但也正是这个被作家描写的拥有着艺术家般纤细和柔软手指的暴发户用自己纤细和柔软的手指怀着极其矛盾的心情但又迫不及待地砍掉了樱桃园，成了美的毁灭者，并坚信他的“子子孙孙将在这儿看见新生活”。

年青一代以安尼雅和特洛费莫夫为代表。他们充满着理想主义的光辉和色彩，坚定而自信的与旧时代告别，追求崭新的百分百的新生活，但新生活是什么，新在哪，他们并不知道，更不知道该如何去做，如何找到新生活。即便大学生特洛费莫夫对现实有较清醒的认识但也仅仅是认识而非行动。而年青一代的困惑其实就是作家自己的困惑。

这就是契诃夫描写的时代群像，这些人形形色色，跃动在到处盛开着白色樱桃花的舞台上。剧中的主人公们，并没有被庄园的拍卖这一本属于悲剧性质的事宜弄得过度焦虑和忧心，他们唱歌的依然唱歌，跳舞的依然跳舞，只是偶尔会淡淡的为此事烦恼和哀伤，而不是真正的剧痛，因为他们还未深切地感受到樱桃园的拍卖是对他们过去生活的彻底否定，也将彻底改变他们每个人各自的命运。这是“荒谬绝伦的事情呀! 这是时代的错误呀!”在这里契诃夫只是淡淡的讽刺了每一个生活在大历史中的人的不觉醒不自知和无法觉醒无法自知，也表达了自己的失落，忧虑和无奈之情。真正的喜剧一定是笑过之后要让人哭的，甚至哭出声来，因为这和我们为什么笑有直接关系。《樱桃园》确实如契诃夫所说是喜剧，但同时也是一部关于“爱与美”的哀歌。说它是喜剧，是因为作家在刻画每个人物的时候几乎使用的都是讽刺手法；说它是哀歌，是因为作家所讽刺的人、事、物以及时代和社会都在预示着一个并不一定美好的未来。笑声过后也许只是无尽的惆怅和悲哀，如果能笑得出来的话。

“好的剧作是为一切时代而写的。” 历史的脚步总是前行，但时代的进步却并没有让人类摆脱如同作品里的人物一样的生存困境，作品中出现的问题依然困扰着我们。旧制度和农业社会在进行文化转型的过程中必然都会面临许多各种各样的问题。传统中许多美好的文化遗产在面对强调竞争和效率的工商业社会的冲击之下，在实用主义和物质主义的夹攻之中被渐渐忽略和抛弃，人类不得不充满痛苦的与一些美丽但陈旧的事物告别，不得不被时代裹挟着去重新安排物质和精神在人们生活中所占的比例。新的“别墅楼”每天拔地而起，而“樱桃园”却逐渐消失淡去，只能变成回忆。我们每天目睹着象征物质和经济效益的别墅楼鳞次栉比，也亲眼见证着乱砍滥伐后精神家园的荒芜和日益萎靡。《樱桃园》让人们感受到的正是这种对新时代喜忧参半的复杂感情。趋新还是守旧，面对这永恒存在的时代性的两难选择，今天的我们需要去持续思考的可能甚至都不仅仅是现代化的伦理问题和审美问题。

“新生活”崛起必须要以巨大的牺牲为代价吗？只要物质与精神还存在着矛盾，契诃夫的《樱桃园》就永远不会过时，永远具有价值。一位导演曾说过：“剧作家不一定像历史学家那样可以看见真实，但却可以看见本质，而这些本质才是令人反省的。认真倾听那些打动我们心弦的声音，一起追寻萦绕在作家心头的永恒之美，一起体味大师留给我们的深邃思考。”

美好的樱桃园，愿你永不凋谢，永远盛开在人类的心灵之中。

第三节　亚哈们，请善待莫比迪克

你是否见过那只巨大无比的白色鲸鱼，不是海洋馆里每天在观众面前做马戏表演的庞大动物，而是19世纪浩瀚水域中神龙见首不见尾的奇异力量。麦尔维尔看到了，但即便那时他有影像设备也拍不到，因为它只存在于想象之中，提醒我们这些现代的亚哈不要去捕捉和征服它，否则一定会付出惨痛的代价。

《白鲸》是一本近600页的长篇巨著，被誉为“捕鲸业的百科全书”。《剑桥文学史》称之为“世界文学史上最伟大的海洋传奇小说之一”。但如果概述情节，其实只是写了一个人向一只动物复仇的故事。亚哈是捕鲸船“裴廊德”号的船长，他长年出海经验丰富，但却在一次追捕鲸鱼的过程中，不仅没有将它抓获，反而还被它咬掉了一条腿，从此之后他便一直满怀复仇之念，一心只想抓住这头白鲸，以至于最后失去理智，变成了一个彻头彻尾独断专行的偏执狂。他无视船东的利益，置船员们的生死于不顾，借助自己作为船长的职权对水手们进行威逼利诱，放弃一切目标全力追击白鲸，他的船几乎航遍了全世界的所有海域，终于与白鲸相遇。在最后三天，亚哈不顾大副斯达巴克的苦苦相劝，且对各种自然预警视而不见置若罔闻，三天三夜不眠不休的追踪和鏖战，他用鱼叉击中了白鲸，但船也同时被白鲸撞毁，亚哈被鱼叉上的绳子缠住，葬身海底。全船人只有水手以实玛利一个后来获救，生还后回来讲述了这个故事。

小说写的洋洋洒洒，包含着丰富的思想，绮丽的文笔和闪光的艺术形象，后来与福克纳的《熊》、海明威的《老人与海》一起被誉为美国文学史上的三大动物史诗。麦尔维尔水平高超，但作品出版时的命运却颇为不济，问世之后的销售状况一直欠佳，在作家生前没给其带来任何声誉和财富，直到他去世后四十年的20世纪才引起文学界的热评并成为公认的杰作，也令作家稳居美国文学史中重要的一席。19世纪的读者因为没能读出作品中所蕴含着的复杂而深邃的象征寓意而拒绝了它，20世纪的读者却因为真切的身处于作家所预言的那个时代才发现了它。

19世纪美国的主流文学是欧文、库珀、是爱默生、梭罗，是乐观和希望，是欣欣向荣和太平景象。而麦尔维尔却因为他的阶级出身、经济条件和个人经历看到了另外一幅画面，走上了另外一条道路。作家由于家道中落，15岁不得不辍学谋生，在社会上摸爬滚打从事过各种工作，并应募当了船上的侍役，体验了严酷的航海生活，尤其在他登上捕鲸船进入了这个世界上最危险的行业之后更可谓备尝艰辛。而和他一样的在当时美国的资本主义和原始积累飞速发展过程中被碾压的底层大众比比皆是。所以他的早期作品对此进行了公开的揭露和批判，发出了和当时文坛上主流腔调不同的声音，但却惹恼了一些评论家，因而后来，在希冀自己的作品能够获得好评但又不违背自己初衷的两难处境当中，作家的创作变为了大多选择用寓言的形式隐晦曲折的表达他的针砭时弊和政治评论，以此作为一种折中。所以作家说："在这个充斥着谎言的世界上，真理被迫像一只在林中受到惊吓的白色母鹿那样飞奔而去，人们只有通过机警的一瞥才能窥见她那若隐若现的身影，就如同在莎士比亚以及其他揭示真理的伟大作家的作品中一样——即便它是遮遮掩掩的，也是一闪而过"。

而我们在《白鲸》中能够发现的真理和麦尔维尔书中塑造的每一个生命个体都有关系。作品的原名直译叫莫比·迪克，就是书中对这头鲸鱼的称呼。19世纪的捕鲸业虽然极其兴盛，但从科学的角度来讲，这种白色巨鲸应该属于正常鲸鱼白化病变态后的一种特殊状况，存世量尤其是出水量不可能很高，即便在如今人们也不容易见到。书中描绘莫比·迪克比普通那种体型巨大的抹香鲸还要大得多，并且游动速度极快，它额头雪白，有"雪山一样的背峰"，下颌像一把大镰刀，具有毋庸置疑的毁灭性。平时它雪白、高洁、宁静而安详，但在遭到攻击时便成为鲸中最凶猛危险的一种。它力大无比，曾使无数的捕鲸者或望洋兴叹或葬身大海。它刀枪不入，即使身上插遍了鱼梭镖的铁头，却仍然可以安然无恙地游来游去从容不迫。它似乎还可以在同一时间出现在不同地方"连魔鬼本人也领悟不了它的真相"。麦尔维尔把这头诡异莫测无处不在的白鲸设置为主要象征对象，在这样一头鲸鱼面前只会让人感到好像看见了海怪、神明、上帝、大自然，或任何一种难以征服的神秘力量，像残酷的空虚和宇宙的浩渺。而这力量有无善恶，是善还是恶，它可以无善无恶，也可以既善又恶，这取决于船上的那些人。《白鲸》中的人物众多、形象各异，而作家正是通过对这些人的区别性塑造来表达人类在白鲸面前会遭受何种命运究竟是取决于什么。

作品的主人公是船长亚哈，主题的主字就是作家的态度，麦尔维尔对亚哈评价的隐晦曲折也能从这个名字中看出端倪。这个名字取自于《圣经》。《旧约》里记载，亚哈是以色列国的第七代国王。他处处违背自己的信仰对抗耶和华，干了很多坏事，简直可以算得上十恶不赦，最后在同犹太王约沙法作战时被乱箭射死。用这样一个恶魔的形象来命名自己的主人公，可见作家对船长亚哈的态度和预见的结局。虽然作家在亚哈身上注入了光彩照人甚至令人钦佩的性格，比如他在可怕的海洋中勇敢的战斗了四十年，他遭受过一次又一次的艰难困苦、挫折打击,但他却从来没有在精神上被击败过，就像同样在大海中坚持了83天的桑提亚哥——海明威《老人与海》中的主人公一样，但作家想要凸显的并不是亚哈的英勇无畏和不屈不挠，而是让读者看清妄自尊大的人类竟然如此愚蠢的试图去挑战自然、抗衡自然。虽然亚哈和白鲸的故事会让人不自觉地联想起一系列名字和事迹，为人类盗火而受难的普罗米修斯，因反抗权威上帝被罚变成吸血鬼的该隐，自强不息、永不停歇的浮士德，拼劲最后一口气也要和敌人同归于尽的力士参孙，在他们身上既有着某些一目了然的共同点，但又并不完全相同，而如果不仔细去弄清楚具有这种坚持和斗争品格的人究竟是勇敢顽强、誓死搏斗，与命运抗争到底的英雄？还是自私、偏执、丧失理智和人性，试图主宰宇宙并摧毁美的狂徒的话，人类还会继续迷失。

如果不考虑偏执和与大自然为敌的狂妄的话，亚哈身上也许似乎还能找到一点令人钦佩的为理想主义而坚守信念、永不妥协的顽强精神，但和疯狂的亚哈形成鲜明对比的大副斯达巴克的绝顶清醒似乎也能让读者更为清醒，以至于能够清醒地看到19世纪资本主义蓬勃发展之后现代文明的真正面目。斯达巴克坚决的反对亚哈追击白鲸的行为，尽力的阻挠着他想要复仇的荒唐举动，但他想放过白鲸的原因并不是因为他敬畏神明或尊重大自然，仅仅是由于这种冒险行为既不能让“裴廓德号”获得更多的鲸油和其他物质财富，又冒着巨大的人身和财产安全的风险，追击的成本过高，投入和产出不成正比。在斯巴达克这里人类与自然的关系就是自然为人类所用的掠夺与被掠夺关系，斯达巴克理性、明智，但这种理性和明智是以人类为中心的，白鲸或者自然在他的眼中仅仅具有经济价值而已，仅仅是能给人类带来物质财富的资源之一。这种经济伦理思想是生活在资本主义商业文明中的大多数现代人最为普遍的认知和观点。斯达巴克最后也葬身大海的结局就是作家对这种人与自然错误关系的彻底否定。

而唯一活下来的是小说的讲述者水手以实玛利，而且是在“裴廓德号”

沉没后，乘坐的小船遭遇到“嘴上挂了大锁似的”鲨鱼和“骇人的海鹰也掩着鸟喙”这样的情况下才神秘生还的。作家没有让大自然埋葬以实玛利是因为在整部作品中只有这个人建立起了与自然和谐共生的伦理关系。他通过对各种鲸鱼，尤其是莫比·迪克进行的研究，摆脱了亚哈灌输给他的白鲸是邪恶力量化身的思想，也不认同斯达巴克仅仅把它看作“哑口畜牲” 的冷漠。而是把海洋“居民”鲸鱼看作是和人一样平等的生物，尊重它们拥有的生存权利，同情它们被人类屠杀的命运，赞美和钦佩它们超越人类的天赋本领，把其作为人类的楷模，甚至充满了敬畏之情，觉得它们超越了诸神的形象。

就像利奥·马克斯说的：“对于生存所需要的品质，麦尔维尔给亚哈以权力，而给以实玛利以智慧。以实玛利的得救就像约伯的信使的得救一样，是为了让他可以为我们传递灾难即将来临的消息。”的确如此，在对待自然的态度问题上，人类最大的智慧就是应该超越自身与生俱来的狭隘和自私自利，把征服和利用变为尊重和关怀，摆好自己在宇宙中的位置，处理好和信仰的关系，人无论多么英勇无比、睥睨一切，但还是不能渎神，不能愚蠢地将自己等同于上帝，不能再继续变本加厉的疯狂掠夺大自然，否则最后一定会遭到大自然的报复，被大自然所毁灭。而这也是那条白色巨鲸在凝视人类时我们应该意识到的问题。就像有学者说的：“如果人类不能正确认识人并非是一切事物的衡量尺度这一客观事实，不能将人的价值判断由征服自然、向自然索取转变为平等共存与和谐相处的价值判断，或许等待人类的就是如白鲸和‘裴廓德号’捕鲸船一样的两败俱伤。”[①]大自然是善与恶并存，人性深处也是美与丑共在。害人者和受害者并不是固定不变、确定而永恒，他们之间可以互相转化也可以共存共生。

唯有敬畏。

① 郭海平：《〈白鲸〉中人与自然多维关系的伦理阐释》，《外国文学研究》2009年第3期。

第四节 奥维德和卡夫卡的魔术一样吗?

变形这个词在《现代汉语词典》中的解释有两个：一是形状、格式起变化。二是童话或神话故事中指人变成某种动物的形状或动物变成人的形状。按照这个解释，西方文化里能令人想起的与此有关的最早表述之一应该就是古希腊神话中那个著名的“斯芬克斯之谜”[①]。而变形的题材也一直吸引着创作者和阅读者。无论是对两千多年前的古罗马诗人奥维德还是对两千多年后的奥地利作家卡夫卡。这两位作家都使用了这一题材创作了《变形记》，但同为变形，两人的书写却又迥然有别，这些差异指的并非是那些表层上呈现出来的显性特征，更重要的是他们的变形故事在本质上所体现出来的相反路向，在这种绝然的对立之中，我们又可以发现两千多年来人类在自己的生存处境方面所发生的本质性迁移。

奥维德是古罗马历史上的一位大诗人，他的著名作品《变形记》是西方文学史上第一部变形类题材的作品，写人由于某种原因变成了动物、植物、星辰、石头等。长诗一共包含有200多个故事，按照时间顺序串联起来。从宇宙的创立开始写起，最后到罗马建国，恺撒大帝遇刺化为星辰，屋大维继位结束。这部作品并没有囊括所有的古希腊和古罗马神话，而是专门选取了那些表现人由于某种外力的原因最终变成非人的故事。在这些故事里，每个变形都是有原因的，这些原因基本可以概括为两大类：一种是被动的因为犯罪或犯错而被惩罚，比如不敬神和道德低劣的话，就可能被变为令人讨厌的东西，像猫头鹰，蜘蛛，蜥蜴等。一种是主动的自愿变形为求达到某些目的。

奥维德认为世界上的所有事物都在变异中形成，神、人、动物及世间万物都是相通的，都可以轻易互变。“万物的形状也没有一成不变的。大自然最爱翻新，最爱改变旧形，创造新形。请你们相信我，宇宙间一切都是不灭

① 谜面是“什么动物早上四条腿，中午两条腿，傍晚三条腿？”谜底是“人”。

的，只有形状的改变，形状的翻新。所谓‘生’就是和旧的状态不同的状态开始了，所谓‘死’就是旧的状态停止了。虽然事物或许会由此处移往彼处，由彼处移往此处，但是万物的总和则始终不变。”所以他的这些“变形”故事主要反映的是人类早期的一种生命观。原始人是用自然现象来解释人的生死的，认为人的死亡，只是旧的形式的结束，肉体会幻化成别的形式，而灵魂会保留下来继续存在，由此产生了性命不灭、万物循环、生命永恒等观念。德国哲学家卡西尔也说：“神话教导人们死亡并非生命的结束,它仅意味生命形式的改变，存在的一种形式变成了另一种形式，如此而已，生命与死亡之间，并无明确而严格的区分，两者的界限暧昧而含糊，生与死两个词语甚至可以互相替代。”

所以，既然甚至死去的都可以复生，会变成别的东西再次回来，那么这样的生命观会把死去的看作并没有死去，它仍然活着，以别的形式存在着，这是两千多年前人的思想和人的处境，而两千多年后也还如此吗？死去的仍旧死着，活着的却也像死了一样，至少不能以正常的活人的面目在世上活着，我们被异化成了某些非人的东西，比如虫豸。有请卡夫卡。

卡夫卡的魔术和奥维德的完全相反。奥维德的《变形记》里变形的施动者都是明确的在场的，不管出于什么原因，至少都存在着发出变形指示的主体。然而卡夫卡的《变形记》从头至尾都没有告诉我们变形的施动者和变形的原因。小说写得非常奇特，不仅仅是故事还有叙述的语气均影响了内容。主人公是在某天早晨一觉醒来突然发现自己变成大甲虫的，作品没有交代被谁变的，因为什么变的，怎么变的，而是悬置了这些问题，直接而且只写变后的感受。一是写主人公的感受，二是写家里人的感受。发现自己变成甲虫之后，主人公格里高利先是十分着急，而他的着急甚至不是因为自己的变形，而是直接想到变形后给家人带来的麻烦，因为他要是不能按时上班就会被公司解雇，被公司解雇就会让以他为经济来源的家人衣食不保。然而面对此种情况他的家人的反应和变化却是——恐惧、厌恶、漠视、冷淡，最后甚至要将他弄走，免得影响全家人的生活。父亲无情地把他驱赶到屋子的后部，不许他外出，妹妹送食时急匆匆的，不愿久留。母亲一见到他就害怕的尖叫起来，更别说来看他。他就这样独自整日整夜地呆在房间里，与世隔绝，忍受着孤独的煎熬。最后，在一天夜里，格里高利怀着对家人温柔的爱意，凄惨地告别了人世。他死后，家人迁入新居，很快的遗忘了那段日子，开始了幸福的新生活。

格里高利并不是因为犯了罪或犯了错而被惩罚变形的，相反，他是一个善良的好人，不管是家人还是领导都这么评价他。但他也只是一个生活在社会底层，被沉重的家庭负担压得喘不过气来的无助的好人而已。为了维持一家四口的生活，他努力工作拼命赚钱，想替父母还清欠老板的债，想送妹妹读音乐大学。可是公司不景气，他的收入非常微薄，入不敷出。但工作仍然辛苦，每天清晨四点就得起床，去赶五点的火车上班，然后又要到处奔波去推销公司的产品，不仅体力上每天透支而且精神上也承受着巨大的压力，公司老板总是颐指气使，发号施令。同事们又总是阳奉阴违、多疑无耻。格里高利的生活像我们大多数人的一样，是现代社会中千千万万个普通人的缩影。而卡夫卡通过这部作品想要描写的正是我们每个人在20世纪的生存处境，作家只不过是用了夸张的文学手法把主人公变成了一只可怜的甲虫，其实不管那个令他变为甲虫的夜晚是否来临，在他之前的生活里，他早已经是一只名副其实的甲虫了，甚至还不如一只真的甲虫活的自由而轻松。甲虫可以作为甲虫而活着，可格里高利却既不能作为正常的人而活着也变不成真正的甲虫，他的变形是作家要向我们展示那个被他发现的并隐蔽已久的重要问题——现代文明对人的异化。

奥地利作家卡夫卡历来被誉为“现代派文学的先驱”、“现代派小说的鼻祖”。而现代主义文学又历来具有特别普遍而明显的寓言化倾向，所以他的这部充满怪诞内容的作品寄寓的正是作家在20世纪初就已经敏锐发现了的时代的大问题。就像英国当代诗人奥登指出的：“如果要举出一位作家，他与我们时代的关系最近似于但丁、莎士比亚、歌德与他们的时代的关系，那么，卡夫卡是首先会想到的名字。他之所以对我们重要，是因为他的困惑亦即现代人的困惑。”这困惑就是关于人的异化，关于人和世界，人和他人，以及人和自我的关系等一系列问题。卡夫卡的作品既是寓言又是预言，对于

20世纪已经存在的异化现象来说，他的作品是寓言，对于21世纪更加严重的异化现象来说，他又成了预言家。

马克思主义认为，异化作为一种社会现象是伴随阶级这一实体一起产生的，是人的物质生产与精神生产及其产品变成异己力量，反过来统治人的一种社会现象。异化使人的能动性丧失，个性不能全面发展，导致片面甚至畸形。人类异化的问题到了以科技理性突飞猛进高奏凯歌的21世纪这里表现得尤为突出。这一时期虽然人类在理性和科技方面取得了更大的成就和前所未有的辉煌，但是人作为“人”的生存状态却令人意外的没有提升反而一发而不可收地向下跌落了，且这种跌落一直变本加厉的在持续、在恶化。福柯在他的《主体与权力》里曾经分析了现代文明是通过三种客体化方式来改造个人的。这三种客体化方式分别为区分、规训（其中包含三种手段：层级监视，规范化裁决，检查）和主体化。这些手段使人类生活得越来越辛苦与压抑，甚至主体化使得我们完全变成了无意识的和不自知的，最后的结果只能是彻底地被沉重的异己力量所挤扁、扭曲、变形成了甲虫和物的“奴隶”。犹如卓别林电影《摩登时代》里那台硕大的齿轮机器上一颗渺小的螺丝钉。而人和人之间的关系也变成了螺丝钉和螺丝钉之间的关系，冰冷的、坚硬的、被生活固定在机器上不停旋转无法控制自身命运的，即便就是亲如家人也完全无法或无力去互相理解和互相善待。

卡夫卡的《变形记》淋漓尽致地展现了现代人的共同命运，无法逃避被现代文明所异化的巨大痛苦，失掉自我的悲哀，与寻找自我的徒劳。格里高利变形后进入的世界就是现代人生存处境的真实写照。把他开除了的老板，厌弃他的家人，白眼他的社会……真是一个梦魇般可怖又陌生的世界。读完《变形记》后，我们会感到脊背发凉和隐隐作痛。人，很多人，在像甲虫一样的活着，而像甲虫一样活着的人，实际上已经死去了，两千多年前奥维德的魔术告诉我们死去的仍然可以活着，两千多年后卡夫卡的这个魔术则向整个世界宣布了活着的人作为“人”已经死了。

尼采说“上帝死了”，卡夫卡说“人也死了”。

第五节　喜忧参半的浮士德精神

在西方经典文学的画廊里存在着一个特殊的人物。很多著名的文学家为他塑过像，包括马洛、莱辛、克林格尔、歌德等。很多著名的音乐家为他谱过曲，包括舒伯特、瓦格纳、柏辽兹、李斯特等。他既不是神话传说中的人物，也算不上历史中的英雄或伟人，可他从德国而来，却漫游了整个世界并流传了半个千年。他就是浮士德。

《浮士德》的情节来源于德国的民间故事，据说历史上确有其人，大概生活在中世纪，身份是神学博士，但他背离了《圣经》和上帝，成了一个走街串巷的江湖医生、炼金术士、魔法师、星象师和占卜师。故事在口传过程中逐渐被润色、加工、增删、修改，但以灵魂为代价和魔鬼进行交易的核心情节则基本没有变化。1587年德国施皮斯出版的《约翰·浮士德博士的故事》等三种故事书中，浮士德还都是那个不信神的、贪图享乐的、把自己出卖给魔鬼，灵魂下了地狱，肉体抛尸于粪土的自大顽劣的妄人形貌，是被人们当作“以儆效尤”的批判对象和反面教材来传播的。包括直到17 世纪的很多流动剧团中上演的傀儡戏和滑稽剧等也都延续了这种情况。文艺复兴时期，英国戏剧家马洛创作了《浮士德博士的悲剧》，在这部作品中马洛颠覆了浮士德原有的形象把他塑造成一个勇敢追求各领域真知和自身价值的伟大学者与时代巨人。这是身为外国作家的马洛对德国民间题材的“创造性叛逆”，对浮士德形象的变化具有意义但在德国国内的影响有限，人们对浮士德原本的面貌仍然根深蒂固、印象深刻。18 世纪德国作家莱辛、克林格尔后来也都尝试过这个题材，“当莱辛计划写一部以浮士德为题的戏剧时，其好友、犹太思想家门德尔松还在奉劝，不要因写‘浮士德’而招致观众嘲笑。门德尔松甚至不愿在与莱辛的私人信件中提及‘浮士德’一词，仿佛哪怕仅仅是提及，都会玷污他的名声和品味。”[1]莱辛后来确实中断了有关《浮士德》的创作，可见直到18世纪，浮士德的形象在人们心目中仍然没有多大变化和好感，直到18世纪出现了德国的伟大作家歌德。歌德的改编为《浮士德》这个题材赋予了极其恢宏与丰富的意义，使作品承担起探讨严肃问题的责任，而且使浮士德的形象成了全人类的象征。

出生于法兰克福上层社会家庭的歌德从小就对浮士德的故事很感兴趣，少年时还看过有关这些情节的木偶戏和故事书。从上大学开始虽然攻读的是法律，但酷爱文学的他很早便萌生了创作浮士德的想法。他在狂飙突进运动的初期开始构思，之后断断续续的花了六十年时间，先后创作了《浮士德》的第一部和第二部，最后直到作家临去世的前两个月才全部完成。这部作品以特殊的诗剧形式为其体裁，全长12111行，分为两部分，第一部25场不分幕，但前面有卷首献诗和两个序幕。第二个序幕：天堂序曲是全剧的正式开始，在语言和意象上借用了《约伯记》，写上帝对人类的新看法，上帝与魔鬼墨菲斯托讨论人的问题。《旧约·创世记》里写人类因为经不起撒旦的诱惑，偷吃了智慧树上的苹果而犯有原罪被上帝惩罚，逐出了伊甸园，变成了源于尘土归于尘土的平凡生物。魔鬼对人持悲观态度，认为人类天性堕落，易受诱惑，无法拯救，作家一反《圣经》中的古老腔调——人类是经不起诱惑犯有原罪的卑微生命，利用上帝之口表达出了对人类的未来和前途充满着乐观的信念，认为人类在前进途中难免迷失难免犯错，但终将觉醒走上正途。因此两方相约赌赛，以中世纪书斋里的老学究浮士德为对象。上帝允许墨菲斯托下凡，看它是否能把浮士德引诱到满足、懒惰和堕落的道路上来。出场时，浮士德已经年过半百，整天待在书斋中研究学问，却发觉这些中世纪的神学和经院哲学让人越学越蠢，毫无用处和价值，半生心血付之东流，绝望之余浮士德准备饮毒自尽，但此时复活节的钟声突然响起，使他记起了自己天真的童年，意识到能够使人得救的不是灰色的理论，而是常青的生命之树和火热的生活，于是他放下毒杯，决定重新开始。这时魔鬼墨菲斯托出

① 谷裕：《人间大戏——歌德〈浮士德〉的戏剧形式》，《国外文学》2015年第2期。

现了，他和浮士德打赌，让浮士德以自己的灵魂作抵押，他则来满足浮士德的所有欲望，而当浮士德对一个美好的瞬间发出满足的赞叹时，就输掉了赌局。浮士德应允了这个赌赛，因为他有信心自己会一直追求下去永不满足。歌德把中世纪的契约变成了自己笔下的赌赛意义深远重大。因为契约是合同，只体现双方交易的一种行为，出卖灵魂很容易被人诟病让人不齿，但赌赛是信念和雄心，能表现永远前行、永不怠惰的顽强精神。从赌赛开始，浮士德的历险和全新的面貌也就此拉开了帷幕，魔鬼先把浮士德带到魔女的炼丹房，使他喝下药酒，返老还童。然后令他路遇一个年轻女子玛甘泪，与之热恋但结局却很悲惨。为了抵抗家长对恋情的阻挠，玛甘泪用药过多失手误杀了母亲，其兄也死在了浮士德的魔法之下，玛甘泪则在悲痛和疯癫中杀死了自己与浮士德的私生子，最后被判处极刑。浮士德追求爱情的理想就此以失败告终。浮士德的爱情剧反映了文艺复兴时期人文主义者们所追求的个性解放在过度后带来的必然结果。其后浮士德来到了罗马宫廷，从事政治活动，帮助皇帝改良社会。然而宫廷一派腐化，皇帝只求享乐，浮士德完全无法拯救社会和实现政治抱负。这一幕融注的是歌德曾在魏玛宫廷中从政十年的痛彻体验，揭露了封建王朝的腐败和堕落，反映了德国资产阶级对现实的矛盾痛苦心情，并直接质疑了十七世纪寄希望于开明君主来改良社会的政治理想。为了缓解浮士德巨大的失意和痛苦，魔鬼幻化出古希腊美人海伦，使浮士德与之结婚生子，可这个孩子从一出生开始便无休止的向上跳跃，结果跳得太高，坠地而死。海伦也随即消失。浮士德对海伦的追求象征的是对古典美和艺术的热爱，而其子欧福良则象征摆脱一切束缚，求得绝对自由和实现人类真正解放的美好理想，然而作家安排其跌落身亡表明歌德虽赞赏这种大无畏的精神，但在实际却认为并不可取，同时也否定了自己在意大利时的带有空想色彩的观念——企图用古典美和艺术的净化功能来教育人心从而改变现实社会。最后的事业剧是针对十八世纪启蒙思想的实践理性问题。浮士德想改造大自然为人类造福，他要填海造田，派魔鬼去动员人们搬迁，可魔鬼却私自使用暴力把一对老夫妇害得家毁人亡，浮士德看到为了给人民谋利益谋幸福而去改造自然，反而却在改造自然的过程中又对人民造成了巨大的伤害，此时的他已百岁高龄，内心之中十分难过，又被“忧愁之风”吹瞎了双眼，而魔鬼则开始派亡魂为他掘墓，他听见铁锹的铿锵之声，以为大堤即将筑成，事业即将实现，在幸福的预感中，发出了“停留一下吧，好美啊！”的赞叹，随后即应声倒地绝命而亡。魔鬼欲按约收走其灵魂，但此时天使下凡，救出浮士德登入天堂并说：“凡自强不息者，均能得救。”

在这部作品里，作家向世人展示了一个包罗万象的“如此丰富、如此多彩、如此变幻万千的人生”①，而这人生的本质就是追求，追求的过程体现出人作为主体所拥有的方向、信念以及感性和理性的巨大能量，而追求的内容（知识、爱情、艺术、政治、事业）则几乎概括出作为个体的人所能产生的全部欲望：对真理皓首穷经的追求是为了满足人类的好奇心和求知欲，对爱情的追求是为了满足个人的身心情感，对权力的追求是为了实现个体的政治理念，对海伦的追求是为了达到艺术之美的境界，对事业的追求是为了实现人生的自我价值。而浮士德的这五幕追求经历（1.知识剧，2.爱情剧，3.政治剧，4.艺术剧，5.事业剧），又分别对应着从西方文明开始到歌德生活的18世纪之间的每一个时代。1.知识剧批判中世纪的知识理性局限问题。2.爱情剧思考文艺复兴时期的欲望问题。3.政治剧发现十七世纪古典主义中的开明君主问题。4.艺术剧研究古希腊古罗马的空想性问题。 5.事业剧探索十八世纪启蒙思想的实践理性问题。歌德花60年创作而成的这部作品，几乎囊括了人类文明发展的全部历程及其中的每一个核心。而主人公的形象也在这些歌德重新叙写的各种追求和寻找之中彻底摆脱了读者对人物原型印象的烙印，呈现出完全不同的闪光色彩。这色彩中有坚持不懈和永不满足的追求意志，有不断挑战自我和超越自我的执着精神，有时刻进行着强烈的批判与自我批判的坚韧勇气，以及作为追求动力与支撑理想的人道主义精神。可以说，浮士德的故事代表的是近代资产阶级知识分子们这一路走来的艰辛求索过程，而这部作品既是歌德的精神自传，更是人类精神的典型象征。它被誉为近代人的《圣经》，而其中所体现出的浮士德精神从文艺复兴开始就使得整个世界

① 爱克曼（辑录）：《歌德谈话录》（1823 — 1832），朱光潜译，人民文学出版社 1978 年版，第 146 — 147 页。

迅速地发生了天翻地覆的变化，英国的工业革命和法国的大革命让西方社会从经济方式到政治体制都完成了现代化转型，而启蒙运动也为西方的思想和文化确立起了新的现代性价值体系。这种精神促使我们继续沿着理性的铁轨急速飞奔，可是在这条被命名为理性的轨道上，其实还有着既纠缠不清又明显不同的两个方向的理性精神，即价值理性和工具理性。这两种理性一个是行动的目的，一个是实现的方法。浮士德的所有追求体现的是现代人的价值理性，而魔鬼想尽办法帮浮士德尽快满足所有愿望，从而快速获取其灵魂的行为则是工具理性的最大特征。在表面上看来两者互为条件、互相依存，结合后也确实产生了巨大的能量，但形影不离互相陪伴的浮士德和魔鬼一路上却又吵吵闹闹，矛盾不停，尤其是魔鬼并不完全听命于浮士德，经常越俎代庖、自作主张，并且残忍冷酷、毫无人道主义精神。所以在这里我们看到的是两个理性之间所存在的悖谬关系，工具理性只关注效率和利益最大化，不在乎所谓的价值、所谓的理想，结果往往与浮士德的初衷背道而驰。浮士德临终前被忧愁紧紧地缠绕和最后悲凉的离世更展现出作者那难以名状的惆怅之情，这是经历了法国大革命和拿破仑战争后的歌德对启蒙主义精神的严肃反思，对西方现代理性的重新审视以及对人类命运的深切担忧。马克·思韦伯说过："工具理性必然最后会完全压倒价值理性。"这个论断虽然悲观但也许不无道理，而这可能也是现代人、现代社会的现代性所具有的两难处境。而这两难处境的根源也许是来自于人内心中的两难选择，即歌德在作品中展现的"浮士德难题"。

"有两个灵魂住在我的胸中，
它们总想互相分道扬镳；
一个怀着一种强烈的情欲，
以它的卷须紧紧攀附着现世；
另一个却拼命地要脱离尘俗，
高飞到崇高的先辈的居地。"

伟大的歌德是熟谙辩证法的哲学大师，他清楚地看到人类本身就是既向善又向恶，既无法摆脱自身园囿又渴望追求飞升的矛盾混合体，既具有天使般的“神性”，想要探究“无限”“极致”“宇宙的奥秘”“事物的内在关联和绝对的认识”，也具备受造物的“兽性”，时刻会被内心中欲望的强大力量向下拉扯，有最终跌落的危险和局限。

就算我们最终还是不能改变人类的宿命，但清醒的掌握、了解、预见到现代人的未来，总要比盲目乐观和轻易悲观来得更有价值一些。因为至少我们还能做点什么，去推迟或延缓那一天的到来。

如果必须到来的话。

第六节　弗兰肯斯坦真的来了

很难想象一位年轻温婉的女性却写了一部惊悚恐怖的小说，而这小说又成为世界上第一部真正意义的科幻作品，作者也由此变成了伟大的奠基人。这位女性就是大诗人雪莱之妻，被誉为科幻小说之母的玛丽·雪莱，这作品就是科幻小说《弗兰肯斯坦》（全名是《弗兰肯斯坦——现代普罗米修斯的故事》），或译《科学怪人》《人造人的故事》等。

小说写了一个可怕又令人担忧的故事。年轻的科学家弗兰肯斯坦对任何自然风物都不感兴趣，整日埋头于自己热爱的科学研究，甚至放弃了与家人朋友共享天伦之乐的机会，不断想方设法地从停尸房等地找来人体的各个组织和器官，将其拼合成一个人体，还利用雷电使这个人体拥有了生命和意识。然而，新生命的降临并没有给造物者带来预期的惊喜，其庞大的身材和丑陋的样貌带给弗兰肯斯坦巨大的冲击吓得他落荒而逃。虽然这个人造怪物具有和人类一样的善良天性，也向往美好渴望感情，但是由于其外貌丑陋，被社会视为巨大的威胁，所以处处碰壁。怪物要求弗兰肯斯坦再为自己制造一个配偶，答应完成后与其双双远离人间。科学家最初答应了怪物的这个要求，但在接近成功之时，担心怪物种族从此危害社会，于是毁掉了自己的成果，但也激怒了一直苦苦期盼的怪物，导致了其肆无忌惮的疯狂报复，怪物杀死了弗兰肯斯坦的未婚妻和好几个亲人。在巨大的悲愤之中，弗兰肯斯坦发誓一定要毁掉自己的作品，他一路追踪怪物直到北极，受尽折磨后病逝，而怪物最后也自焚而死。

如果说玛丽·雪莱创作于1818年的这部作品是一个寓言加预言的话，那么到今天的21世纪寓言已经不用解读，预言也几乎已经实现。科技大发展和人的发展之间在这二百多年以来呈现出一种什么样的关系似乎已经有目共睹。小说的主人公弗兰肯斯坦代表着科学的创造力，他是一个充满着狂热执着和近乎变态精神的科学家，他想了解自然的一切秘密，想征服自然，和造物比肩，“由我缔造的一种新的生物将奉我为造物主对我顶礼膜拜，感恩戴德。”所以他费尽心思不惜一切代价的通过电击尸体的方式使生物体被激活，制造出了一个科学怪物。而他的这个行为其实违背的是自然规律，挑战的是人类的道德和伦理底线。道德是衡量行为是否正当的观念标准，是一定社会调整人们之间以及个人和社会之间关系的行为规范的总和。虽然不同的对错标准是特定生产能力、生产关系和生活形态下自然形成的，并且道德相对主义者也认为道德和文化有密切的联系，在不同的时代和社会中，某些道德观念往往不同，所重视的道德元素及其优先性、所持的道德标准也常常有所差异，但人类任何社会公认的道德规范在某些方面仍然具有共通性和一致性，而基本上最稳定的就是人和人之间的生物和伦理关系。科学怪物最终的命运是悲惨的，其根本原因就在于人造人在现实世界的伦理关系中没有位置或位置错乱，科学怪物虽然好学求知、敬畏自然，还帮助弱者，富有同情心，但不管它具备多么美好的品德，人类仍然称它为“怪物”。既是因为它具有令人无比恐惧的外貌，但更是因为它是来自于科学实验室的组合体，和现实社会中的任何人都没有谱系关系，从本质上来说它只是人类制造出的一个产品，是“物”而已，但又由于被赋予了人的一切特性，使他在“物”和“人”这两者之间无所皈依，人类既无法接纳怪物，并且还用偏见和歧视将它拒之于社会门外，而它所具备的人类意识又让它无法回归“物”的领域。因此在不被世人理解和自身身份与社会位置既模糊又可疑的情况下，“科学怪物”最终走向了反社会的极端结局就是必然的了。

把这部作品看作寓言，是因为弗兰肯斯坦制造科学怪人的行为显示的不是他个人的偏执或错误，而是整个人类在科技发展史上一直试图战胜和控制自然规律的强大野心和持续膨胀的人类欲望。这些都是和人类中心主义思想以及在人与自然的伦理关系中康德提出的“人是目的”这一命题肆无忌惮的蔓延和强化的趋势有关。这种思想是要把人类的利益作为价值原点和道德评价的依据，人类的一切活动都是为了满足自己的生存和发展的需要，认为任何不能达到这一目的的活动都是没有意义的，因此一切应当以人类的利益为出发点和归宿。这种思想坚持在人与自然的价值关系中，拥有意识的人类是唯一的主体，而自然是客体。价值评价的尺度必须掌握和始终掌握在人类的手中，任何时候说到“价值”都是指“对于人的意义”。这种思想最突出的表现就是人类试图凌驾于自然之上，没有底线的违背自然规律甚至可以称之为为所欲为。从弗兰肯斯坦出于对科学的狂热追求而强行干预自然界的生老病死把科学怪物创造出来的那一刻起，自然规律就已经被人类毫无尊严地践踏在脚下了。就像玛丽·雪莱在小说导言中说的那样，任何嘲弄造物主伟大的造物机制的企图，其结果都是可怕的。人类欲望的无限膨胀和人以自身利益为核心的主导思想导致了人类对科技的滥用和肆意破坏自然资源，人和自然之间关系的恶劣发展所造成的社会生态伦理的严重失衡促使和加速了环境的恶化，损害了人类的生存处境。科技对自然的破坏最终导致的是自然给人类带来的毁灭性打击和灾难性恶果。小说的结局既悲惨又颇具警钟和预言意味。一个相信人类可以统治一切的科学狂人，最终被自己的研究成果科学怪人所毁灭。这就是人类社会的发展在违背了自然规律之后必然落得的下场。人类应该反思并反对人类中心主义，倡导全新的非人类中心主义价值观即生态中心主义。在生态系统中，保持人、社会、科技与自然的和谐统一关系，只有人类尊重自然和环境，给予其充满感情和人文精神的道德关怀，自然和环境才会反过来也尊重人类，提供给人类舒适而温暖的地上乐园，而这也是人类能够走出生态危机的根本且唯一途径。好的文学作品正是能深刻的揭示和研究人与自然的关系，并对人类提出迫在眉睫的严肃要求，人类应该尊重一切生命，尊重大自然的运行规律，确定自然界的价值与权利，规范人对自然的行为，有效保护自然界的生命和生态系统，并积极地遏制住不利于人类生存和发展的某些科学技术手段的过度发展，并适当的调整人类社会的高度工业化进程，保护资源，节约能效，以避免大自然对人类的无情报复。如今世界各地面临的生态危机已经对人类的生存造成了严重的威胁。全球变暖，沙漠化，雾霾都是被伤害的体无完肤的自然之神忍无可忍时发出的可怕怒吼，只是愚蠢而骄傲自大的人类还没有完全听到和解读出那些声音，玛丽·雪莱的作品正是人类和自然之间沟通交流的助听器，是促发人类产生正确自然伦理思想观的接生婆，她的作品对现代人的生活以及世界未来的前途和命运都具有极其重大的价值和意义。

玛丽·雪莱在作品中还创造了一个与主人公截然不同的人物形象伊丽莎白。她热爱大自然的美好，但却没有征服自然的野心，她追求与自然的和谐相处，而不是把自然踩在脚下。作家通过塑造这个人物表现出的是自己倡导尊重自然、热爱自然的健康而有益于人类的生态伦理观。但其实反观已经进化到21世纪的当今的人类，其实我们还并未真正懂得如何摆正人类自己的位置，如何利用自然的馈赠并顺应自然和谐共生。弗兰肯斯坦在科学怪物给世界和家人带来了极其深重的灾难之后才幡然醒悟，在最后一刻毁掉了即将诞生的另一个怪物，但为时已晚。

希望21世纪的人类在幡然悔悟的时候还不会太晚。

第五章

人类的命运

第一节　乌托邦有意义吗？

我们对于乌托邦这个词并不陌生，很多时候也经常会提起或用到，但有个问题值得注意，那就是我们在使用这个词语的时候，每个人的理解可能不完全相同，甚至可能相反。为何会有这种情况，真正的词义又是什么，它和经典文学的当代阅读有何关联。尤其对于不可能去细致研究的非专业读者来说，这些问题就愈加变得模糊和混乱。

乌托邦（Utopia）这个词最早由英国作家托马斯·莫尔创制，来源于两个希腊词：Eutopia和Outopia。Eutopia意指 “好的地方 ”， Outopia意指“没有的地方”“乌有之乡”。所以从造词者最初的意图上来看，这个词要表达的义素只有两个：一个是完美的，一个是不存在的。我们可以用《简明不列颠百科全书》中对“乌托邦”的定义来简单概括一下：乌托邦“一种理想的国家，居民生活在看起来完美无缺的环境中。”而后在各种专家学者的拓展之下，由这个词又衍生出来一系列的相关概念。资深乌托邦理论家莱曼·萨金特在《重返乌托邦的三张面孔》一文中给出了较为具体的定义和辨析：“1.乌托邦(Utopia)：一个不存在的世界，通过相当丰富的细节展现了一定的时空定位。 2.‘乌托邦’或者正面乌托邦(Eutopia or positive Utopia)：一个不存在的世界，通过相当丰富的细节展现了一定的时空定位。作者试图让同代读者相信，这个世界比他们所生活的社会更加美好。3.恶托邦或者否定的乌托邦(Dystopia or neg ative Utopia)：一个不存在的世界，通过相当丰富的细节展现了一定的时空定位。作者试图让同代读者相信，这个世界比他们所生活的社会更糟糕。4.讽刺的乌托邦 (Utopiasatire)：一个不存在的世界，通过相当丰富的细节展现了一定的时空定位。它展示了对当代社会的批评。5.反乌托邦(Anti -utopia)：一个不存在的世界，通过相当丰富的细节展现了一定的时空定位。它致力于批评乌托邦主义或者攻击某些正面乌托邦作品。 6.批判的乌托邦(Criticalut opia)：一个不存在的世界，通过相当丰富的细节展现了一定的时空定位。它的功能是提供一个比现存世界更好的社会，但是这个社会同样充满可以解决或不能解决的困难和问题，这一叙述以批判眼光关照乌托邦文类。”①

虽然进行了具体的细分，加上了各种各样的限定词语，但乌托邦这个词的核心义素是稳定不变的，一个不存在的时空，遥不可及的地方，异于自己所处环境的陌生地或他者之乡，比现存世界更加美好的所在。乌托邦所具有的美感一方面来源于和现存世界的距离，那是触碰不到的一种虚幻，而距离感是产生美感的重要条件之一。这种距离感包括时间和空间两个方面。这种未知的不可企及的遥远之物的吸引力异常强大，因而人类对乌托邦的这种心理诉求是永恒的，不管任何时代、任何国家民族都概莫能外。而这也正是我们可以在古今中外的众多作品里不断发现乌托邦现象的重要原因。乌托邦要么在过去，要么在未来，反正不在现实生活中。而这样一个世外桃源或伊甸园又必然成为人类不满当下渴望逃离现实生活压抑和束缚的客观投射物。

考察一下表现或涉及乌托邦现象的经典之作的话，我们首先可能会想到的就是柏拉图的《理想国》，这部作品涉及柏拉图思想体系的各个方面，包括哲学、伦理、教育、文艺、政治等内容，但最主要的还是探讨理想国家的问题。文中采用对话体的方式阐述出苏格拉底将政体由优到劣分为五种形成的思想，这五种政体分别是：贵族制、荣誉制、寡头制、民主制和暴君/僭主制。在这五种政体中，贵族制是由出身高贵且智慧超群的哲人王居统治地位的理想政体。其他四种都是已经出现或尚在实行的不完善的政体。晚年的柏拉图又认为混合政体是一项基本政治原则。在《法律篇》中他是以斯巴达为例论述自己的理想政体的。不管是在柏拉图那里还是在他的老师苏格拉底那里，他们对理想国家的研究既严谨又认真并且充满热情和信念，相信存在着一种有待我们发现的完美体制，它确实存在，只是我们还没有找到而已，这种信念也许和柏拉图所信奉的理念论有关，在他的思想中，那种精神上概念上的完美图形才是真实存在，甚至比现实世界还真实。而在这样的理想和信

① Lyman Sargent，“The Three Faces of Utopianism Revisited”，*Utopian Studies5*，1994，p 9.

念鼓舞之下，其后的很多文学作品中也相继出现了关于乌托邦或理想国的描述，比如法国作家拉伯雷《巨人传》里的德廉美修道院，英国作家斯威夫特《格列佛游记》里面的智马国，法国作家伏尔泰的哲理小说《老实人》中的黄金国等。而之前提到的托马斯·莫尔用拉丁语写成的那部对话体小说《乌托邦》，从书的全名《关于最完美的国家制度和乌托邦新岛的既有益又有趣的金书》就能看出这种理想主义的特性。另外，文学作品中关于乌托邦内容的描写也经历了一个发展变化过程。从依靠人性和道德的自我完善到发现客观生产力的历史推动作用，从对政治制度的关注到构建整个社会的经济体系和福利体系，从语焉不详的模糊理想到具体多样的各种措施和方法。

若是单论时间先后的话，古希腊著名喜剧家阿里斯托芬其实在早于柏拉图的《理想国》之前，就已经在文学作品中集中探讨了乌托邦话题。他的喜剧《鸟》可以算得上是最早在文学中表现乌托邦场景和思想的作品，而且几乎具备了后世乌托邦文学的所有特征。剧本中的故事说的是两个雅典人不满社会生活的混乱，逃到了鸟的国度，率领众鸟推翻了宙斯的独裁统治，设计建造了鸟城，也就是这部作品中的乌托邦，一个空中的理想国——“云中鹁鸪国”。表面上这确实是一个看似理想的乌托邦，但其实作者在给这个空中理想国取名字时已经暗示了它的真实情况。“鹁鸪”的原意本指愚蠢的人，这分明是在讽刺这个乌托邦的理想虽然美好，但同时也是不真实的，在现实世界中不可能实现的。而这种不可能实现不仅仅是由于作家缺乏信心，而是作家清楚地看到了这个所谓的理想城邦实际上也是问题重重。在戏剧结尾，我们可以看出这个“云中鹁鸪国”实行的是民主制政体。但是，如果我们联系作品中的人物生活时代和国家会发现当时的雅典城邦实行的正是民主制，两个逃离民主政体的人怎么又会让这一新建的空中理想国又是民主制呢。这看起来匪夷所思，其实作家别有深意。对于古希腊来说，民主制从来就不是完美的或没有缺陷的，至少从苏格拉底死于民主制这一大事件上就能略见一斑。再加上希腊各城邦之间无休止的征战，尤其是伯罗奔尼撒战争，以及各城邦联盟的脆弱、包括希腊最终被异族征服的历史事实都证明了民主制的问题和局限性。所以民主制并不是阿里斯托芬理想中的政体，反而是他作品中嘲讽的对象。虽然作为一部展现乌托邦情境的文学作品，《鸟》并没有像其他的这类作品一样提供一种在政治上或经济上的最佳蓝本，但它的意义也许远比盲目乐观地幻想一个优胜美地更有价值。因为阿里斯托芬对乌托邦这个话题的书写能够启发人们去思考：到底如何建立一个完美的城邦？以及这个问题的前一个问题，建立一个完美的城邦是否可能。在剧中作家对贵族制、斯巴达式政体和民主制的抵制或许暗示出，他也觉得所谓完美政体也许根本就是不存在的。因而可以肯定地说阿里斯托芬并不是一个狂热和纯粹的乌托邦主义者，相反他更像是一个思考者研究者和冷眼旁观者，他用他理性、冷静、期待乌托邦又似乎知晓必然祈盼不到的无奈眼神注视着现实中的雅典和天空里的“云中鹁鸪国”。

这种清醒的对现实的认识其实在我们前面提到的柏拉图的《理想国》中也有体现，虽然柏拉图给我们描绘了一幅理想的社会蓝图，但他也承认“哲人王”统治下的理想城邦很难实现，也许只能停留在理念世界之中。著名的“洞穴比喻”也让我们看到了现实的残酷和美好理想的难以实现。那么如果乌托邦是不存在的，或者它只存在于我们的理念之中，而永远不会变为现实，而我们在作品中还去反复的书写、思考、研究乌托邦又意义何在呢，而乌托邦不管存在与否是不是都对人类具有意义，如果是，那会是什么意义？

卡尔·曼海姆在《意识形态与乌托邦》一书中说，“乌托邦成分从人类的思想和行动中的完全消失，则可能意味着人类的本性和人类的发展会呈现出全新的特性。乌托邦的消失带来事物的静态，在静态中，人本身变成了不过是物。于是我们将面临可以想象的最大的自相矛盾的状态，即：达到了理性支配存在的最高程度的人已没有任何理想，变成了不过是有冲动的动物而已。这样，在经过长期曲折的，但亦是史诗般的发展之后，在意识的最高阶段，当历史不再是盲目的命运，而越来越成为人本身的创造，同时乌托邦已被摒弃时，人便可能丧失其塑造历史的意志，从而丧失其理解历史的能力。”

乌托邦既存在又可能永远都不存在，它存在于人的精神之中，是一种不存在的存在，它可以给人类带来更为广阔的想象空间和对完美的无尽追求。

通往乌托邦的旅途无比漫长，也许能否抵达并不重要，就如同乌拉圭作家加莱亚诺的名言所说：“乌托邦远在天边，我前进两步，他就后退两步，而天边更是后退十步，这样说来乌托邦又有何意义呢？”

“它的意义就是——促使你不断地前进。”

第二节　人生是否如梦

十七世纪西班牙最重要的作家卡尔德隆写了一部极其出色的戏剧《人生如梦》，谈论了一个永恒的话题，人生是否如梦。用戏剧的形式来表现这个主题再合适不过。因为人生不是诗歌和小说，真实的人生就是上演着的舞台剧本，正所谓人生如戏。而这戏的实质是什么，真的就是梦吗？

作品写波兰王子塞西斯蒙多从一出生开始就被囚禁在幽深古堡的一座塔楼之中，过着半人半兽的悲惨生活。这一切只是因为他精通星相学的国王父亲通过上天的预言知道他长大以后将会是一个极端凶恶残暴会给国家带来巨大灾难的国君。因此他便成了这个预言的牺牲品。多年以后，王子长大，国王为了检验预言是否正确，用药将他麻醉，趁其熟睡之机，把他运进皇宫。然而当他醒来得知自己真实的身世之后，怒不可遏，发誓要为自己这些年来所受的迫害向世人进行报仇，所以王子大闹王宫。结果，他又再一次被麻醉后送回了塔楼。当他再度醒来的时候，想起前尘往事，忽然觉得一切都好像只是一个梦而已。不久，起义的人民救出了王子并在其带领下打败和囚禁了国王，但王子还是归还了王位，最后皈依宗教。因为他此时已经变成了一个宽宏大量、贤明公正的好人，并深深懂得人生如梦，只想在梦里做一些好事。卡尔德隆的这部作品无论是从主题还是艺术手法上来说都令人感觉到朦胧艰深晦暗不明，更容易引起读者的困惑和曲解，虽然误读无处不在，但对于《人生如梦》来说积极的误读和消极的误读确实会有很大的不同。

首先就是戏剧的名称——“人生如梦”。无论在任何时间空间任何民族国家，人们对这个词的理解应该都是倾向于消极悲观的。这和人们对梦的认知有关系。梦是一种每个人都会有的主体经验，是人在睡眠时感受到的影像、声音，或其他感觉，而且是无法自我控制的。被称为梦是因为我们会醒，无论梦的多么精彩辉煌，多么荡气回肠，无论是黄粱一梦还是南柯一梦，也一定总有醒来的时候，如果不能醒就不是梦而是死亡了。所以每当大梦初醒时，人们的那种失落感空虚感幻灭感和惊奇感有时会巨大到难以用语言来形容。人们会觉得梦是假象、是幻境、是不真实的。而人们对于人生的感受在和自己的每一场梦境来临和结束的整个过程进行比较时似乎找到了极其相同的体验。因此人们才会说人生如梦，无论古人今人，东方西方。仔细想想，人生确实似乎真的有着和梦一样的全部特点，如果你把出生看作是入梦时刻，把死亡看作是梦醒时分的话，因为只有生与死才是唯一的宿命，再加上人生很多时候好像亦是无法自我控制，无数的文学作品和现实经验都在不断地重复着这一几乎快要成为真理的事实。人们对现实的无力感，由无力而沮丧，由沮丧而怠惰，由怠惰而虚空。

《圣经·传道书》中的传道者说："虚空的虚空，虚空的虚空，凡事都是虚空。人一切的劳碌，就是他在日光之下的劳碌，有什么益处呢？一代过去，一代又来，地却永远长存。日头出来，日头落下，急归所出之地。风往南刮，又向北转，不住地旋转，而且返回转行原道。江河都往海里流，海却不满；江河从何处流，仍归还何处。万事令人厌烦（注：或作'万物满有困乏'），人不能说尽。眼看，看不饱；耳听，听不足。已有的事，后必再有；已行的事，后必再行。日光之下，并无新事。岂有一件事人能指着说：'这是新的'？哪知，在我们以前的世代早已有了。已过的世代，无人纪念；将来的世代，后来的人也不纪念。我传道者在耶路撒冷作过以色列的王。我专心用智慧寻求查究天下所做的一切事，乃知神叫世人所经练的是极重的劳苦。我见日光之下所做的一切事，都是虚空，都是捕风。弯曲的不能变直；缺少的不能足数。我心里议论说：'我得了大智慧，胜过我以前在耶路撒冷的众人，而且我心中多经历智慧和知识的事。'我又专心察明智慧、狂妄和愚昧，乃知这也是捕风。因为多有智慧，就多有愁烦；加增知识的，就加增忧伤。"

还有伟大的莎士比亚在《麦克白》里的经典台词"明天，明天，再一个明天，一天接着一天地蹑步前进，直到最后一秒钟的时间；我们所有的昨天，不过替傻子们照亮了到死亡的土壤中去的路。熄灭了吧，熄灭了吧，短促的烛光！人生不过是一个行走的影子，一个在舞台上指手划脚的拙劣的伶人，登场片刻，就在无声无息中悄然退下；它是一个愚人所讲的故事，充满着喧哗与骚动，却找不到一点意义。”

这些人生现世否定性的虚无主义思想除了能够被人们在现实生活中真切的亲身感受到之外，从哲学和逻辑学的角度来看也是有依据的。最典型的代表就是庄周梦蝶的故事。庄子在梦中梦见自己变成了一只蝴蝶，就是这一梦，使庄子引发出这一严肃的命题，究竟是庄子做梦变成了一只蝴蝶，还是蝴蝶做梦变成了一个庄子，究竟哪里是真实哪里是虚幻，哪里是人生，哪里是梦境，作为认识主体的人究竟有没有能力确切地区分这两者，我们最终真的能言之凿凿还是都要命定般的沦落为不可知论者。想反驳和否定“人生如梦”这个词语的人至今应该还拿不出什么有力的证据。就像有很多假说我们仍然无法证明一样。

卡尔德隆的《人生如梦》带有典型的巴洛克色彩，神秘和宗教气息浓厚，这和卡尔德隆出身贵族世家，又是个虔诚的天主教徒有极大关联。虽然剧中也带有这类风格作品通常所惯有的否定现世、寄托来生，在宗教中寻找慰藉的情绪，但其中隐含着的那种入世和进取精神却又是能够让人清楚地感受到的。塞西斯蒙多遭受过常人无法想象的打击，产生过失落和迷茫的情绪，他也质疑过不公正不合理的命运，更犹豫过、彷徨过。但他在任何时候也没有否定过人生的意义、价值和生活的精妙绝伦，即使梦醒后认识到人生如梦，还是依然满怀激情全力以赴的投入尘世火热的生活，渴望有所作为不庸庸碌碌。他带领士兵吹响战斗的号角说：“命运啊，让我们去统治王国吧！要是睡着了，就别把我唤醒；如果是真的，就别让我睡着。但是，不管是真实还是梦境，最重要的是好好干一番事业。”而最终他也真的成了一个宽容、博爱、公正、贤明的新人。然而这样的赛西斯蒙多是来之不易的，从知晓被父王如此残忍对待之后的想要报复，到从家庭教师克洛塔尔多那里学到的普世性真理：“塞西斯蒙多，不要忘记，做好事，即使在梦里。”他记住并做到了。塞西斯蒙多在经历了如过山车般的人生遭际，两度入“梦”，四次身份转折之后，开始对生活有了更深的了解和感悟，“真是这样，让我们制止这种残忍的本性，这种狂怒，这种野心，以防我们有时进入梦境”。觉醒之前，我们只会像动物一样听从本能的支配，缺乏理性，冲动偏激，而懂得了人生如梦，我们就会清醒，就能意识到人生的短暂，会时时提醒自己，趁梦还没醒来的时候，赶快做一番事业，并且像王子一样对人真诚，对事公正，以一种宽容大度、俯观大地的姿态来对待自己，对待别人，对待生活，善待一切。

人生理应如梦。

第三节　查第格或曰命运

被誉为“法兰西思想之王” 和“欧洲良心”的启蒙主义思想家伏尔泰最伟大的文学成就其实是哲理小说而不是史诗或悲剧，这应该并不是偶然或巧合。伏尔泰知识渊博，著作丰富，包括对哲学、历史、文学、自然科学等多个方面都研究颇深，虽然伏尔泰把自己的哲理小说称为“小玩意”，但这类作品的产生绝对是需要有丰富的文化知识和丰富的人生阅历才能写得出来的，这些哲理小说以滑稽的笔调写传奇式的故事，影射讽刺现实，最重要的是阐明某种哲理。代表作有《查第格》、《老实人》和《天真汉》等。直到三百年后的今天，这些作品仍然在世界文学史中占有一席之地，而且还变成了法国中学生的必读书目，体现着伟大的法兰西民族历来所特有的浓厚哲学传统。

小说《查第格》中的主人公查第格是古巴比伦时代的一位富裕居民，他天生品性优良，又接受过良好的教育，虽然年少多金，但能清心寡欲。他毫无嗜好，既不自以为是，也能体谅别人的弱点。他尽管颇有才气，却从来不用冷嘲热讽去对抗外界任何混乱的声音。他从不轻视和压制女性。他气量很大，对无情无义的人也不怕施恩。他博学多才，知识渊博，度量宽容，感情真诚……他几乎涵盖了人类所有美好的品德，并且还是理性精神的典型代表。他说“上帝在我们眼前摆着一部大书，能够读这部大书的哲学家才是天下最快乐的人。他发现的真理，别人是拿不走的，他培养自己的心灵，修身进德；他能安心度日，既不用提防人家，也没有娇妻来割他的鼻子”。他用理性、知识、聪明、才智为主人讨回了被赖掉的账款，说服他不再信仰拜物教，阻止了阿拉伯妇女自焚殉葬的残酷风俗，调解了埃及人、印度人、汉人和希腊人不同的文化争论，治好了富商的肥胖症，还抵抗住了强盗邀他放弃责任、落草为寇、共享荣华的诱惑。这些都是需要在强大的理性精神指引下才能做到的。当查第格被问到什么比古老的习俗更不可侵犯时，他则回答道：“要说古老，理性更古老。”这句话铿锵有力，不由得让我们想起了伏尔泰另外一句充满理性精神的名言“我不同意你说的每一个字，但是我誓死捍卫你说话的权力。”

如果我们能提早认识到作家是以主人公代表全人类的话，那么就不会得出人物塑造过于完美远离真实的一般论断，反而能够看出作家虽然把查第格放在了巴比伦时代但其实是在传播18世纪伏尔泰所推崇的启蒙主义思想，熔铸了作家对未来人类的信念和期望。小说写主人公历经千辛万苦，最后被臣民拥戴为国王，与王后成婚，百姓安居乐业，完美团圆的故事，体现出伏尔泰主张开明君主制的政治理想。但更为重要的是，主人公既然是全人类的代表，那么对查第格命运的书写实际上就是对人类命运问题的反思，同时也是作者对自己所坚持思想的文学性表达。伏尔泰认为世界并不完美，人世间充满苦难，他的这种思想在其后创作的哲理小说《老实人》中表现得更为淋漓尽致，伏尔泰一向反对德国 17世纪唯心主义哲学家莱布尼兹提出的“一切皆善”盲目乐观的看法。（“我们的宇宙，在某种意义上是上帝所创造的最好的一个”）所以在《老实人》中，伏尔泰用笃信此理的主人公在现实生活中历尽艰辛吃尽苦头的亲身经历和耳闻目睹的各种丑陋不堪来证明这个世界并不完美，并在最后借老实人之口发出了这样的感叹：“地球满目疮痍，到处都是灾难啊!” 而在先于《老实人》创作的《查第格》的故事中，有关不完美世界带给人类的磨难也是作品里最着意描写的核心内容，但作家不是就苦难写苦难，而是写主人公面对苦难时的言语、行为、心态、思考以及最后的结局，这才是身为哲学家的伏尔泰对读者的最大贡献，他在思考磨难、理性、恶的力量和作用，以及其中具有辩证法意味的复杂关系等一个个对人生和命运都至关重要的课题。查第格年轻时为了保护未婚妻而和抢亲的贵族手下勇敢搏斗，但却因为搏斗中弄伤了一只眼睛而遭遇了爱人的嫌弃和无情的背叛，其后又经历了一次失败的婚姻而备受打击，他因为博学猜出了丢失的狗与马的特征但又不愿撒谎差点被施以鞭刑和流放西伯利亚。在逃难的路上，他为一名挨打的女子打抱不平杀死了那个施暴的男人却又备受此女的指责。他曾沦为奴隶，也曾与强盗拼杀，总之祸事不断，霉运连连，而这些祸事和霉运还偏偏每次都是在主人公刚刚行善积德助人为乐之后就接踵而至的。尤其是在故事接近尾声：他战胜了所有的比武者，即将成为巴比伦的新国王，娶到深爱的王后时,却被别人冒充了自己的身份。正在他心灰意冷，彷徨困惑之际，一位智慧的隐士用这句“恶人终究是苦恼的,他们的作用不过是磨炼世上少数的正人君子”点化了他。隐士最后化为天使离去，而那句话其实就是伏尔泰对恶的作用的深刻表达。作家书写主人公的这些经历正是为了富有哲学意味的去探讨为什么现实中的确存在着很多善有恶报的问题，伏尔泰用天使的那句话给出了答案。

其实近代西方哲学史上，第一个较为系统的论述“恶”是历史发展动力的学者是意大利的历史学家维柯，他主张人性本恶，认为历史发展的动力正是人们对自己私利的追求。康德也是性恶论的支持者，他认为人有两种基本品性：一种是利己主义或个人主义；一种是利他主义或集体主义。但主导方面是前者，正是恶的本性驱使人们为自己的私利而奋斗，并从而推动历史的进步。但人的利他性又制约着利己主义的恶性发展。所以两者的矛盾及其解决便成了历史进步的动力。人的恶的本性引发出人与人之间的对抗斗争，人们在饱尝了由恶的本性造成的破坏和痛苦以后，才会清醒地意识到必须摆脱这种野蛮状态，建立具有法律约束的文明社会。历史的最终目的是善，恶是善借以实现自己的工具，发展道路是通过恶而达到善。没有这些被称之为恶的东西，人道之中的全部优越的自然禀赋就不能被激发出来。英国的贝·曼德维尔在《蜜蜂的寓言，或个人劣行,公共利益》一书中，说了一段非常深刻而又耐人寻味的话：“我们在这个世界上称之为恶的东西，不论道德上的恶,还是身体上的恶，都是使我们成为社会生物的伟大原则，是毫无例外的一切职业和事业的牢固基础、生命力和支柱；我们应该在这里寻找一切艺术和科学的真正源泉；一旦不再有恶，社会即使不完全毁灭，也一定要衰落。”

正确认识“恶”在历史发展中的作用对于处理现实中的许多问题都具有重要意义。善恶相生，厄运对人也是一种磨炼，英雄不能天生，而是要经过了大风大浪的淘洗之后打磨出来的，磨难的磨可以磨掉人性中先天所有的恶的因素，使人类超越自私、懒惰、凶狠等生物性本能，只有经过这样痛苦的如炼狱般的折磨历程之后，才能使得理性逐渐发展，性格逐渐完善，在肉体和精神方面均成熟起来。伏尔泰的观点同时也应和了遥远的东方文明和儒家文化，孟子说“故天将降大任于斯人也，必先苦其心志，劳其筋骨，饿其体肤，空乏其身，行拂乱其所为，所以动心忍性，曾益其所不能。”人类只要依靠理性的指导，按照自己的真实愿望认准目标，敢于经受风吹雨打，凭借勇气一直坚定地走下去，一定会取得最终的成功。在前面提到的《老实人》中，作家再一次表达了这种信念。面对人生中的种种苦难，老实人并没有悲观失望，他相信历史会更新会进步，在小说结尾部分，伏尔泰对人类应该如何去行动给出了明确的方法和答案，作家让主人公夫妇和他们的同伴结成一个小团体，一起生活， 买下了一小块土地，分工负责，进行耕作，并指出：“只有工作，才能使人类免除三大灾害——烦恼、纵欲、 饥寒。”全书的结束语是“还是种我们的园地要紧”。

这样的一部小书，却探讨了一个古今中外所有人都要面对的永恒话题，如何去认识生活中层出不穷甚至毫无理由的苦难，如何把这些不幸用理性的韧力打磨成光彩夺目的宝石，磨难教育，吃苦精神可能是我们当今这个时代最亟须培养的一种能力和品质吧。

让暴风雨来得更猛烈一些吧。

第四节　中途：但丁的森林

意大利作家但丁的长诗《神曲》一开场就是幽暗的森林和人生的中途，

所以年轻时读这部作品可能总觉得是在隔靴搔痒，及至而立不惑前后靠年纪和阅历才似乎能够察觉和领略到一些深度感悟。作者想让读者看到在人生的中途上，即便森林幽暗但仍有些许微光，他想告诉读者只要顺着那光亮坚定前行执着勇敢，人类最终会到达何处，享受怎样的荣耀。

但丁的这部作品原名其实叫《喜剧》，而中世纪时期喜剧这个词也只是表示结局圆满的故事，和如今的定义不尽相同。后来薄伽丘在《但丁传》中为了凸显对诗人的无比崇敬之情，把这部作品冠以“神圣的”称谓，《神曲》便由此而来。这部作品既神圣又神奇还充满着神秘色彩，在作品的一开篇就能被读者感觉到。在人生的中途，作家迷失在幽暗的林中，既失去方向又突遭三只猛兽的拦阻，一只豹、一只狮、一只狼。人生之路就如林中觅途，既是前进之途，又是归家之途，路上既需披荆斩棘，又需跨越重重艰难险阻，外力易挡，内心之中的恶兽往往更加难以驾驭，象征淫欲的豹，象征野心的狮，象征贪婪的狼都是住在你我心中的魔障，想要越过它们向前继续走，需要精神导师来引领航程。就在作家进退维谷之际，导师出现了，罗马大诗人维吉尔受但丁年轻时的恋人贝阿特丽采之托，来带领作家走出幽暗的森林，去游历三界，寻找正途。

维吉尔先带领诗人游历地狱，对地狱的游历和对恶的描述是但丁在向读者彰显善的价值，在指导人类什么可以做什么绝不能。在这里但丁酣畅淋漓火力全开的批判了人世间存在着的全部罪恶，并让各种罪恶在地狱里接受相应的惩罚以证明基督教的轮回报应思想和正义始终存在。

在地狱的门口，诗人看到门上刻着：“由我进入愁苦之城，由我进入永劫之苦，由我进入万劫不复的人群中。正义推动了崇高的造物主，神圣的力量，最高的智慧，本原的爱创造了我。在我以前，从未造物，除了永久存在的以外，而我也将永存。进来的人们，你们必须把怯懦抛开。” 除了铭文、诗人还看到了一些灰色的像软体动物一样的畏畏缩缩的人，维吉尔告诉他，这些人就是怯懦者，还说“他们没有死的希望。他们盲目的度过一生，如此微不足道，以至于对于任何别种命运，他们都嫉妒，世人不容许他们的名字留下来，慈悲和正义都鄙弃他们”美德的第一要义是勇敢，就如同斯蓬维尔在《小爱大德》里说的："勇敢不是没有恐惧，勇敢是面对，克制和克服恐惧的能力……勇敢不过是最坚定的意志，是面对危险或痛苦时最需要的意志。"这些怯懦的没有生活过的人一生无所作为庸庸碌碌，但丁对他们的鄙视之情溢于言表。

进入地狱之门后，这个庞大的漏斗形的九层建筑就呈现在他们面前了。按照罪过的轻重，但丁把这些犯人分别安排在了地狱的每一层，越到底层罪孽越为深重。他们首先来到了第一圈，这里也叫候判所，是所有罪人等待审判的地方。惩罚还未开始，所以这里是一个毫不受苦的美丽幽静之处。但丁身处中世纪与文艺复兴这两大新旧文化交替的特殊时代，所以他既忠诚于基督教，同时又无比推崇古希腊、古罗马的知识和理性精神。虽不能违背基督徒的信仰把荷马、贺拉斯、奥维德等这些古代先哲安放在永享荣耀的天堂之中，但至少他要让这些异教徒们惬意的留驻在这一片宁静祥和之所。这是但丁精心为之的安排，也是作家在表明他的反基督教愚民政策和蒙昧主义的立场。

经过了候判所，从第二圈开始，地狱的景观便大为不同。这里是羁押各种戴罪之人的恐怖场所，是他们经受痛苦折磨的万丈深渊。这里有好色之徒和通奸罪犯，他们犯罪的原因都是由于情欲的无法控制，但是对于阿基琉斯、海伦、帕里斯、克里奥佩特拉、弗兰采斯加和保罗等而言，但丁又对这些人充满了无限的怜悯之情，对他们是否应该关在这里产生了巨大的疑惑。这疑惑代表着在一千多年来中世纪禁欲主义的笼罩之下，但丁开始去肯定人的合理欲望并质疑基督教的不合理信条。这是思想上的巨大进步，是人类道路上的巨大解放。

这里还有贪食者，暴怒者，吝啬者和浪费者，作为惩罚，但丁让处理财务不当的他们每个人都抱着很多的财物互相不断地撞击，如布朗运动般分分合合，碰来撞去。这些人犯的罪都是由于无节制即失去自我控制，人生如若失控必将荒唐混乱，无法抵达终途。更为严重的罪过和更加猛烈的惩罚是从第六圈开始的，这里关押的有邪教徒和伊壁鸠鲁式的享乐主义者，有身负暴虐罪的杀人犯和自杀者。还有第八圈里的十个层级，关押着各种为非作歹作奸犯科之人。他们在沸腾的装满沥青的大锅里备受煎熬而不能解脱。在这里还有一种罪被称作伪善，但丁让这些伪善者每人都穿着一件极其宽大的袍子，从外面看上去没有一点破绽，脸上还带着笑容，仿佛穿着舒适在逍遥的散步。而其实袍子里灌满了铅，沉重的走不动路。伪善是当时教会最严重也最普遍的头等恶德，它的欺骗性最大，危害性也最大。但丁不仅敢于批判教会的伪善，甚至连当时还在世当政的教皇都没有放过。他让教皇的头嵌在石洞里，整个人被倒栽葱的竖立起来，脚底板上还燃着火，烫得不停抖动。用这种酷刑来惩罚基督教在人间最大的总头目，可见但丁对教会的批判力度和胆量至少是前无古人的。但是在这些罪人当中，但丁对敢于蔑视上帝的人存有一份敬意，对自己曾经的政敌和祖先的对手①保有客观公正的评价，更加明显地表现出但丁对理性精神的坚守。最后一圈里是地狱之王路西法，他口中咬着暗害耶稣的犹大和暗杀凯撒的凶手，在维吉尔的带领之下，但丁从地狱之王胯下穿过进入了下一个境界——炼狱，这是一座环海的孤山，人们一阶一阶向上攀登，一步一步靠近天堂。

地狱是罪，炼狱是错，同为受苦，地狱的目的是惩罚和赎罪，炼狱的目的是忏悔和修炼，通过痛苦的磨砺，洗净身上的瑕疵，获得进入天堂那扇窄门的资格，升入极乐中的福地。炼狱共分七层，犯有七宗罪错的人们在这里自我净化。傲慢者要变得谦逊。嫉妒者要变得宽容。怠惰者要变得热心，暴怒者要变得温和，贪财者要变得慷慨，贪食者要变得节制，贪色者要变得忠贞。进入炼狱时，每一个人的额头上都烙有七个p字，走过一层，洗掉了罪恶，就去掉一个，直到最后七个p字都没有了，这个人就变成了一个崭新的完美的人，来到地上乐园耶路撒冷，趟过忘川之水，洗掉一切过失，抹掉一切记忆，由此升入天堂。

天堂的建构根据托勒密的天文体系，分为九层，即九重天，里面居住着正人君子、行善之人、博爱者、先知、殉道者、英明君主、修道士、耶稣及其弟子、天使和上帝。维吉尔在天堂入口处将但丁交给纯洁如天使般的贝阿

① 此处指尤利西斯，即古希腊的奥德修斯，《荷马史诗》中的人物，曾参与特洛伊战争和特洛伊人作战。因特洛伊人又被认为是古罗马民族的祖先，故作家将其称为祖先的对手。

特丽采，在她的引领之下，但丁最终来到了上帝身旁，但因为上帝的形象是不可言说的，所以全诗在这里戛然而止。

作家采用寓言和象征等这些中世纪惯用的表现方式来创作《神曲》不仅在艺术上取得了巨大的成功，更重要的是这部作品具有超越时空的永恒价值。作家用开篇幽暗的森林和三只恶兽隐喻着我们容易迷途的人生，然后通过安排两位向导引领诗人游历三界：地狱、炼狱、天堂，去寻求关于应该怎样生活，怎样才能得到幸福的答案。而地狱、炼狱、天堂这三个境界则又分别代表了人类的三种状态：罪恶、救赎（不只是赎洗自己的罪恶，而是要通过修炼使自己变成至善至美的人）和极乐。而走上这条正途的方法，作家用两个人的出现把含义象征了出来。一个是作为导师的古罗马大诗人维吉尔，一个是但丁儿时的恋人贝阿特丽采。维吉尔代表古希腊、古罗马的和即将到来的文艺复兴时期要复兴的理性精神，代表知识、真理、思考、质疑和批判性，是人文主义世界观。贝阿特丽采代表中世纪的基督教精神，代表宗教信仰要求的无条件相信和依靠，是神学主义世界观。这两位导师代表着两种完全对立的思想和情感，象征着两条完全不同的道路和方向，矛盾性虽显而易见，但也同时显现了这种安排背后的时代原因。中世纪基督教一统天下，而但丁却又看到了文艺复兴的曙光，在某种程度上不被宗教和时代所羁绊，把一只脚踏入了即将进入的灿烂时代。诗人通过两位导师的先后引领，最终结尾升入天堂，说明作家要告诉我们：人类必须依靠信仰得救，但同时又不能忽视理性精神对人类进步的作用，二者缺一不可，都极为重要。因此，虽然《神曲》充满着浓厚的基督教意味，但这部作品的目的不是为了宣传和鼓吹宗教，而是作家要通过在维吉尔和贝阿特丽采带领下游历三界的经历，来探索自己、意大利民族乃至整个人类的前途命运，最后得出了人类在经过迷惘和错误的考验之后，改恶从善，最终一定能到达完美的境界。

基督教和希伯来文化给了但丁信仰，给了《神曲》关于人生的三个境界；即将被复兴的古希腊古罗马精神给了但丁理性，给了人类未来发展的前进方向，如果没有它们，人类在幽暗森林中茹毛饮血盲眼前行的状态还将持续很久。一千年前的但丁和《神曲》是让我们前行了一千多年的重要灯塔之一。而三百年后在和南欧阳光明媚遥遥相对的寒冷北方，另一位伟大的英国诗人弥尔顿的史诗巨著与但丁和《神曲》交相辉映。弥尔顿在他晚年体弱多病双目失明的情况下，由自己口述，女儿和访友代笔，花费长达七年的时间写下了《失乐园》，叙述撒旦怎样背叛上帝和诱惑人类始祖亚当、夏娃，使他们被逐出伊甸园的故事。作品内容虽是《圣经》旧事，但作家想要思考的问题却是新的和深刻的。起初上帝创造的一切都“甚好”，堕落缘何而生，天使长跌落成魔鬼撒旦，人类始祖跌落后源于尘土归于尘土。为什么世界会充满各种罪恶?全能的上帝为何没有阻止这些罪恶？弥尔顿最终找到了答案，作家把自由意志和理性抉择看作是上帝造物时给予天使和人的最好礼物，并认为人堕落的内因是人拥有自由意志，外因才是魔鬼撒旦的诱惑。其后作家又在《复乐园》中用耶稣战胜撒旦种种诱惑而恢复乐园的故事，进一步说明了人类如能完善自身品格，定可战胜种种磨难，获得拯救的普世真理。

但丁和弥尔顿都在为人类寻找真理，他们都找到了。

第六章

出路何在？

第一节　英雄和英雄主义

如果一个时代能够因英雄主义而命名，那么这个英雄时代会有多少的英雄豪杰，如果一部史诗能够被称为英雄史诗，那这史诗中的英雄主义精神会是多么强大。对于西方，这个时代出现在公元前12世纪至公元前8世纪的古希腊，从氏族公社制向奴隶制社会的过渡时期，这部史诗被伟大的盲诗人荷马编辑修改，它就是伟大的荷马史诗，一部在英雄时代产生的英雄作品。

史诗可以说是诗歌皇冠上最硕大最璀璨的明珠，一般是以古代神话传说或重大历史事件为题材的长篇叙事型诗歌。它反映每个民族在其形成和发展过程中和天斗地斗——克服自然灾害，和人斗——抵御外族压迫的英雄业绩，它在一定程度上呈现出的是这个民族在社会发展最初阶段的生活面貌。史诗产生的过程大多是集体口头创作，从多人的哼唱、吟咏、流传，到专人的加工、润色、整理。荷马即在此意义上被称为古希腊这部经典的作者。荷马史诗共分为两部，分别称为《伊利亚特》（或《伊利昂记》）和《奥德赛》（或《奥德修纪》），两部作品的形成过程均和公元前12世纪末古希腊人与特洛伊人发生的一场战争有关，这场战争就是著名的特洛伊战争，伊利昂城是特洛伊城的希腊化叫法。战争的双方是希腊人和特洛伊人，他们分别派出了自己一方最强悍的勇士，也就是史诗中的主人公，希腊一方有主帅阿伽门农，最善战的阿基琉斯，最聪明的奥德修斯等，特洛伊一方有老国王的长子赫克托尔和他的弟弟帕里斯等。而战争的原因从真实世界中的利益之争被神话成了具有浪漫色彩和因果缘由的动人故事。在人类英雄帕琉斯和海洋女神忒提斯的婚礼上，众神均受到邀请参加婚礼，却唯一遗忘了不和女神厄里斯。厄里斯怀恨在心，在婚礼上将一个金苹果呈现给众人，上面写着“送给最美的女神”。女神中的三位翘楚——赫拉、雅典娜、阿芙罗狄特为了得到这个金苹果争执不下，因此天神宙斯让正在山上牧羊的特洛伊王子帕里斯来做评判。三位女神为了获得金苹果，分别给王子开出了极其诱人的条件：

赫拉许给他无上的权力，保佑他做一个高高在上的统治者；雅典娜许给他智慧和力量，使他有勇气冒险奋斗闯出一条英雄般的辉煌之路；阿芙罗狄特许给他世界上最漂亮的女子，爱上他并做他的妻子。帕里斯思来想去，觉得权力和统治，他以后可以继承父亲的王位，英雄的道路，他自己有一身本领可以获得，唯有爱情却是可遇而不可求的。于是他将金苹果给了阿芙罗狄特，并在阿芙罗狄特的帮助下成功拐走了世界上最美的女人——希腊城邦斯巴达的王后海伦，从而成为引发特洛伊战争的导火索。战争相当艰苦，持续了十年，双方相持不下，第十年，希腊最智慧的将领奥德修斯想出了一条妙计。在一天早晨，希腊的全部战舰突然扬帆离开，特洛伊人误以为自己大获全胜敌人撤军回国。但在城外海滩上却出现了一只巨大的木马。特洛伊人在希腊间谍的说服下把木马拉进了城池，及至夜深人静之时，藏在木马中的希腊战士一个又一个地跳出来杀死了守军，打开了城门，让隐蔽在附近的希腊军队蜂拥而进。10年的战争终于结束，特洛伊城也被劫掠一空，烧成一片灰烬。这是按时空顺序发展的故事，却不是荷马所写的史诗，史诗的讲述顺序和上面的流水账不同，而是有结构、有线索、有重点、有主题。十年战争，史诗从战争结束前的第50天开始讲起，以联军统帅阿伽门农和勇将阿基琉斯的争吵为切入点，以阿基琉斯的愤怒为主线，集中地描写了战争最后几十天发生的事件。阿基琉斯痛恨统帅阿伽门农抢走了本属于自己的女俘，拒绝再为联军出战，后来他的好友偷穿其铠甲替其上阵但战败身亡，此时的阿基琉斯才意识到自己为了个人恩怨罔顾民族利益又让好友白白殒命是多么的自私和愚蠢。阿基琉斯重新出战，和特洛伊王子赫克托尔决斗，将其杀死，并用战车拖行辱尸。后来，在特洛伊老国王普里阿摩斯的哀求之下阿基琉斯允许其带回儿子的尸体，全诗以最后盛大的葬礼作结。《伊利亚特》的故事也至此结束。

《奥德赛》的故事和《伊利亚特》时间跨度一样也长达十年，主要内容写奥德修斯的还乡历程。奥德修斯在攻陷特洛伊后的归国途中因得罪了海神，所以漂流十年，经历了重重的险阻和诱惑。他战胜了独眼巨人和能把人变成动物的巫女喀尔刻，抵制住了海妖塞壬那婉转高昂的美妙歌声，穿越过了海怪斯库拉和卡吕布狄斯所控制的巨大旋涡，最后摆脱了神女卡吕普索的7年挽留，来到了菲埃克斯人的国土，向国王重述了自己过去9年间的海上历险，被国王赠船送他抵达家乡。而这征战十年归家十年的二十年间，家乡附近的权贵们欺其妻弱子幼，逼迫他的妻子珀涅罗珀改嫁，珀涅罗珀用尽了各种方法反复拖延，终于等来了丈夫。最后奥德修斯在儿子的帮助下杀尽求婚者，合家团圆。作品仍然采用了倒叙的手法从奥德修斯抵达家乡前的第40天开始讲起，这时他的儿子忒勒马科斯已经长成为二十岁的年轻人决意外出寻父了。

如果一个时代能够因英雄主义而命名，那么这个英雄时代会有多少的英雄豪杰，如果一部史诗能够被称为英雄史诗，那这史诗中的英雄主义精神会是多么强大。《荷马史诗》和荷马时代就是英雄史诗和英雄时代，这个时代歌颂英雄们和英雄主义精神，他们是与异族顽强抗争的英雄，是与大自然昂扬角力的斗士。阿基里斯在明知自己出征的命运就是死亡的情况下仍旧选择毅然决然地奔赴战场，因为他知道空虚地为自己活和有价值地为民族死哪个更有意义，赫克托尔在妻子安德罗马克声泪俱下地祈求一起逃亡保住小家的时候选择了为国迎战和抛尸疆场，因为他清楚作为王位继承人自己肩头的责任有多大。还有离家二十载的奥德修斯，渺小的人类在和大自然及波塞冬的不屈不挠的抗争中彰显了人的伟大、力量和智慧，他们都是不折不扣的英雄。

虽然世易时移，但伟大的史诗作品却总能遥相呼应，共同表现出这种英雄主义精神。几百年后，从小励志想要写出如《荷马史诗》般伟大作品的英国著名大诗人弥尔顿创作出了他同样伟大的史诗作品《失乐园》《复乐园》和《力士参孙》。尤其是最后一部刻画以色列大力士参孙事迹和精神的文字更力透纸背。当敌人买通了他的妻子，套取了他力大无穷的秘密：剪掉了他的头发时，这位战无不胜的英勇斗士才被成功抓获。虽然敌人挖去了他的双眼，使他难以再有反抗的可能，但他仍然没有屈服，而是忍受着凌辱等待着时机，终于在敌人宴饮之时撼倒大厅支柱，用与敌人同归于尽的方式赢得了胜利和尊严。弥尔顿借主人公中计、被囚、失明、饱受侮辱、不惜生命报仇雪耻的经历，实际是自况和写己。1640年英国资产阶级革命爆发，在革命斗争中，弥尔顿不辞辛劳夜夜奋笔疾书，发表各种政论文章，为革命摇旗呐喊。在革命失败后，面对复辟势力穷凶极恶的反扑，面对连已葬入坟墓的克伦威尔都无法逃脱被鞭尸辱坟的恐怖景象，面对革命陷入低潮，清教徒不得不到处逃亡，远走美洲的景况，甚至面对连作家自己也一度被捕入狱，其后更是双目失明的恶劣环境，弥尔顿却仍然没有放弃坚守的政治理想，只是改用诗歌创作作为自己继续斗争的有力武器，就像盲眼的参孙和荷马一样，弥尔顿哪怕只能靠口述和亲人代笔，也要完成作品以表达自己誓不妥协、为理想事业坚持斗争到最后一息的执着品格和牺牲精神。英雄主义的核心就是利他而非利己，就是为国为民和无私忘我，但英雄主义一直稀缺，其中现代人又尤其缺乏。

呼唤英雄和英雄主义，这是出路之一。

第二节　那被叫作信仰的是什么?

对于非基督徒来说《圣经》这本书可以具有什么直接意义吗?

《圣经·旧约》里有一个故事一直令我着迷，那就是《约伯记》。《约伯记》讲了这样一个故事：“乌斯地有一个人，名叫约伯，那人完全正直，敬畏神，远离恶事。”但是好人没有好报，因为神与撒旦的一次赌赛，约伯承受了一场无妄之灾，而且这灾难巨大到任何人都难以承受，他的房屋被风吹倒，十个儿女全被压死，他的所有财产牛羊被洗劫一空，仆人也被杀掉。更甚的是继此之后，他全身长满了脓疮，每日只能坐在炉灰中用瓦片刮毒度日，痛不欲生受尽折磨，求生不能求死不得。作品讲述的是一个好人受难的普通故事，而由这个故事引发出来的话题却世世代代萦绕在人类心头造成巨大困惑。那就是信仰与苦难的关系，以及信仰终为何物的问题，而面对毫无道理的苦难，究竟应该如何面对、如何选择，是改弦更张，还是执着坚守，这些问题我们几乎都能从约伯故事的发展中找到启示。

故事接下来写的是在约伯发生如此匪夷所思的大灾难后众人对此事的理

解和态度，从中我们能够发现生命里每个人都一定会遭遇到的困惑和面临的问题。首先是约伯的妻子，作为与约伯朝夕相处的最亲近之人，了解约伯的义人品格最为清楚的应该莫过于她了，所以当她看到上帝确实不公，好人确实受苦的时候，她完全无法理解、无法接受，因此她无法继续相信神的公正，开始愤世嫉俗和嘲笑约伯对信仰的笃定。这种时刻在我们每个人的生活中也一定都出现过，当我们所执着追求的东西在挫折与苦难面前，尤其是在荒诞面前变得面目全非时，也许很多人是会选择放弃或转身的，而动摇的原因其实是源于缺乏思考。

然而有人开始思考了，是约伯的三个朋友。朋友们同情约伯，陪伴他帮助他，并且信仰也和约伯同样坚定，但也正是由于这份坚定，所以他们得出了约伯必不清白的结论。不管怎样，一定是约伯出现了问题，因为上帝不会出错，神正论不容置疑，全知、全能、全善的上帝一旦动摇，那太阳之下的一切建构就会全部坍塌。所以他们的思考和坚定导出的却是和事实完全相反的谬误。无罪的约伯不可能因为无故受难就质疑自己，所以朋友们的结论当然也无法说服他，好人为何受难的答案仍然没有找到，违心地承认把无错变为有错反而会让约伯更加痛苦和迷茫。

然后是以利户出场，这个人物比之前的三个朋友更智慧一些。他承认约伯的大义，也承认上帝惩罚的公正，因为他讲出了苦难的功能和意义。“好叫人不从自己的谋算，不行骄傲的事。阻人不陷于坑里，不死在刀下。”“为要从深坑救回人的灵魂，使他被光照耀与活人一样。”苦难确实从客观上有价值有意义，能催人奋进发人深省。但所有苦难都是神在考验义人吗？目的何在？要考验多久？而且这个所谓的目的是正义的吗？义人是否应该被考验……以利户安慰性质的话语，虽能带给约伯片刻的温暖，却解决不了人类永恒的疑问，这个解释仍然行不通。

而对于约伯自己——这个无数苦难的亲历者和承受者，这个最迫切想知道问题答案的人，他的思考和反应又是什么呢？约伯的肉身和灵魂在巨大的痛苦之中备受折磨，所以他诅咒自己出生的日子，却没有诅咒神，他渴望死亡，却没有自杀。面对命运的荒谬，这稍显脆弱的片刻实属人之常情，但更可贵的是在脆弱的旁边，约伯显示出了巨大的从未屈服的力量。首先，他没有屈从于朋友们的不实推测和指责，清白不容玷污，事实不能歪曲。其次，约伯也绝非功利主义者，他并没有假装忏悔内心中并不存在的悔意以期重新获得神的眷顾和恩宠。最后，明知不可能在和神的争辩中获胜，但仍希望为了自己的清白和神一辩。约伯的崇高和勇敢在此可见一斑。可是他对信仰的坚持又必然为他带来更大的不解和困惑，他的受难不是因为有罪，不是因为惩罚，但他又坚信神真的是赏善罚恶，义人必受庇佑，好人不该受苦。所以面对如此巨大的分裂，约伯的信仰不是毫无头脑的愚忠愚信，他一直在思考甚至在质疑，哪怕这种质疑会使自己必然要去承受更大的痛苦。这痛苦是信仰面临坍塌时无以复加的痛苦，也许比上帝加诸他身上的那些痛苦的总和都要大。但最终，在怀疑之后，约伯仍然选择了坚守。故事的结局是大团圆的，上帝还给了约伯他曾经拿走的一切，但也同时给我们留下了一个不小的遗憾。因为作品并没有提供给我们那些问题的答案，也没有给出约伯坚守的原因和充足的理由，但也正是这种开放式的缺失和未完成的空白才促使我们进一步去思考。指出和发现问题更重要。

非人力导致的苦难也许本就是客观存在，甚至有时就是一种偶然，不管我们把这种存在叫作命运也好，概率也罢，用存在主义哲学的话来说，就是先在的。那么这意味着，好人受难也许无法避免无法选择，而唯一能够选择的是面对苦难时的态度和奋力超越自己的雄心。如果我们知道自己没有错，那我们就应该坚持到底。因这信仰是我们求索多年来之不易的心灵支柱，不应该因为任何理由而轻易舍弃。在约伯的故事里，我们同时也看到了犹太教的价值观，“乌斯地有一个人，名叫约伯，那人完全正直，敬畏神，远离恶事。”而对于任何时代任何人来讲，正确价值观的重要性不言自明。人生难免苦难，一个民族的发展也绝非坦途。希伯来民族在大流散之后的两千多年中仍能存在并薪火相传，为世界贡献了无数的物质瑰宝和精神财富，其原因也正是这个民族绝不会轻易向苦难低头。困境和苦难能促人思考催人奋进，人类要坚信好人并不比坏人受难更多，坚信苦难总会过去，坚信唯有信仰才能带领我们走上正途。这信仰并不一定是某种宗教，某个党派，当然更不是所谓的迷信思想与怪力乱神。这信仰其实就是真善美，是正确的人生观价值观，是人如何成其为人，配得上被称之为人的那些东西。信仰是大海上的灯塔，如果它是暗的，那我们将永远也不可能抵达。

信仰，无须证明。

第三节　如何保持理想主义却又不疯癫

在最值得被热爱的经典文学作品之中，《堂吉诃德》就算不是唯一的，也应该是其中之一。别林斯基说 “每一个民族，每一个世纪的人民，都一定要读一读《堂吉诃德》”。这个历经三四百年而经久不衰常读常新的作品牵动着一代代人的心灵和神经，从动画片开始，我们就已经耳濡目染了这个疯癫骑士的故事，然而幼年时期，孩子们只能看出他的滑稽和可笑，长大后我们又发现了他的荒诞与疯狂，也许要等到走出校门甚至是更成熟以后，我们可能才会真的爱上这个骑士，他又老、又丑、又穷、又疯疯癫癫，然而他拥有的可能是我们每个人都缺乏的东西，一颗金子般的心。

《堂吉诃德》讲述了西班牙一个穷乡绅吉哈诺冒险游侠的故事。年近半百的主人公极其热衷于阅读浪漫的骑士小说，最后走火入魔，一定要去当一回骑士。于是他翻箱倒柜找出了一副破烂的盔甲，给自己取了个高贵的名字堂吉诃德，骑上被他命名为驽骍难得的一匹羸弱老马，将一个平庸无识的村姑臆想为心仪的贵妇人，开始仗剑走天涯。可也正是因为他的经常性臆想，把客栈想象为城堡，把风车想象成巨人，让他给别人带来了很多麻烦，帮了很多倒忙，最后大病一场，脑袋豁然开窍，弥留之际立遗嘱规定外甥女不得嫁给读过骑士小说的人，否则便取消她的财产继承权。

这部作品出版于1605年，这段时期正是中世纪骑士小说在西班牙复苏并走红的最热闹时刻，其中所宣扬的冒险行侠的骑士精神刚好迎合了西班牙统治者正在推行的对外扩张政策，因此在这种默许甚至怂恿之下，骑士小说大肆泛滥，而这种作品对西班牙人民来讲是具有毒害作用的。作品中所鼓吹的忠君护教思想能够诱导民众臣服于封建的专制统治。而行侠仗义的行为则直接导致了大批青年成为炮灰般的牺牲品。他们每一个人的结果不外乎丢命或者受伤，即使历尽磨难侥幸回国，等待他们的也只有失业和饥寒交迫。塞万提斯本人就是其中一员。“作家在创造堂吉诃德形象过程中，越来越从堂吉诃德身上发现了自己，他在分析堂吉诃德时，同时也在审视着自己及同时代人，于是，自觉不自觉地将自己与同时代人的许多思想、情感、品性，越来越多地倾注到堂吉诃德的身上，堂吉诃德形象‘血肉化’的过程，成了作家（同时代人）和他的人物互相渗透的过程。”[①]1569年作家参军，在著名的雷邦托海战中带病上阵，表现的英勇无比，结果胸部受伤，左手致残，但他其后仍然继续服役，参加了多次战斗并受到嘉奖。这种大无畏的英雄主义情怀除了作家自己的品性之外，和当时为国征战的宣传也不无关系，就像西班牙谚语所说的，去美洲，为上帝或为王室效忠是三条通向成功的道路。所以作家使用戏拟骑士小说的艺术手法写出了这个骑士故事，除了像其在序言里声称的“这部书只不过是对骑士文学的一种讽刺”，目的是“把骑士文学的地盘完全摧毁”之外，另一个隐含的潜意识目的其实和情感相关，即理想主义者壮志未酬回首往事时的那种由无奈到悲凉，由悲凉到调侃的自我解嘲心理。而这种心态来源于人类永恒的矛盾和根本困境——理想与现实的冲突与距离，以及美好崇高的理想在残酷现实面前的不堪一击。而这才是《堂吉诃德》中最有意义的即便也许作者都没能完全意识到的那个具有超越民族、超越时空的精神价值。而这也是该作品成为经典直到现在还历久弥新的重要原因。

通俗小说以情节取胜，而经典文学永远是以人物和性格为主，好的作品不是只要讲好的故事和讲好故事就够了，好的作品一定是在写人，关注人，尤其是人的内心，人的精神。《堂吉诃德》尤其如此。堂吉诃德是小说中的最主要人物，这个形象丰富而复杂，他虽疯癫，总是模仿中世纪的骑士风度，到处乱闯，战风车，冲羊群，砍酒袋，但他清醒的时候又俨然成了一个新思想的演说家，传播的都是文艺复兴时期先进的人文主义思想。我们爱堂吉诃德也正是因为他的这些思想和其可贵的美好品质。他充分肯定人的自由，尊严和情感，尊重追求纯洁爱情和幸福生活的权利，他甚至向往一个没有私有制，没有压迫，人人平等和谐的理想社会，他的出门游侠就是为了恢

① 钱理群：《丰富的痛苦——堂吉诃德和哈姆雷特的东移》，北京，北京大学出版社2007年版，第45—46页。

复一个这样的黄金时代。虽然在很多事情上，他行动的结果不是别人受苦就是自己倒霉，但如果我们究其动机，堂吉诃德决然是高尚善良并绝无私念的，这也正是游侠的“侠”字之精神，就如同金庸的名句“侠之大者，为国为民”一样。他针砭时弊，扶弱锄强，他既维护正义，又具有人道主义精神。他勇敢而执着的追求着自己的理想，毅然决然的以一己之力向一切假恶丑挑战。他要用他的剑去消除世间的不公，解除人间的苦难，荡涤一切罪恶，维护真理正义。然而在这些美德中最动人的还是他为追求真善美的理想而甘愿舍弃一切，虽九死犹未悔的实干和行动精神，虽四处碰壁，却百折不回。

为了让堂吉诃德的形象在比较和参照中更凸显更闪光，作家特别安排了仆人桑丘作为对比和陪衬。一个又高又瘦骑马的疯癫骑士和一个又矮又胖骑驴的聪明仆人，形象上完全对立，精神上又有巨大差异。通过堂吉诃德让我们看到了理想中的人应该有的品质，也通过桑丘让我们看到了现实中的人真正的样子。桑丘是西班牙千百万农民的典型代表，他平凡朴实但又自私自利，机智幽默但又懦弱狡黠，既有劳动者善良的禀赋，又有小私有者贪财好利的天性。在桑丘的映衬之下，读者能够更加清晰地看到堂吉诃德精神的美好，这也是作品的最大价值所在，这个古老又疯癫的骑士值得我们每一个人，尤其是每一个现代人敬佩。因为我们在现代文明中已经很少能够看到堂吉诃德了。

桑丘映衬了堂吉诃德，而堂吉诃德也同样映衬了我们自己和我们的时代。现代人将堂吉诃德的那些行为目之为疯癫，岂不知这所谓的疯癫也许正是众人皆醉我独醒，世人笑我太疯癫，我笑世人看不穿的最好注脚。福柯的专著《疯癫与文明》至少让我们认清了疯癫是如何被社会建构起来的，太多时候其实只不过是凡“异”必“疯”，只不过是用疯癫这个词在掩盖自己本质的虚弱，对“异类”进行污名化而已。从这个角度上来讲，堂吉诃德和我们谁更疯癫也许真的是一个值得思考的问题。疯癫的实质是不合时宜，而如果这时宜本身就是有毛病的呢？这时宜也许正是当下文化中被我们弄丢了的却又意识不到要努力寻回的东西，比如信仰、理想和为其不懈奋斗的执着与勇敢精神。屠格涅夫在《哈姆雷特与堂吉诃德》一文中说:“堂·吉诃德本身表现了什么呢?首先是表现了信仰。对某种永恒的不可动摇的事物的信仰，对真理的信仰……堂吉诃德全身心浸透着对理想的忠诚，为了理想他准备承受种种艰难困苦，准备牺牲自己的生命……”信仰和理想这些现代人久违的词汇逼迫着人们去认真思考人究竟怎样存在才有价值和意义。尤其是在现代文明这样一个信仰蒙尘失落、处处功利主义的环境之中，堂吉诃德怀抱着坚定的理想主义信念，对当代人的价值追求具有巨大而深远的激励和影响。

理想与现实之间本身就存在着巨大落差和不可弥合的裂缝，就像莎士比亚的悲剧《哈姆雷特》中，年轻的王子哈姆雷特在课堂上学到的是“人类是一件多么了不得的杰作！多么高贵的理性！多么伟大的力量！多么优美的仪表！多么文雅的举动！在行动上多么像一个天使！在智慧上多么像一个天神！宇宙的精华！万物的灵长！”而在现实中，哈姆雷特看到的却是父死母嫁，篡位弑君，朋友倒戈，老臣势利，外敌觊觎，理性丧失，信仰危机，看到了“一个荒芜不治的花园，长满了恶毒的莠草。世界是一座很大的牢狱”。所以快乐的王子变成了忧郁的沉思者，沉思人的本质和生存还是毁灭，表达对人性的失望和对人文主义的反思。而伟大的塞万提斯虽然也看到了理想和现实难以调和但又尽力去用自己的故事和人物试图弥合裂缝，虽然堂吉诃德和桑丘是理想主义者和现实主义者的典型对照，但作家并没有把桑丘丑化，反而在他身上赋予了一种期待和祈盼，这是对桑丘的祈盼，也是对人文主义未来发展的祈盼，他让这个目光短浅的小农思想继承者在和堂吉诃德长期的朝夕相处之中，慢慢地被主人的宽广胸襟所感化，也开始实实在在地践行起堂吉诃德托付给他的施政纲领，在海岛出任总督时为当地人民做了许多好事。理想主义确实就应该和务实精神有机地结合起来，这样的理想主义才不致空幻和虚无，这样的务实精神才不会目光短浅和利欲熏心。堂吉诃德和桑丘也许本来就是一个人，是我们每个人身上两种自我的化身，它们互相牵制互相影响，让我们既做清醒的悲观主义者，又做乐观的理想主义者，既保持理想主义却又能不过于疯癫，这应该才是最美好的答案吧。

我爱堂吉诃德和《堂吉诃德》。

第四节　栖居并诗意着

塔楼之诗 [①]

生命之旅

生命之旅迥异
犹如歧路，或群山分界。
我们此地之所是，神于彼处
能以和谐、永恒的奖酬及宁静充实之。

倘若人们快乐……

倘若人们快乐，试将如何询问？
是否他们心地善良，循美德而生存；
如此灵魂轻快，哀怨更稀
信仰为此所承认。

那置身于……

那置身于欢乐簇拥中的人，
并不称一切日子最为美丽
却渴望着有朋友爱他的地方

① 节选自〔德〕荷尔德林：《塔楼之诗》，先刚译，同济大学出版社2004年版。

人们厚意挽留年轻人的地方。

更高的生命

人选择自己的生命，自己的决断，
离虚幻而识智慧，思辨，追忆，
那沉入世界的追忆，
而无物可惊扰他内在的价值。

辉煌的大自然使他的日子美丽，
常在他深处，精神孕育新的追求，
崇敬真理，
孕育更高的意义，及一些奇妙的问题。

人因之亦能认识生命的意义，
探寻目标之最高者，最美妙者，
以人的尺度体察人生世界，
尊更高的生命为崇高的意义。

更高的人性

人们的内心已承受意义，
如此他们得以遴选更优者，
此即目标，真实的生命，
灵性者可享生命之年岁。

坚信

仿佛日子，那在纯净中环绕人们者，
伴着跃出高处的明亮，
微光朦胧的诸影像渐融为一，
那深及精神之性的知悉亦如此。

眺望

人们眼前的日子开阔明朗，伴着景象，
当绿草展现在平原的远方，
黄昏的光线尚未趋入朦胧，
白日的闪光以化作温柔的微光。
世界的深处常常遮蔽，不可接近，
人的知觉，充满怀疑，劳思伤神，
灿烂的大自然虽照亮了他的日子，
远处仍伫立着疑虑中黑暗的问题。

精神的生成

精神的生成从未向人们遮蔽，
如生命之所是，人们已置身其中的生命，
正是生命的日子，生命的早晨，
精神超绝的时分亦如宝藏。

好似大自然轻妙的发现自身，
如此，人以这样的欢乐观望，

如何坚信日子，如何坚信生命，
如何与精神之束紧紧合为一体。

人

若人离于自身，孤独生存，
如此，好像一日区分于诸时日，
人之卓越者趋于独异，
离开了大自然，也离开了妒忌。

他仿佛独自生活在遥远的异域。
春风染绿了四周，夏日友好的栖息
直至年岁匆匆步入深秋，
流动的云总在那儿陪伴着我们。

时代精神

人居于此世，芸芸为生，
犹如年岁，犹如时代向往更高，
亦如更替，许多真实诚为多余，
在不同的岁月里持存，
圆满亦如此同一于此生命，
人因之顺从于崇高的追寻。

希腊

人与生命这般壮丽，
自然常握于人之手中，

美丽的土地从未于人遮蔽，
黄昏和清晨的显现充满魔力。
开阔的田野仿佛正当收获的日子
灵气缭绕，四周及远处古老的传奇，
当新的生命重生于人性
岁月就这般没入沉寂。

友谊

若人们领悟自身的价值，
他们将欣然相称为友，
如此人的生命更加明了，
置身于精神里更觉兴味。

崇高的精神相邻友谊，
人们乐于和谐
珍惜亲密，他们的生活相互塑造，
这，也是人的定命。

眺望

若人们安居的生命走向远处，
葡萄藤般的时日光照四方
那里夏日的原野一片空寂，
森林展现黑暗的景象，
大自然的栖息，充实了
倏忽飘逝的时间之像，
犹如花儿点缀着林木

人们还饰以圆满处高天的闪光。

在可爱的蓝色中

“在可爱的蓝色中，绽现着
教堂的尖塔与金属的屋顶。
燕鸣回漾在蓝色中，
初阳升起，染了铁皮，
高处的旗帜在风中寂寂扑响。
如果此时，一人由钟底沿阶而下
生命的寂静就在于此。因为，
如果人的形象竟这般分泌而出
造化岂不可彰显于人。
钟声鸣响的窗，如同朝向美的门。
同样，因为这门也向着自然，
它也就有似于林中的树木。
纯净也就是美。
严肃的精神正是从万物内部呈现。
塑形者如此单纯，如此神圣，
让人常常畏惧将其描述。
但天空却总良善，
将富足、德行与欢愉一并葆有。
人岂不会效仿。
如果生命终属辛劳，
人岂不会举目仰望，说道：
我也愿如此存在？
确实。只要纯净、友爱还持留于心，

难道人不会欣喜于以神性度量自身。
神竟不可识认？抑或如天空开敞？
我宁愿这般相信。神是人的尺规。
虽功劳卓著，人却诗意地
居住于大地之上。
那满缀星光的夜影，如容我进言，
也不若人之纯净，
人之称谓正是神的形象。

地上可有尺规？
绝无。毕竟，
造物的世界不曾阻下雷霆的步伐。
花朵的确很美，因为它绽放于阳光下。
而生命中常有双眸，发现比花更美的事物。
哦，我已明了。
即使心力交瘁
甚至于毁灭，神明却依然使人欣慰？
但是灵魂，我相信，必当保持纯净，
一如抵达鹰翼之上的伟力者，
颂歌相伴，众鸟相和。
这就是造形的本质。
你啊，美丽的小溪，你是如此明澈
你在粼粼波光中流淌
仿佛银河中闪烁的神明的眼睛。
的确，我认出了你，
泪水竟夺眶而出。我在造形里看见
欢愉的生命绽放于造物之间，因为
我没有将它不当地比作墓地上孤单的鸽子。

微笑于我缘是忧叹世人，
心跳亦复如是。
也许我会成为一颗彗星？
我信。毕竟它有鸟的急速，它在火中绽开，
又似赤子般纯洁。
对至大的渴望，岂能用以度量人性。
严肃的精神徜徉于花园的廊柱之间，
德行的喜悦应当被这种精神赞许。
少女必当戴上香桃木花冠，因为这花冠
正朝向她的本性和情感。而这香桃木，
盛开于希腊大地。

当一个人向镜中望去时，
他既看见他自己；也看见与自己
如此肖似的影像。
在人类的形象里，
本有迎着月光的眼睛。
可俄狄浦斯王，独目或已太多。
这人这苦难，不可描述，不可言说，
不可表达。
唯当呈现于剧中，苦难才会袭来。
可现在想起你的苦难，于我又如何？
如果小溪将我从亚细亚的某处席卷到它的尽头，又当如何？
理所当然，俄狄浦斯王的苦难，理所当然。
这苦难，赫拉克勒斯也曾经历？
确然。亲如同胞，
难道不同样将苦难承受？毕竟，
赫拉克勒斯与神相争，就是苦难。

生而嫉妒神的不朽，分享这不朽，
也是苦难。
这确实是苦难，如果人被光斑所蔽，
被无数的斑点完全遮蔽！旭日如是而为：
它哺育万物。
它引领着少年上路，以光束的诱惑，
仿佛以玫瑰。
俄狄浦斯，你所承受的苦难
可曾如同：
穷困者哀叹于
他的匮乏。
拉伊俄斯之子，希腊大地上穷困的异乡人！
生即死，死即生。”①

“在《许佩里翁》倒数第二稿的序中，荷尔德林说，原初的统一，即存在，已经消失了，现代人处于‘自身与世界之间的永恒斗争’之中，为了结束这场斗争，重建和平，实现人与自然的统一，既不能通过知识（纯粹理性），也不能通过行动（实践理性），只能通过诗。这就是荷尔德林所说的‘人诗意地栖居’。”②

弗里德里希·荷尔德林（1770—1843），德国，诗人。1807年起精神完全错乱，生活不能自理。

① 韩潮：《海德格尔与伦理学问题》，同济大学出版社2007年版，第21—25页。
② 李永平：《荷尔德林：在诗与哲学之间》，《外国文学评论》2014年第4期。

第七章

理论后置

第一节　文学之圈

特里· 伊格尔顿在《20世纪西方文学理论》里全面地阐述了现代文学理论，他的讲述通俗却并不庸俗，无论对于专业人士还是文学爱好者来说，这都是一本富有启发意义的优秀著作。

一、文学是什么?

作者最先探讨了关于文学的定义问题。要想搞清楚文学理论，我们就必须要首先搞清楚文学。那么文学究竟是什么？这个看似简单的问题实际上却并不简单。一直以来，文学这个概念是非常模糊的，要想在文学和非文学之间划出一条清晰无误的边界似乎并不是一件容易的事情。

作者首先逻辑性的反驳了历史上曾经出现过的对文学的定义，指出这些定义并不准确。 例如，人们曾经以事实或虚构来区分文学和非文学，认为文学是虚构的作品，但是作者指出，这样的区分是不准确的。因为并不是所有虚构的作品都被视为文学。比如，漫画，连环画和流行的通俗小说一般就不被视为文学，更不会被视为纯文学。

还存在着一种区分文学的标准，这就是俄国形式主义者的方法。这一派认为，文学就是用特殊的方式运用语言写出来的东西，这种写作方法是对普通言语的偏离和歪曲，文学语言有它的特殊之处，那就是使用各种方法系统的使普通语言变形，文学语言就是对于标准语言的偏离和扭曲 。

然而作者在以上论断中发现了不合理之处，他指出，这种对文学的定义也存在着问题。因为人们首先遇到的疑问就是什么是标准语言？而实际上，标准语言是不存在的。因为任何的实际语言都是由极其复杂的话语组成的，这些话语由于使用者的性别、阶级、地域、身份等不同而互有区别。因此，永远不可能存在整齐划一的纯粹的语言的共同体。俄国形式主义者强调的关于语言的特殊用法，既可以在文学作品中发现也可以在文学作品外被发现。

俄国形式主义者说文学就是具有陌生化语言效果的作品，这种论断所遇到的棘手的问题和困境是，究竟应该怎样判断一个作品是否具有陌生化的语言效果。因为只要人们有创造性，任何作品都可以被人们读作或被人们理解为具有陌生化效果的作品。在这样的情况下，文学就成了人们决定如何阅读的问题，而不是所写出来的东西究竟具有怎样本质的问题。因此许多被人们视为文学的东西实际上是被构造出来的，而不是因为它们具有什么共同的特殊的品质。这样一来，想要在被称为文学的东西中分离出一些永恒的内在特征就成为不可能的了。因为文学根本就没有什么本质。人们可以实用的阅读也可以非实用的阅读任何作品。因此文学就成了这样的事物，即人们出于某些原因而赋予其价值的东西。而且，文学的价值并不是确定不变的，文学也没有某种共同的特质，文学研究也不是研究一个固定不变的明确的实体。正因为价值判断是永远处于变化之中的，所以所谓的文学经典或民族文学的伟大传统究其实质就是由特定人群出于特定原因在某一时代形成的一种创造物而已。人们永远都是从自己的利害关系角度来对文学作品进行解释的，完全不带任何价值判断的陈述是根本不存在的，这种利害关系不能简单地被归为偏见，它实际上是我们知识的一部分。给我们陈述事实提供基础的潜在价值观念本身其实就是意识形态的一部分。这里的意识形态指的是我们所信仰的东西与我们社会的权力结构相联系的那些方面。价值判断本身与社会意识形态密切相关。它们不仅关涉个人的兴趣，而且也涉及社会集团赖以行使和维持其统治权力的基础。

所以人们完全是根据意识形态来衡量什么是文学的，只有体现了某个特定社会阶级的价值和趣味的作品才被权力机构称为文学。文学这一概念充满了价值判断。因此作者提出，为了给文学正名，恢复文学的本真面目，我们最好把文学看作一个名称，即把文学看作人们在不同时间出于不同理由认为某些东西是文学的那些作品，这些作品处于一个被福柯称之为话语实践的完整领域之内，因而我们应该研究的是这一完整的话语实践领域，而不仅是那些被称为文学的东西。因此作者提倡发展一种话语研究，这一研究考察的是社会中的不同符号系统，我们应该实现从文学研究到话语研究的跨越。

文学的意义

我们研究文学是因为文学具有意义，这一点是毋庸置疑的。为什么值得与文学打交道是一个很重要的问题？作者说自由人道主义关注了这个问题，但是给出的答案却不那么令人满意。自由人道主义认为文学会使阅读它的人成为一个更好的人，实际上，这是过分高估了文学的改造力量，并且脱离了起决定作用的社会关系来考虑它。自由人道主义是一种视野狭窄的道德意识形态，它在实践中主要限于关注人际关系问题，而对于自由、民主和个人权利的关切则不够具体。但自由人道主义有一点说的没错，那就是文学研究的确有意义，而且这一意义最终不是文学上的意义。文学是有用的，这并不是鼓吹庸俗的文学工具论。实际上，每种文学理论都是对文学的某种使用。自由人道主义只是利用文学来促进某些道德价值标准的实现而已。

二、文学理论及其意义

一般地说，所有的理论都能用两种方法来界定自己的身份。一是根据研究方法，二是根据研究对象。但是作者指出，这两个方法对文学理论却都不适用，一是因为各种文学理论没有任何重要的共同之处，人们并不能发现它们相互之间的共同点，它们与其他一些学科，如历史、社会学、语言学等的共同点似乎更多；二是因为，如果说文学理论意味着对于那个被称为文学的东西的评论，但是我们又已经发现了并不存在着一个具有稳定性的文学实体。

因此，作者不主张从方法或对象的角度来界定文学研究，他提出了另一个可以区别各种话语的方法，这种方法既不是本体论的也不是方法论的，而是策略上的。他认为，研究目的比研究对象和研究方法更为重要。他关注的是话语的效果问题，效果在这里被放到了优先的地位，话语的效果是最为重要的。

所有的话语都具备产生效果的功能，所有的话语都会形成各种各样的意识和潜意识，而所有的话语又是与我们现存的权力系统的维持和改变紧密相关的，与作为一个人的意义是密切相关的。意识形态这个词表明的正是这种关系，即话语与权力之间的关系。所以我们应该先看要做什么，然后再看哪些方法和理论有助于我们实现这些目的，研究什么应该取决于试图做什么。最后他指出，任何方法和理论只要有助于人类解放的目标，有助于改造社会，有助于创造更好的人，就都应该被接受。

文学理论是社会意识形态的一个分支，这种说法会把文学理论的边界扩展到无限的地步。 因此采用一种话语理论就不会面临同样的问题。话语的数量是无限的，研究它们的方法也是无限的，作者所设想的这种研究的特殊之处在于它关心话语产生什么效果以及如何产生这些效果。

实际上 ，政治从一开始就存在于文学理论那里，它并不是被牵强附会的强拉进来的。政治是我们组织自己社会生活的方式，是其包含的权力关系，政治自始至终包围着我们。文学理论的历史就是我们时代的政治和意识形态史的一部分，文学理论始终与政治和意识形态价值标准紧密相连。文学理论是用来观察时代的一个视角，一个特殊维度，它与人的语言、价值、意义，经验和感情都有密切关系，与个体与社会的本质，权力问题，性问题以及对于过去的解释，现在的理解和未来的展望等这些问题也都紧密相连。不受这些问题影响的纯文学理论是不存在的，纯文学理论的存在只是一种幻觉，只是一种被学术建构起来的神话。各种文学理论都和历史和政治有着密切的关系，都具有自己的意识形态性，而不像科学那样是普遍的真理原则。所有的理论都是与特定时代特定集团的利益相联系的，并且大部分文学理论是为了巩固和加强这个权力系统，而非质疑它。实际上，文学理论与政治制度具有最特殊的关系。不同文学理论之间的争论实际上就是文学研究中各种意识形态的对抗。

作者指出，文学理论与周围的一切都有关，但是很多文学理论家却没有认识到这一点。 有些批评家喜欢直接阅读文学作品而拒斥任何理论，他们不相信理论，他们认为在他们自己与文本之间不存在意识形态的偏好。但是实际上，理论就在那里，它们并不是不存在而是被掩盖住了，只是他们没有看见而已。

因此所有的文学批评都是政治批评，远离政治的批评只是一个幻想，一个神话。政治批评并不是另一种批评方法，而是说所有的批评，所有的文学理论在某种意义上都具有宿命般不可逃避的政治性 。

中文版参考：《20世纪西方文学理论》伊格尔顿著 伍晓明译 陕西师范大学出版社

第二节　净化还是快感？[①]

亚里士多德在《诗学》里是这样定义悲剧的“悲剧是对一个严肃，完整，有一定长度的行动的模仿，它的媒介是经过装饰的语言，以不同的形式分别被用于剧的不同部分，它的模仿方式是借助人物的行动，而不是叙述，通过引发怜悯和恐惧使这些情感得到净化”。

最后的“通过引发怜悯和恐惧使这些情感得到净化”明确地指出了悲剧所能引发的人类的特殊情感以及这种情感对人类自身所产生的作用，它们涉及的是悲剧的效果和作用的问题，这是文学研究中非常重要的问题，它直接关系到文学自身的声誉，悲剧究竟能产生怎样震撼人心的效果，它又是怎样产生的?

一、悲剧的效果

亚里士多德认为悲剧的一个显著特征就是要引起观众的怜悯，恐惧，惊异等感情，他说“悲剧情节所模仿的应是能引发恐惧和怜悯的事件”，悲剧应包容使人惊异的内容，悲剧的情节必须能使观看者感受到恐惧和怜悯，惊异等悲剧特有的感情，这是悲剧的特征之一，也是悲剧最基本的任务。

“悲剧模仿的不仅是一个完整的行动，而且是能引发恐惧和怜悯的事件，此类事件若是发生的出人意料但仍能表明因果关系，那就最能取得上述效果，如此发生的事件比自然或偶尔发生的事件更能使人惊异，因为即便是

① 本部分所有引文均出自〔古希腊〕亚里士多德：《诗学》，陈中梅译注，商务印书馆1996年版。

出于意外之事，只要看起来是受动机驱使的，亦能激起强烈的惊异之情。”

要想获得悲剧的效果，那么悲剧的情节就必须要出人意料，但又要在情理之中，能体现出因果的逻辑关系，这是情节必须满足的两个基本条件，因为这样的事件比自然或偶尔发生的事件更能产生悲剧的效果，自然或偶尔发生的事件属于历史事件，而文学的情节绝不是对历史事件的简单模仿，文学的真实高于历史的真实，文学的普遍性高于历史的特殊性。

关于应该怎样安排情节才能使作品具有最佳的悲剧效果，即关于悲剧情节的创作技巧，他总结出以下的几点：

1.悲剧不应表现好人由顺达之境转入败逆之境，因为这既不能引发恐惧，也不能引发怜悯，倒会使人产生反感。

2.不应表现坏人由败逆之境转入顺达之境，因为这与悲剧精神背道而驰，在哪一点上都不符合悲剧的要求，既不能引起同情也不能引发怜悯或恐惧。

3.不应表现极恶的人由顺达之境转入败逆之境，此种安排可能会引起同情，却不能引发怜悯或恐惧，因为怜悯的对象是遭受了不该遭受之不幸的人，而恐惧的产生是因为遭受不幸者是和我们一样的人，所以此种构合不会引发怜悯或恐惧。

以上提出的是三种不能引发悲剧效果的情节，好人由顺达之境转入败逆之境不能产生悲剧效果，反而会使人产生反感；坏人由败逆之境转入顺达之境更是与悲剧精神背道而驰，是最坏的情节；极恶的人由顺达之境转入败逆之境也不能产生悲剧效果，尽管这种情节能引起同情。在这里，亚里士多德强调了同情和恐惧怜悯是不同的，他细致的区分了二者的不同之处。

悲剧情节所引发恐惧与怜悯的情感效果是特有的，恐惧由剧中人物遭遇苦难逆境而引起，怜悯是对剧中人物遭受不应当遭受厄运的一种同情，在《修辞学》中，亚里士多德定义恐惧是一种对降临的灾祸因意想到它会导致毁灭或苦难而引起的痛苦不安的情绪，人们听到比自己更好或自己相似的人受到祸害，推人及己，想到自己也可能受害，就会有恐惧心态，他定义怜悯是“因看到不应受害者身上落有毁灭性或痛苦的灾祸，觉得自己或亲友也有可能遭受相似灾祸，就会引起怜悯这种痛苦情感”，而极恶的人由顺达之境转入败逆之境这种情节引起的只是同情，而并不是悲剧所特有的那种恐惧和怜悯，因而也便不能产生净化的作用，更不能使欣赏者得到悲剧的快感。

他说：“如果是仇敌对仇敌，那么除了人物所受的折磨外，无论是所做的事情，还是打算做出这种事情的企图，都不能引发怜悯，最糟的是在知情的情况下企图做出这种事情而又没做，如此处理令人厌恶，且不会产生悲剧的效果，因为它不表现人物的痛苦。”

这些举出的具体例子都是不能产生悲剧效果的情节，那么他认为哪些情节或手段是能引起悲剧感情的呢？他说“突转和发现能引发怜悯或恐惧，在所有的发现中，最好的应出自事件本身，这种发现能使人吃惊，在处理突转和简单事件方面，他们力图引发他们想要引发的惊异感，因为这么做能收到悲剧的效果，并能争得对人物的同情，写一个聪明的恶棍被捉弄，或一个勇敢但不公正的人被击败，便可能产生这种效果”。

突转和发现，是达成悲剧效果的手段，因为这两种情节的处理方式具有既在情理之中又在意料之外的效果，恐惧和怜悯这两种情感应出自悲剧中突转和发现的情节进展，人们能从中获得悲剧所特有的快感，它是有着特殊审美意义的悲剧效果。

他说：“恐惧和怜悯可以出自戏景，亦可出自情节本身的构合，后一种方式比较好，组织情节要注重技巧，使人即使不看演出而仅听叙述，也会对事情的结局感到悚然和产生怜悯之情，这些便是在听人讲述《俄狄浦斯》的情节时可能会体会到的感受，靠借助戏景来产生此种效果的做法，既缺少艺术性，且会造成糜费。那些用戏景展示仅是怪诞而不是可怕的情景的诗人只能是悲剧的门外汉。”

情节比戏景更能引发悲剧效果，通过戏景达到的效果只是怪诞而不是真正的悲剧精神，戏景只是悲剧中的辅助手段，悲剧的效果主要依靠情节的巧妙布置。

二、卡塔西斯

在悲剧的定义里，他提出了著名的卡塔西斯说，但对此论述极为简略，卡塔西斯是希腊文“净化”的音译，净化本是古希腊奥菲斯教的术语，指依附肉体的灵魂带着前世的原罪来到现世，采用清水净身，戒欲祛邪等教仪，这样便可使灵魂得到净化。恩培多克勒秉承此义写过宗教哲理诗《净化篇》，这是在宗教的意义上对其的使用，而希波克拉底学派在其医学著作中，把这个词又转用为医学术语，指宣泄，即借自然力或药力将有害之物排出体外。后来亚里士多德又在《诗学》中借用卡塔西斯一词，用它来论述文学中悲剧产生的效果。

目前学术界对“净化”有两种看法，第一派主张悲剧的功用是道德净化，第二派主张悲剧的功用是宣泄情感，达到心绪平和心理健康。卡塔西斯的义素中包含有净化，纯化，澄清的意思。净化，纯化的意义是强调观众的心理过程，净化指驱除不需要的情感（怜悯和恐惧），这是基于医疗的模式，而纯化则假定这些情感未被驱除，而受到减弱或抑制，这是基于道德完善的思想，而澄清的意义则是针对剧中发生的净化。

在《政治学》中他为了阐述音乐的目的也提及了卡塔西斯，意即音乐也能使人得到感情的净化，他谈及音乐能使人感受真实的愉悦，培育良好的艺术鉴赏力，而在艺术鉴赏中的净化，是一种谐和情感的心理治疗。亚里士多德举例说，一些人沉溺于宗教狂热，当他们听到神圣庄严的旋律，灵魂感发神秘的激动，我们看到了圣乐的那种使灵魂恢复正常的效果，仿佛他们的灵魂得到治愈和净洗，那些受怜悯恐惧及各种情性影响的人，必定有相似经验，而其他每个易受这些情感影响的人，都会以一种被净洗的样式，使他们的灵魂得到澄明和愉悦，这种净化的旋律同样给人类一种清纯的快乐，净化能导致快乐。

三、快感的来源

亚里士多德在《诗学》里，多次使用了快感这一词汇，亚里士多德的

“快感”究竟指的是什么呢？实际上他的快感并不仅仅指普通意义上快乐的感觉，还包孕着更加丰富的内容，是一种悲剧所独有的，能给人带来独特享受的复杂情感。

在论述文艺的起源时，他提到了快感“诗艺的产生有两个原因都与人的天性有关。1.从孩提起人就有模仿的本能，通过模仿获得最初的知识。2.每个人都能从模仿的成果中得到快感，因为求知不仅于哲学家，而且对一般人来说都是一件最快乐的事，人们乐于观看艺术形象，因为通过对作品的观察，他们可以学到东西，倘若观赏者从未见过作品的原型他就不会从作为模仿品的形象中获得快感，在此种情况下能引发快感的便是作品的技术处理色彩或诸如此类的原因”。

快感是怎么产生的呢？快感的来源很多，通过模仿获得知识能给人带来快感，作为模仿品的形象能给人带来快感，作品的技术处理，色彩等也都能给人以快感。

他说：“一幅黑白素描比各种最好看的颜料的胡乱堆砌更能使人产生快感。”

“即便是有名的事件熟悉它们的也只是少数人但尽管如此它们仍然能给大家带来愉悦。”

“能引起惊异的事会给人快感。”

“诗人应通过模仿使人产生怜悯和恐惧并从体验这些情感中得到快感。”

“滑稽的事物，或包含谬误，或其貌不扬，但不会给人造成痛苦或带来伤害，现成的例子是喜剧演员的面具，它虽然既丑又怪，却不会让人看了感到痛苦。”

合理的安排而非胡乱的堆砌有时甚至比材料本身的性质更能导致快感的产生，著名的事件也是快感的来源，而滑稽的事物却并不能给人类的心灵带来什么影响，至多是一种怪诞，却不能感染人，不能带来恐惧和怜悯这种悲剧所独有的快感。

音乐也能给人带来快感，而且它还是构成悲剧效果的重要因素，他说：

“悲剧有一个分量不清的成分，即音乐，通过它悲剧能以极其生动的方式提供快感，无论是通过阅读还是通过观看演出，悲剧都能给人留下鲜明的印象，集中的表现比费时的冲淡了的表现更能给人快感。”

早期的悲剧中歌队的作用是很重要的，恰当的歌唱和音乐效果必然能更好地体现悲剧所要表现的情感，使观赏者更深切地体会到悲剧的精神，得到净化，获得快感。

四、快感的种类

亚里士多德不仅强调了快感的重要性，而且在论述中还区分了快感的种类，在他那里快感并不是一种单一的简单的感情，它包含着不同的种类，其中有着细微的差别。

他在《诗学》里说“我们应通过悲剧寻求那种应该由它引发的而不是各种各样的快感，有的诗人被观众的喜恶所左右，为迎合后者的意愿而写作，但是这不是悲剧所提供的快感，此种快感更像是喜剧式的，悲剧比史诗更好的取得此种艺术的功效，它们提供的不应是处于偶然的，而应是上文提及的那种快感”。

上述引文中他谈到了各种各样的快感，有喜剧式的，悲剧式的，由此可以看出，他对文艺作品能给人带来的不同感受是有着细致的区分的，快感有着不同的种类，悲剧提供的不应是处于偶然的那种快感，那不是真正的悲剧的快感。

综上所述，从以上的分析中似乎可以清理出这样的一条线索，它在逻辑上有着这样的脉络，即怜悯，恐惧，惊异（效果）——净化（手段）——快感（目的）——悲剧精神，即悲剧首先能引发起观众怜悯恐惧和惊异的感情，然后通过净化使得这种感情达到疏导宣泄，陶冶和升华，最后观看者获得了悲剧的快感，而这种快感不是普通的平凡的，而是悲剧所特有的，而这也就是真正的悲剧精神所在，是超越了一般意义上的快乐与痛苦的感受，是真正体现悲剧精神的快感。

第三节　另一种目光

文学批评就是阅读文本，解释文本的意义。但是,阅读是什么，我们究竟应该怎样阅读，女性主义阅读又所指何物，它是由什么决定的，是由解剖学或生理条件，还是由文化和理论来决定的。女性主义阅读与男性主义阅读有无根本区别，如果有，又是何种区别，是政治的，社会学的，还是意识形态方面的。身为女人就可以进行女性主义阅读吗，男人能够学会向女性主义者一样阅读吗，这一系列的问题看似简单其实却并不容易回答。

性别是生理的，而社会性别则是由文化建构的。所谓女性特征和男性特征并不仅仅是由生理先天决定的，而是通过后天的文化形成的。女性主义文学批评正是从性别和社会性别以及二者的区别出发，通过女性的目光，从女性主义的角度来审视文学，阅读文本，力图打破将男性标准作为权威的神话，动摇以男性为中心的文学传统。女性主义文学批评研究性别和文本之间的关系，批判文本中普遍存在的性别歧视现象，探究女性处于从属地位的原因，它最终的目的就是要通过阅读的革命结束妇女在现实生活中处于第二性别的卑下地位，使世界变得更美好。

一、女性主义阅读

文学批评是关于阅读和写作的理论，性别阅读是指在阅读中运用性别视角来解释和阐述文本的意义，它必然包括男性主义阅读和女性主义阅读两种模式。男性主义阅读是传统上的阅读方式，即以菲勒斯中心主义为基础的大男子主义批评。这种批评就像男人观赏女人一样，实际上是一种男性简单和庸俗的精神消费。女性主义阅读方法旨在与前者相对抗，尝试变革这种充满偏见的阅读方法。我们承认并不存在一种完全客观中立的价值判断标准，承认所有的阅读和批评都深受社会政治文化和个人因素的限制，很多所谓普遍的价值实质上只是单一的男性批评标准，因此建立女性主义阅读方法，从女性视角入手，重新阅读和批评文本就是意义深远的一项工作。

“雅各布斯提出，研究女性主义阅读方法既需要关于阅读的理论，又需要关于女性的理论，也就是说，既需要关于主体性的理论，也需要关于性别的理论。”[①]考察性别对阅读的影响，有助于人类从狭隘的以男性为中心的客观境况中走出来。女性主义文学批评指出，现存文学的所有标准都隐含着父权制意识形态，它把女性这一性别放逐到边缘地带。男性主义阅读反映的是父权制意识形态对女性的压迫，是带有性别歧视的阅读。男性主义批评家使用大男子主义标准拒绝承认女性的作品，强迫女性文本保持缄默。在文学批评中，带有男性主义误读的批评非常普遍。女性主义的阅读就是要识别男性主义阅读中的偏见和歪曲，并努力纠正它们。女性主义阅读坚决批判菲勒斯中心主义和男性沙文主义，它通过提供一个与男性完全不同的视角，为女性辩护，它要颠覆那种认为男性批评是带有中立性质的价值判断观点。女性主义批评旨在超越男性主义批评方法，取代占统治地位的男性批评幻象，揭露隐匿在文本后的菲勒斯中心主义的真正面目。通过女性主义阅读，人们发现了另一种阅读文本的方法，它的目的并不主要是为了建立一种与男性阅读平行的女性阅读理论，而是希望通过对抗和争论产生一种新的视角，创建一种带有女性主义意识形态的阅读，这种阅读能够展示男性诠释的局限性。“女性主义阅读的重要行为就是从一个赞同型读者变成一个反抗型读者，要求女性读者用一种抗拒的态度来阅读文学作品，通过这种拒绝的行为，把植根于我们心中的男性主义意识形态去除掉”[②]，这是一场伟大的战斗。女性主义阅读如何固定意义取决于她阅读文本时所依赖的理论框架。不同的阅读方式隐含着不同的政治目的和理论目的。我们既可以把文本阅读成是现实社会中女性经验的表达，也可以把文本阅读成受压抑的女性主体重申自己的表现。

乔纳森·卡勒将女性主义阅读理论分为三个阶段和层次，第一个阶段是假定有一个女性读者，她的社会家庭经验和她作为读者的经验相连接，而这对于阅读活动起着至关重要的作用。这一阶段的研究重点是关于妇女形象的研

① 张京媛主编：《当代女性主义文学批评》，北京大学出版社1992年版，第7页。

② 同上，第53页。

究。波伏娃的《第二性》和米利特的《性政治》就是这一阶段的代表。第二个阶段是对第一阶段的反动，特点是女性经验不再是必需的阅读依据，这个阶段对女性读者的这个假设本身提出了质疑，探讨的重点成了为什么女人一直没有作为女人来阅读，认为应该使女人作为女人而不是作为男人去阅读。因为男性的批评标准以及整个父权制文化对女性的阅读产生了不良影响，所以这一阶段的女性阅读力图证明自身比男性阅读更理性，更严肃，更具有反省意识。第三个阶段的特点是“女性主义批评不是去争论男性和理性之间到底有没有联系，而是竭力考察把我们理性的诸种概念和男性权益联系在一起的方式，考察我们的理性是怎样成为男性权益的同谋的”①。在这三个阶段中，都有对女性经验这一前提的要求，不过对女性经验的要求越来越隐秘了。

作为女人去阅读对于女性来说是一件具有特殊意义的事情。“我们第一次被要求作为女人去阅读文学作品，而从前，我们，男人们，女人们和博士们，都总是作为男性去阅读文学作品。”②从某种程度上说，女性主义阅读是一种经验主义式的文学批评。女性主义阅读依赖于女性主义阅读者的经验，是作者的生活经验和阅读者的生活经验之间的沟通，阅读者就是具有某种经验的人。作为女性主义的阅读，需要建立一个女性主义阅读者，需要有女性经历来支撑，具有女性经验的人会使她们在阅读文本时得出与男性不同的评价，女性经验在这里成了权威，成了衡量文学价值的标准，被当作对作品进行阅读和阐释的坚固的基础，这种经验被放入一种与文本的关系之中，它可以引发一种改变了的阅读方式，这种对阅读者经验的要求为替换或摧毁男性主义批评规范，摆脱男性主义阅读的局限提供了重要的手段。女性主义阅读会冲击或破坏男性专制的阅读方式，消除传统的性别等级，让女性真正作为一名女性去阅读。女性主义阅读并不必然就是一位女性阅读时产生的东西，也不是当一位女性读者阅读时把她自己的内心中所发生的种种变化记录下来就能产生的。女性主义阅读并不是要求女性再现她们特殊的经历，而是要求

① 张京媛主编：《当代女性主义文学批评》，北京大学出版社1992年版，第59页。

② 同上，第50页。

她们去扮演她作为女性的这种角色。

女性观察事物的角度受到她们所处的历史和社会的限制，甚至就连女人自己也会无意识的使性别歧视的态度内化。实际上，在大多数时候，妇女是用男性的身份来阅读的。有些男性批评家反对将女性问题交给女权主义者们来解决，认为应该交给不偏不倚的男人。对此，肖尔瓦特反驳道："我从自己不愉快地经历中懂得，男性女性主义者甚至不屑去阅读他们正在答复的女性主义批评文本，因为他们已经自以为事先知道妇女们在思考着什么。"[①]生活于父权制意识形态中的男性批评家出于一种自以为是的骄傲不可能进行公正的不偏不倚的判断，男性的女权主义文学批评只是男人男扮女装，只是男性通过为女权主义文学批评代言的方式来证明自己拥有女性所拥有的力量和智慧，并能够超越妇女，以此来压制和排挤这种以女性为中心的理论，维护父权制的权威 。

二、女性形象批评

埃尔曼在《思考妇女》中指出，西方文化中充斥着一种性别类推的思维习惯。人们往往倾向于将所有的现象，经验和行为用男性或女性的特征加以分类。她从男性作家笔下的女性形象中总结出十种女性模式：" 无形，被动，不稳定，封闭，贞洁，物质性，精神性，非理智性，依从，两种难以改变的形象，悍妇和巫婆。"这是一种对女性的根深蒂固的刻板印象，一种传统的性别角色定型观念。这些模式充分表现了菲勒斯中心主义批评中的关于性别的惯常思维。这种思维在弗洛伊德的理论兴盛之后变得极其泛滥，导致人们习惯于将男性形象与女性形象截然对立起来，成为相反的两个极端。传统的男性批评家对女性作品的评论就是充满着菲勒斯中心主义意识形态的大男子主义批评。女性的作品在文学世界里所受到的待遇和她们本人在人类社会里所受到的待遇是惊人的相似的。男人们对女性形象的评论往往充满着偏见和误解，他们是用对待女性的态度来对待和评判女性作家作品的。

① 张京媛主编：《当代女性主义文学批评》，北京大学出版社 1992 年版，第 163 页。

古巴和吉尔伯特对文本中不真实的妇女形象也进行了分类，她们指出，在男性文本中，女性形象有两种表现形式，天使和妖妇。天使是男性审美理想的体现，妖妇则表达了他们厌女症的心理情结。把女性神圣化为天使的做法实际上是男性的审美理想，这无疑是对女性形象的歪曲，而把女性幻化成恶魔的形象则表达了他们对女性的厌恶和恐惧。女性形象在男性作家笔下所形成的这两个极端，这两种截然不同的形象均反映了现实中男性对女性的偏见，压迫，惧怕和不公，他们完全是以男性的臆造来再现女性的。

因此，运用女性主义阅读方法也是进行女性形象批评的一个重要手段，女性主义阅读最初的成就也就是体现在这个方面上。女性形象批评属于人物形象分析，研究的对象是作品中塑造的女性形象，主要是批评文本中虚假的女性形象，研究再现以及与现实中女性真实形象不相符合的问题。女性形象批评主要针对男性文本，但也包括那些已经被父权制意识形态影响了的，自觉将父权制标准内化的女作家的作品。女性形象批评通常利用作者传记材料为依据，研究文本中的女性形象和作者所处时代的实际女性生活的差异，指出形象的不真实性，揭示这种不真实的女性形象其实是男性世界用来压制妇女的一种话语形式，是男性控制和支配女性的反映， 探究女性居于从属地位的文化根源。女性形象批评把我们引入文本，然后再带回到现实，回到我们自身和我们的生活，它将文学与现实生活紧密的联系了起来。在父权制文化体系中，被赋予了权威的男性批评家的阅读是歪曲性的大男子主义的批评，它对女性的阅读产生误导，使她们被男性塑造的虚假女性形象所左右。女性主义阅读揭示出，在形象这一点上，所谓对现实所做的真实的叙述实际上是依赖着主观上的意识形态的。和真人相比，文本中的女性形象已经被男性创造者所歪曲和扭曲了，男性作家好像从来也没能把真实的女性形象传达给读者。通过女性主义阅读方式来解构男人为女人设置的虚假女性形象，能够发现女性的真实处境，并指出如何真实的再现妇女形象。妇女形象批评将文本阅读当成一种提高读者女性意识，增强她们识别文本谎言能力的主要手段，以此打破传统上男性作家在文学中再现女性形象的权威性和可信性。

三、《性政治》里的女性主义阅读

米利特的《性政治》一书体现了最典型意义上的女性主义阅读方式，她首创了“性政治”这一理论。政治的含义就是一个群体统治另一群体时，两者之间产生的关系。它的核心就是权力。性别与种族，阶级等因素一样，也具有政治的属性。她指出，“性政治”就是占统治地位的性别为了维护自身的权威和利益，统治占从属地位的性别的过程。我们的过去和现在一直处于男性统治和父权制意识形态之下，男性统治的存在是通过意识形态和暴力这两种手段来进行的，这两种力量迫使女人屈从于暴行，性虐待，并制约着女人，使她们为男性服务并自愿接受这种角色和身份。更为严重的是，父权制还借助文学形式乃至色情文学在意识形态领域向女性施暴。父权制意识形态在文学中被尊为权威，奉为正典，被人们当作理所应当的内容所接受。所以作者指出，性意识形态是男性有意识、有组织地使用阴谋来对付女性的一套虚假信仰。女人是一种被压迫的人，只有通过反抗父权制的虚假意识形态，推翻父权制统治的基础，才能除掉枷锁，重获自由和解放，除此之外没有别的办法。

米立特把焦点集中在男性作者的文本上，从权力和政治的角度来阅读文本中出现的现象。 她研究带有暴露的性行为描写的男性作家文本，这些描写充满着暴力色彩，正是政治关系在个体性领域中的反映。作者探讨了文本中出现的男性厌女情结，这种“厌女症”表现的是对女性的文本虐待和骚扰。米利特对这些作品的批评建构了一种更加精致的女性式主义阅读方式，一种女性主义的回答。这是一项伟大的有意义的工作，它从一种新奇的出乎意料的视角去思考文学作品，确立了读者的优势地位，使阅读者从一种新的角度去看待文学和生活。这种女性主义的阅读方式是一个十足的新颖的方式，对于习惯于男性主义阅读方式的人们来说是陌生的。这种阅读是借助着一股激昂高亢的情绪进行着的，它与以前阅读文本的方式完全不同。米利特在进行女性主义阅读时所采用的方法和策略是直接的面对作者，严肃对待作者的思想，她不是像以往的男性主义批评家们习惯做的那样去贬低作家精心表现的性幻象，而是努力寻找导致男性信仰那种性宗教的根源 。‘在对米勒或梅勒的批评方法中，她避免了60年代那种尊重权威和作者意图的常规，她的分析公开引入了对作者的另一种透视，说明了读者与作者，文本之间的冲突怎样精确的暴露出一部作品的潜在前提。米利特作为文学批评家的重要性在于她不屈地捍卫了读者加入自己见解的权利，拒斥了那种文本和读者间的广为接受的等级制度。作为一名读者，米利特既不屈从，也不做淑女状，她的风格如大街上犟头犟脑的捣蛋鬼，在每个层面上向作者的权威进行了挑战。’[①]米利特不屈不挠地捍卫了读者的权利，表达了她作为女性主义阅读者的观点，她就像一个持不同政见者、抗议者，不断地向作者的权威挑战。她的阅读方法打破了以往男性主义批评家的形象，通过提出性和权力之间的关系问题，进行了一种全新的女性主义的阅读方式，揭示了男性作家作为‘性政治家’的本质，以及这种本质所具有的攻击性。在文学作品中，男性作家以男女与生俱来的性生理差异为借口，将女性置于附属的和屈辱的地位。米立特通过解构的阅读方式极力打破以男子为中心的创作，阅读和批评的规范，在写作、阅读、批评这些文学活动中确立女性的角度和模式，捍卫女性主义阅读方法。她重点分析著名男性作家对女性形象的再现，这种女性形象是建立在男女间性别权力关系的基础之上的。这些大男子主义作家在对男女性行为的描写中，充分表现了两性关系中权力分配和使用的不平等。通过作家的描写和读者的阅读，男子的统治地位和女性的从属地位在历史中潜移默化的沿袭下来。所以作者指出，阅读者不应该被动地接受作品的权威和论点，应该以自己的经历和角度对作品进行阅读和剖析。她的女性主义阅读方法确立了重读文本，重新认识性别对女性形象再现的重要性。她对著作中所涉及的男性作家作品的阅读既不同于新批评那样精致的阅读方式，也不像以往的传记式批评那样尊重作者的意图，而是一种全新的阅读，引进的是女性的视角，清算的是文学中男性的暴政。这种阅读方式赋予读者以相当的权利，使得从女性视角对男性文学作品进行颠覆性的阅读成为可能，并且使得父权制的‘性

① 托里·莫伊：《性与文本的政治》，林建法等译，时代文艺出版社1992年版，第32页。

政治’策略能够在这颠覆性的阅读中得以清算。

四、结语

女性主义阅读既是一种文学行为，也是一种政治行为，它的目标是解释世界，改变阅读者的思想和意识，改变读者与文本之间的关系，进而改变世界。女性主义阅读重视对文本进行历史和文化分析，致力于从文本中发现性别压迫的真相，清算文本中的性别歧视现象。它就是要通过文本阅读来改变女性在文学中的屈从境况，改变这个已经被男性意识形态歪曲的世界，改变现存的父权制社会秩序，促使女性去发现她们一直处于怎样的地位，并且告诉她们身为女性应该怎样生活，应该如何去面对和认识这个世界。

第四节　阿尔都塞的幻象

人们经常谈论意识形态，但是意识形态究竟是什么？它是否真的存在，抑或它只是一个神话，一种虚构，一个幻象。它究竟来自哪里？它的本质是什么？又有什么功能？这些都是并不容易回答的问题。关于意识形态存在着很多理论，不同的理论家有着各种不同的解释，但是人们在谈论这同一个词时有时似乎指的并不是同一种东西。

阿尔杜塞对意识形态理论有着特殊的贡献，他重视意识形态的功能问题。在《意识形态国家机器》这篇文章中，他详细阐述了他的观点，并对意识形态和科学作了严格的区分。毫无疑问，阿尔杜塞是属于马克思主义传统的，但是与前人不同的是，他吸收了某些非马克思主义的方法，最突出的就是对结构主义的运用，在此基础上大胆地对马克思主义的传统进行了修正。

马克思主义坚持用阶级来划分社会的观点，认为阶级关系是社会中最重要的关系，社会由经济基础和上层建筑组成，社会的存在和发展依赖于生产力的再生产和生产关系的再生产。 社会的本质就是统治阶级通过国家这一机制来实现对被统治阶级的统治。但是这种统治是如何形成并顺利延续发展的呢？阿尔杜塞关注的正是这一问题。他发现，在真实的社会里，个人是自觉自愿的服从国家和法律的统治的，他们并不起来反抗，而是心甘情愿的接受被奴役被统治的地位。 这一点令人迷惑不解，这究竟是为什么呢？因此他对这一现象进行了深刻的思考，提出了他的意识形态理论。这一理论以国家和主体之间的关系问题为焦点，通过这种意识形态理论， 他令人信服的解释了国家与主体，政府与臣民等一系列关系，使人们明白了这种自觉自愿的屈从的原因。

阿尔杜塞所说的意识形态包括意识形态表象体系和意识形态国家机器两个方面。意识形态表象体系是指人们体验自己与自己生存条件的关系。而意识形态国家机器强调的则是意识形态的物质性。这正是他的独特之处，他并不像前人一样把意识形态看作是人们心灵的产物，不把它看作是一种意识，一种精神的东西，而是看作一种半物质的存在，一种实体。他对意识形态这两个方面的强调，使得精神状态与社会制度，人的主观世界与客观世界合理的联系了起来，避免了两者的脱节。

阿尔杜塞把意识形态表述为对个体与其现实存在条件的想象性关系的再现。他认为任何意识形态的特点都是受到阶级利益支配的。因而意识形态不是对世界的整体的真实的反映。而意识形态又是无所不在的，个人是社会角色的承担者，丝毫不是自由的主体。意识形态国家机器为每个个体在这架机器中准备好了一个位置，询唤出个体并赋予它一个名称，然后通过自我形象或再现的形式给个人提供一种关于整体的幻境，一种抚慰性的一致感。意识形态的核心运作机制是通过“询唤”来建构主体的。询唤者是大主体，比如上帝，民族，父权制，普世论或者是这些因素的集合。而被询唤者则是个人。意识形态把具体的个人询唤成了具体的主体，主体既具有自由的主体性，是具备行动能力的创造者并为自己的行动承担责任，又是屈从的存在，必须要服从更高级的权威。因此除了自由的臣属于他人，主体被剥夺了其他的一切自由，被剥夺了除自由的屈服之外的所有自由。如果意识形态的询唤机制在发挥自己的功能时没有遭到抵抗，没有遇到问题，那么这就制造了一个幻象，使得个人相信自己能够自由的采取行动，而实际上那时他们却正生活在活生生的意识形态中，比如宗教、男权主义、种族主义，等等。个体是通过大主体成为主体的，因此要屈从于大主体。所以阿尔杜塞认为，我们从来和永远都无法完全成为自己，无法完全个人化，永远不可能完全自治。意识形态代表的就是个人与其真实的生存环境状况之间的假想性关系，意识形态是被建构起来的，是某些人制造了意识形态，以使自己获益，巩固自己的权力。人们深陷于意识形态之中，是意识形态建构了个体与大主体的假想性关系，模糊了真实的关系。而实际上，大主体是一个巨大的他者，是个体的对立物。意识形态规定了人们思考的内容，它不仅是现实的一种虚幻表现，也是人们实现他们与现实关系的方式。因此，意识形态的一个典型特征就是使人们相信他们的自由和自律。根据阿尔杜塞的这种观点，意识形态必然使我们成为我们自身的奴隶。他相信某些种类的意识形态是社会的永久性特征。在这里他受到了弗洛伊德的影响，认为意识形态就像无意识一样是永恒的，人们永远对真正的现实一无所知，永远无法摆脱文化和制度为人类所设定的屈从地位，人们永远不会了解意识形态之外的存在。这一切的论断都为阿尔杜塞的理论奠定了悲观主义的气质和基调。

阿尔杜塞最为重视的还是意识形态所执行的功能，所有意识形态都有指定具体的个人为主体的功能，这种功能也在规定意识形态。 意识形态的功能是保证个人把自己体认为主体，使其以某种规定的方式认识自己，与此同时把规定的性质解释成无可置疑的，自古以来自然而然的。马克思主义指出，是国家机器在维护着统治阶级的统治。国家机器包括政府行政部门、军队、警察、法庭、监狱等。而阿尔杜塞认为，除了国家机器之外，还有意识形态国家机器，它们主要由宗教教会、学校教育、家庭、法律、社团、媒体、通讯、文化制度及机构、 政治组织制度等因素构成。国家机器和意识形态国家机器的功能都是维护统治阶级的统治。国家机器通过暴力发挥作用，意识形态国家机器通过意识形态发挥作用。意识形态的作用是把维护统治所必需的观念灌输到大众的心灵与行动中去，从而确保生产关系的再生产。生产关系的再生产对于维护统治是十分关键和必要的，它是通过意识形态国家机器来实现的。生产关系的再生产是通过国家机器和意识形态国家机器的实践来保证的。暴力国家机器的作用主要表现在它是通过暴力为生产关系的再生产提供适宜的政治环境和条件，意识形态国家机器则隐藏在暴力国家机器的后面，隐蔽的保证生产关系的再生产。意识形态是一个社会的黏合剂，它巩固着社会的阶级统治体系。因为对于社会来说，再生产的问题是特别重要的，尤其是生产关系的再生产，这一再生产过程的核心力量就是国家。意识形态的使命就是对社会生产关系进行再生产，维持阶级制度或生产方式。在阿尔杜塞看来，民主实际上也是一种意识形态，它并不能给人类带来真正的自由。实际上，它只是为人们提供了一种幻觉，而掩盖了真相。

阿尔杜塞还对意识形态和科学作了严格的区分。在意识形态中，人们接触的根本不是真实的历史，真实的存在，而是一种虚构的现实。意识形态使得真实关系不可避免地被包括到想象性关系中。而科学则恰恰相反，科学能够超越狭隘的阶级利益的局限，能够提供给人们关于世界正确的恰当的认识。意识形态的主要职能是社会实践的或者社会生产的，而科学的职能则主要是理论的。科学通过和意识形态对立，以一种完全不同的方式提出问题，从而也就能够得出不同的结论。阿尔杜塞认为科学理论的真实性就像数学理论的真实性一样，其性质是内在的和固有的，而意识形态具有虚假性，是不真实的、建构的。他还指出，文学艺术的位置是居于意识形态与科学之间的。艺术活动虽然也是一种意识形态的生产，但是艺术却可以让人以某种方式洞悉和觉察到意识形态的存在和状态。文学艺术的生产所运用的首先是浸透着意识形态的原材料，而不是中性的东西，文学生产就是艺术家依据一定的劳动工具和美学技巧，将既有的意识形态原材料加工成作品的过程。因此，每一件艺术作品都是由一种既是美学又是意识形态的意图产生出来的，艺术的确与意识形态有着特殊的关系，艺术离不开意识形态，任何艺术家的语言都是意识形态的语言。

当然，阿尔杜塞的意识形态理论中也存在着问题。阿尔杜塞坚持的是绝对的社会决定论的观点。他把马克思主义和精神分析学也归入科学这一种类，但是许多人是不同意他的这个看法的。他们认为马克思主义和精神分析学是非科学的思想。意识形态和科学的两分法以及它们之间绝对尖锐的对立也只是阿尔杜塞所做的一个论断，但他接下来却并没有具体阐述出应该怎样判断一种理论是科学的还是意识形态的。毋庸置疑，阿尔杜塞的理论是属于结构主义的，甚至有些过分的结构主义决定论之嫌，他不承认人们有自觉的自律的行为，不认为人们对所身处其中的结构具有反思的能力，不认为人们能够有所作为。 如果他的论断属实的话，那么人类的处境确实是悲观主义的。

结　语　为什么它们被称为经典?

关于文学，一直以来有个最好的问题，那就是我们说起的经典文学严肃文学这些词究竟代表什么，为什么某些作品被奉为经典称为严肃，为什么有些就不是，为什么21世纪了我们还要去读千百年前的作品，古人的事和今天的我们能有什么关系。

我更倾向于这样来定义文学：从文字产生至今，用这种符号写下来的所有具有文学性的作品都可以被称为文学。虽然文学性这个词更不好定义，但文学这个词还是太大了。文学必须具有文学性，可具有文学性的却不一定都是好作品，所以在文学作品下面，我们还要具体分一下好的文学作品和坏的文学作品，当然对好坏的定义也是个历史范畴，会随着时间发生某些变化，暂且不论。而在好的文学作品里我们还可以再将其分为严肃文学和通俗文学。两者功能完全不同，后者是休闲是娱乐是消遣，必不可少但一目了然。而对人类更重要的作品则是那些被称为严肃文学的东西。严肃文学：认真的思考严肃的问题，关乎生死大义的问题，关乎宇宙世界和人生价值的问题，关乎人如何能够成其为人的问题，关乎人如何生存和发展的问题……这些问题是永恒的也许永远没有答案但却值得持续思考。文学是形象的非系统化的表现思想的一种方式，思考这些问题可以让我们意识到我们从哪里来，到哪里去，为什么存在，和“在”之后的意义，可以指导我们的人生，可以定义幸福的概念。这就是那些被称为经典文学与严肃文字的作品要教会我们的，因为我们需要提问，需要追索，需要寻找，需要答案，尤其是在今天。

参考文献

〔美〕乔纳森•卡勒：《文学理论入门》，江苏译林出版社2013年版。

〔英〕伊格尔顿：《二十世纪西方文学理论》，伍晓明译，北京大学出版社2007年版。

〔美〕布鲁姆：《西方正典》，江宁康译，译林出版社2011年版。

〔英〕凯里：《阅读的至乐：20世纪最令人快乐的书》，骆守怡译，译林出版社2009年版。

〔美〕邓比：《伟大的书——西方经典的当代阅读》，苇杭译，国际文化出版公司 2006年版。

〔美〕梅西：《西方文学的故事》，熊建编译，陕西师范大学出版社2009年版。

〔丹麦〕勃兰兑斯：《19世纪文学主流》，人民文学出版社 1997年版。

〔英〕彼得•威德森：《现代西方文学观念简史》，北京大学出版社2006年版。

〔美〕希利斯•米勒：《文学死了吗》，广西师范大学出版社2007年版。

〔美〕艾德勒、范多伦：《如何阅读一本书》，郝明义、朱衣译，商务印书馆2004年版。

〔英〕吉尔伯特•默雷：《古希腊文学史》，孙席珍、蒋炳贤、郭智石译，上海译文出版社 2007年版。

〔古希腊〕亚里士多德：《诗学》，陈中梅译注，商务印书馆 2003

年版。

朱荣智：《文学的第一堂课》，清华大学出版社2005年版。

黄志光：《西洋文学的第一堂课》，清华大学出版社2007年版。

潘一禾：《西方文学中的跨文化交流》，浙江大学出版社2007年版。

木心讲述、陈丹青笔录：《文学回忆录》，广西师范大学出版社2013年版。

〔奥地利〕弗洛伊德：《释梦》，孙名之译，商务印书馆2003年版。

〔德〕韦伯：《新教伦理与资本主义精神》，彭强、黄晓京译，陕西师范大学出版社2002年版。

〔美〕桑塔格：《疾病的隐喻》，程巍译，上海译文出版社2003年版。

〔法〕米歇尔•福柯：《疯癫与文明》，刘北成、杨远婴译，生活·读书·新知三联书店2003年版。

〔德〕卡尔•曼海姆：《意识形态与乌托邦》，商务印书馆2005年版。

〔美〕古尔灵：《文学批评方法手册》，姚锦清等译，春风文艺出版社1988年版。

〔德〕斯宾格勒《西方的没落》，吴琼译，上海三联书店2006年版。

〔美〕斯东：《苏格拉底的审判》，董乐山译，生活•读书•新知三联书店1998年版。

叶廷芳、黄卓越主编：《从颠覆到经典——现代主义文学大家群像》，商务印书馆 2007年版。

吴晓东：《从卡夫卡到昆德拉》，生活•读书•新知三联书店2003年版。

〔德〕路•莎乐美：《阁楼里的女人》，马振骋译，上海人民出版社2013年版。

〔英〕特里•伊格尔顿：《人生的意义》，朱新伟译，译林出版社2012年版。

〔英〕阿兰•德波顿：《哲学的慰藉》，资中筠译，上海译文出版社2012年版。

〔法〕皮埃尔•马舍雷：《文学在思考什么》，张璐、张新木译，译林出版社2011年版。

蒋承勇、武跃速等：《20世纪西方文学主题研究》，中国社会科学出版社2013年版。

〔意大利〕安伯托•艾柯：《误读》，吴燕莛译，新星出版社2006年版。

〔意大利〕安伯托•艾柯等：《诠释与过度诠释》，王宇根译，生活•读书•新知三联书店1997年版。

〔古希腊〕柏拉图：《文艺对话集》，人民文学出版社1963年版。

〔美〕马泰•卡林内斯库：《现代性的五副面孔》，顾爱彬、李瑞华译，译林出版社2015年版。

〔美〕萨义德：《东方学》，王宇根译，生活•读书•新知三联书店1999年版。

〔美〕马歇尔•伯曼：《一切坚固的东西都烟消云散了》，徐大健译，商务印书馆2013年版。

〔英〕特里•伊格尔顿：《后现代主义幻象》，华明译，商务印书馆2014年版。

〔法〕朱利安•班达：《知识分子的背叛》，佘碧平译，上海人民出版社2005年版。

〔古希腊〕柏拉图：《理想国》，郭斌和、张竹明译，商务印书馆2002年版。

〔法〕卢梭：《爱弥儿》，彭正梅译，上海人民出版社2011年版。

〔法〕安德烈•孔特•斯蓬维尔：《小爱大德——美德浅论》，赵克非译，作家出版社2013年版。

〔英〕伯特兰•罗素：《西方哲学简史》，文利译，陕西师范大学出版社2010年版。

赵敦华：《现代西方哲学新编》，北京大学出版社2014年版。

〔法〕弗朗索瓦•多斯：《从结构到解构》，季广茂译，中央编译出版社2004年版。

〔美〕斯特龙伯格：《西方现代思想史》，刘北成、赵国新译，中央编译出版社2005年版。

〔英〕吉登斯：《现代性与自我认同》，赵旭东、方文、王铭铭译，生活•读书•新知三联书店1998年版。

〔英〕弗吉尼亚•伍尔夫：《一间自己的房间》，贾辉丰译，辽宁教育出版社2010年版。

〔挪威〕陶丽•莫依：《性与文本的政治》，林建法、赵拓译，时代文艺出版社1993年版。

张京媛主编：《当代女性主义文学批评》，北京大学出版社1992年版。

〔法〕波伏瓦：《第二性》，陶铁柱译，中国书籍出版社1998年版。

〔美〕约瑟芬•多诺万：《女权主义的知识分子传统》，赵育春译，江苏人民出版社2003年版。

〔法〕福柯：《性经验史》，佘碧平译，上海人民出版社2005年版。

〔英〕霭理士：《性心理学》，潘光旦译，商务印书馆 1997年版。

〔美〕肖瓦尔特：《她们自己的文学》，韩敏中译，浙江大学出版社2012年版。

〔美〕艾斯勒：《神圣的欢爱》，黄觉、黄棣光译，社会科学文献出版社2009年版。

〔美〕盖洛普：《通过身体思考》，杨莉馨译，江苏人民出版社2005年版。

罗婷：《女性主义文学批评在西方与中国》，中国社会科学出版社2004年版。

黄华：《权力，身体与自我 福科与女性主义文学批评》，北京大学出版社2005年版。

〔英〕赖特：《拉康与后女性主义》，王文华译，北京大学出版社2005年版。

〔美〕帕特曼：《性契约》，李朝晖译，社会科学文献出版社2004年版。

〔美〕麦克埃文：《夏娃的种子——重读两性对抗的历史》，王祖哲译，上海人民出版社2005年版。

〔加拿大〕巴巴拉•阿内尔：《政治学与女性主义》，郭夏娟译，东方出版社2005年版。

张岩冰：《女权主义文论》，山东教育出版社1998年版。

鲍晓兰主编：《西方女性主义研究评介》，生活•读书•新知三联书店1995年版。

〔美〕埃托奥、布里奇斯：《女性心理学》，苏彦捷等译，北京大学出版社2003年版。

〔美〕米利特：《性政治》，宋文伟译，江苏人民出版社2000年版。

郑伊编：《女智者共谋》，作家出版社1995年版。

罗婷：《克里斯特瓦的诗学研究》，中国社会科学出版社2004年版。

书中涉及文学作品目录清单（版本不具）

〔美〕马克•吐温《哈克贝利•芬历险记》

〔俄〕托尔斯泰《童年》《少年》《青年》《一个地主的早晨》《战争与和平》《安娜•卡列尼娜》《复活》

〔法〕拉伯雷《巨人传》

〔俄〕普希金《叶普盖尼•奥涅金》

〔俄〕莱蒙托夫《当代英雄》

〔俄〕屠格涅夫《罗亭》《贵族之家》

〔俄〕冈察洛夫《奥勃洛莫夫》

〔俄〕果戈理《死魂灵》《钦差大臣》

〔英〕莎士比亚《麦克白》

〔古希腊〕欧里庇德斯《美狄亚》

〔英〕简•奥斯丁《理智与情感》

〔英〕夏洛蒂•勃朗特《简•爱》

〔挪威〕易卜生《玩偶之家》

〔法〕福楼拜《包法利夫人》

〔英〕艾米莉•勃朗特《呼啸山庄》

〔哥伦比亚〕马尔克斯《霍乱时期的爱情》

〔古希腊〕荷马《奥德赛》《伊利亚特》

〔爱尔兰〕乔伊斯《尤利西斯》

〔英〕艾略特《荒原》

〔法〕司汤达《红与黑》

〔美〕菲茨杰拉德《了不起的盖茨比》

〔俄〕陀思妥耶夫斯基《罪与罚》

〔法〕罗曼•罗兰《约翰•克利斯朵夫》

〔德〕托马斯•曼《浮士德博士》

〔法〕雨果《悲惨世界》

〔古希腊〕索福克勒斯《俄狄浦斯王》

〔美〕海明威《老人与海》

〔英〕哈代《绿荫下》《远离尘嚣》《还乡》《卡斯特桥市长》《德伯家的苔丝》《无名的裘德》

〔俄〕契诃夫《樱桃园》

〔美〕麦尔维尔《白鲸》

〔古罗马〕奥维德《变形记》

〔奥地利〕卡夫卡《变形记》

〔德〕歌德《浮士德》

〔意大利〕但丁《神曲》

〔西班牙〕卡尔德隆《人生如梦》

〔古希腊〕阿里斯托芬《鸟》

〔英〕托马斯•莫尔《乌托邦》

〔英〕斯威夫特《格列佛游记》

〔英〕乔治•奥威尔《1984》

〔英〕赫胥黎《美丽新世界》

〔法〕伏尔泰《查第格》《老实人》

〔英〕弥尔顿《失乐园》《复乐园》《力士参孙》

〔西班牙〕塞万提斯《堂吉诃德》

〔英〕夏洛蒂•勃朗特《简•爱》

〔美〕凯特•肖邦《觉醒》

〔英〕玛丽•雪莱《弗兰肯斯坦》

〔德〕荷尔德林《荷尔德林诗集》《塔楼之诗》

《圣经•旧约•约伯记》

附 录 1

弱者：你的名字不应该是女人
——关于近代中英小说中女性形象的比较和思考

中文摘要：本文选取了近代中英小说文本中出现的女性形象作为研究对象，旨在通过对小说中中国女性的弱者形象和英国女性的独立气质的比较，探讨造成中英文学中两种相对立的女性文化精神的原因，从而力图解释文学中女性形象的真实意义。

关键词：中英小说　女性形象　比较

十九世纪初期的英国小说界对于女性来说是值得骄傲的：一批有成就的女性小说家的崛起，一系列有性格的女性形象的诞生。就如同莫娥斯在《文学妇女》中所说："长期以来，文学是妇女做出了不可磨灭的贡献的唯一的学术领域，若不讨论妇女作家——人们就不可能理智的评论英国小说或法国浪漫主义，或美国短篇小说和浪漫诗歌。这里，仅仅在文学史上，妇女已经占据了中心的地位。"[①]而与之形成鲜明对比的则是同时代正处于完型期的中国小说：女性作家的缺席，女性形象的极端与单一。这是在东西方真正相遇之前产生在两个不同文化环境里的真实现实，然而在这样的现实背后隐藏着的则是一个非常诱人的秘密。

若是我们比较的是中西方由男性创造的小说中的女性形象的话，我们得到的很可能会是更多的相似之处。因为创作主体的类同在很大程度上起到了

① 刘涓：《"从边缘走向中心"：美法女性主义文学批评与理论》，转引自鲍晓兰主编：《西方女性主义研究评介》，北京，三联出版社 1995 年版，第 107 页。

重要的作用，而女性形象的研究在实质上则是“以从性别入手重新阅读和评论文本为主要方法，以将文学和读者个人生活相联系为主要特点，以批判传统文学，尤其是男性作家的作品中对女性的刻画以及男性评论家对女性作品的评论为主要内容，以揭示文学作品中女性居从属地位的历史，社会和文化根源为主要目的[①]”。这就是说女性形象的研究应该是以性别视角的区分为基础的。就像米立特曾经对欧美著名男性作家对妇女形象的再现进行的分析一样：“她认为，亨利·詹姆斯，亨利·米勒，诺曼·梅勒，D.H.劳伦斯和让热内等男性作家所塑造的妇女形象，是建立在男女间性别权力关系的基础之上的”[②]。这个结论的实质对于中国同样或者甚至更加适用。所以和隐藏在历史背后的中国妇女相比，真正与之显示出巨大差异的是那些由英国女性小说家创造出的女性形象，而这种差异展示出的则是涉及历史、社会、宗教、伦理、经济、政治等一系列因素的女性文化精神的不同。

一

弗吉尼亚·沃尔夫曾经说过：“到十八世纪末的时候就产生了一个变化，我若是重写历史的话，我会认为这个变化比十字军东征或者玫瑰战争更为重要——这变化就是，中产阶级妇女开始写作了。”[③]的确如此，在英国的这一时期，一批具有世界文学意义的女性小说家的名字前所未有的如山峰般耸立在世人面前：简·奥斯丁、勃朗特三姐妹、盖斯凯尔夫人、乔治·艾略特。这样的情况在以前是不可想象的：“在那个每两个男人中就有一个似乎能写韵文或者十四行诗的时代，却没有一位妇女写过一句，来参与那非凡的文学盛事。”[④]所以上述女作家早已超出了一般写作的意义，在某种程度上标志着英国一个女性写作时代的肇始。这种写作不是以自我娱乐和情感补偿为

① 刘涓：《“从边缘走向中心”：美法女性主义文学批评与理论》，转引自鲍晓兰主编：《西方女性主义研究评介》，北京，三联出版社 1995 年版，第 101 页。

② 同①，第 104 页。

③ 〔英〕沃尔夫：《自己的一间屋》，转引自《沃尔夫精选集》，山东，山东文艺出版社 2000 年版，第 621 页。

④ 同③，第 597 页。

目的的消遣，而是在循序渐进地进行着对社会和人生的大胆思考和勇敢回答。在这一点上，同时期的中华帝国则是无法企及的，甚至我们把时间放得更宽——从成熟的小说形成开始直到十九世纪中期中西文化大规模交流之前——仍然于事无补。在这漫长的数百年的历史之中，不得不令人沮丧的事实是：中国根本不曾出现过一位在历史上留下痕迹的女性小说家，实际上这也不难理解，因为在中国历史上的任何一个时期，有成就的女性本来就很稀薄，并且就连那些所谓的成就也是在男权社会的允许和承认之下才得以存在的，这也就意味着这种被男性世界认同的成就对于女性来说并没有真正的意义。那种完全背离传统文化精神而真正标新立异的女性思想者和行动者是不存在的，而女性写作的缺席则无疑更是对小说中女性形象的塑造造成了无法挽回的损失。太多的声音是男性的陈述与诉说，不管他们的态度如何，骄傲还是悲伤，这都无济于事，因为缺乏出自主体本身的深度认识就不可避免地产生歪曲与误解，因此也就不可避免地注定了中国小说中女性形象破碎与残缺命运。

对于十九世纪初期英国女性小说家创造出的女性人物，给人一个突出的感受就是她们的独立和坚强。在那些作品中，女性大多是整个故事的中心，而非配角，讲述的题材也多半是由自身经验出发的女性生命史：恋爱，婚姻，家庭，与社会的多重关系，复杂的情感世界，对本体的自我解剖，对世界的深层认识。女性主题在她们那里得到了史无前例的重视与尊重，而且大多数作者和她们的主人公已经融为一体，写作对于她们来说已经成为一种思考一种宣泄，一种必不可少的生活方式，她们是在书写自己的历史。英国评论家阿诺德·凯特尔在论《爱玛》的文章中开头第一句话就说《爱玛》是“关于婚姻的”①，其实不用思考，奥斯丁的所有小说都可以说是“关于婚姻的”，但却又绝不仅仅是关于婚姻的。智慧与幽默最适合用来形容奥斯丁，也最适合用来形容她笔下的主要女性角色，但她们还有着远比这些更为丰富的品质：在乡村中的几户体面家庭之间，那些尽管难免有些缺点，但又绝对

① 〔英〕简·奥斯丁：《傲慢与偏见》，王科一译，上海，上海译文出版社 1995 年版，第 5 页。

富于理性，勇于改正错误的好姑娘，像伊丽莎白（《傲慢与偏见》）、埃莉诺（《理智与情感》）、爱玛（《爱玛》），她们都是那种能够在故事结束之前变得足够成熟，来迎接她们的幸福生活的女性。甚至埃莉诺的人格更加完美，简直就是理智这种品质的化身，从小说中评价她的这一段话就可以看出："非常有见识，遇事冷静，虽然只有十九岁，却能当好母亲的顾问——她心地极好——富于情感，但是她懂得怎样克制情感，这是她母亲有待学习而她的一位妹妹执意拒绝学习的一门学问。"①在奥斯丁的思想里，理智对于女性是最有价值的东西。一切不幸的根源：爱情中的被弃，婚姻中的失败，大部分是源于女性自身控制能力的缺乏，所以她笔下赞赏的女主人公全部都秉承了这种气质，这是奥斯丁在对自身的性别进行了细致的思考之后做出的回答：与其依赖时代与社会彻底性的变革，让别人拯救自己，还不如该先改变女性自己麻木与愚蠢的精神状态，勇敢的肩负起改造自己的责任。

几十年后，英格兰北部约克郡哈沃斯教区，伟大的维多利亚女王时代，勃朗特三姐妹的小说创作带着强烈的自传色彩诞生，这一次是女主人公对于爱情真谛的勇敢追求与执着探索令人难以忘怀。简·爱（《简·爱》），一个不曾拥有任何一项被社会承认的光环的女性，出身卑微，没有财产又姿色平平，虽然外表如此弱小，但令人感动的是她的精神却如此强大，那段发自内心的呼喊"你以为我是一架自动机器吗？一架没有感情的机器吗？我的灵魂跟你的一样，我的心也跟你的一样，我现在跟你说话，并不是通过习俗，惯例，甚至不是通过凡人的肉体，而是我的精神在同你的精神说话，就像两个都经过了坟墓，我们站在上帝脚跟前是平等的，因为我们是平等的。"②这是一种多么强烈的对女性尊严的要求。虽然从表面看来她似乎一无所有，但是在作者心目中她无疑有着更为高贵的品质：顽强，坚毅，清醒，对幸福不懈的追求，虽然忍受着痛苦却始终不肯放弃。面对罗切斯特和圣约翰，她勇敢地做出了真诚的选择，爱情真的应该是两个灵魂的默契，两颗心灵的契合，而不是对恩人的感激，对上帝的虔诚，或是对未来的功利选择。简的形象明

① 〔英〕简·奥斯丁：《傲慢与偏见》，王科一译，上海，上海译文出版社 1997 年版，第 2 页。
② 〔英〕夏洛蒂·勃朗特：《简·爱》，祝庆英译，上海，上海译文出版社 1990 年版，第 234 页。

确的传达出了这样一个讯息：在艰难中，作为社会弱势群体的女性更有责任坚强，因为艰难并不足以成为软弱的理由。露西（《维莱特》）也是在战胜了人生中上一个困难之后，又勇敢地面对新的挑战，既然生活本身就是挑战。当她焦急地在岸边等待着心上人归来的时候，我们能感觉得出那种凭勇敢和顽强去和命运之神拉锯抗衡的心路历程，就连那对人生无定的忧伤和茫然，浓浓的弥漫在内心之中，也正是另一种精神上的考验。而艾米莉笔下的凯瑟琳（《呼啸山庄》）这个充满浪漫主义的精灵式人物，则是某种远离世俗而亲近自然的超验想象，更带有哲学形而上的思索意味，是关于女性，自由，爱情，生命等这一切的深深追索。心理距离上的遥远也许妨碍了人们的理解和接受，但她确实属于精神上的真实，确实是一个更为超凡脱俗的女性形象。而安妮笔下的阿格尼斯（《阿格尼斯·格雷》）虽然比她的姐姐们的女主人公稍微逊色一些，但也同样是一个善良且坚强的可爱姑娘，并由于她的善良和坚强最终赢得幸福，其实实质上，无论怎样表现，她们的目的都是要通过塑造自己心目中一个完美的女性形象来对抗社会的偏见和环境的恶劣，来鼓舞别人也安慰自己，来发表她们已经被压抑已久的宣言，来诉说自己真实的体验与感受。

在盖斯凯尔夫人那里，女性人物更多地参与到时代和社会中来，关注于劳资双方，地域之间复杂的差异与矛盾，并试图用自己的眼睛和头脑去辨别和分析，尽管带有空想色彩，但毕竟证明女性小说并不仅仅以爱情为唯一主题，而且也树立了积极参与到社会中来的女性形象，玛格丽特（《南与北》）展现在读者面前的就是这样一个有思想有感情的独立而坚强的女性，这种部分摆脱了纯粹的女性经验的新型题材更加开阔了视野，丰富了人物。

还有伟大的乔治·艾略特和她的麦琪（《弗洛斯河上的磨坊》），一个对自己灵魂深深追问的女性，这一形象第一次全面展示了女性和她一生中所要承受的与异性之间的所有关系：父亲，兄长，爱人，朋友。面对扮演着物质上疼爱而精神上压迫这一角色的老父，她怀有一种感谢与反抗的双重情感。而面对身边两个深爱自己的男人，她又有着是爱情还是友谊的迷惑，当麦琪确定自己和温和好学的费利浦彼此深爱又互相尊重的时候，她真的不明白为什么在和英俊潇洒的斯蒂芬单独相处时，还会有那种强烈的被吸引而又无法抗拒的感觉，这是深入心底的叩问，是勇敢的、真诚的。而更震撼人心的则是对于兄长汤姆的感情，他有着父亲和未来丈夫的双重身影，又是最熟悉、最亲密的童年伙伴，在麦琪的生命中永远占据着无法替代的位置，他们无法结合却又割舍不掉，所以死亡最后成了唯一的出路去解决所有的问题，正如墓碑上的话："他们至死不分离。"在此展示的是一个多么复杂而又真实的女性生命主体，细腻，敏感，善良，独立，富有牺牲精神，又充满神秘气质。面对自己的人生究竟该怎样选择，怎样生活，这些问题的提出与思考使得人们不再把女性作为一种肤浅而简单的生物，而是更深入地了解到长期处于"第二性"地位的人类另一半实际上有着多么丰富和优美的性格。而对于多罗塞亚（《米德尔马契》）这一女性来说，第一次婚姻的目的只是为了给自己"带来本性上所渴望的为崇高事业献身的机缘"①，虽然由于这种可笑的想法而受到了惩罚，但是这不也深刻反映出女性对自身价值实现的渴望吗？除了担当家务和生育的责任以外，能够在更广阔的领域内体现人生的意义并达到精神上和男性的平等，对妇女而言，这始终是一个诱人的目标。尽管她选错了达到这一目的的方法，但是当女主人公最终认识到并勇敢的改正了弱点之后，生活依然灿烂地展现在她的面前。

和英国女作家笔下充满阳光与活力的女性人物比起来，中国古典小说中的女性则充满了一种挥散不去的弱者气质和阴郁感受。虽然她们美丽，多情，绚烂无比，但是男性视角的观察角度注定了她们属于一种虚幻的想象和善意的歪曲的牺牲品。就如同肖尔沃特指出的"妇女形象在男性作家笔下形成了两个极端：要么是天真，美丽，可爱，无知，无私的'天使'，要么是复杂，丑陋，刁钻，自私的'恶魔'"②。这种划分对于中国古典小说中的女性形象极其适用，男性从自身利益出发根据是否符合传统道德规范这一衡量标准，把全部女性归结为上述两类，他们褒扬前者，贬抑后者。正像艾尔

---

① 王国富：《英国古典小说五十讲》，缪华伦译，四川，四川文艺出版社 1987 年版，第 375 页。

② 刘涓：《"从边缘走向中心"：美法女性主义文学批评与理论》，转引自鲍晓兰主编：《西方女性主义研究评介》，北京，生活·读书·新知三联出版社 1995 年版，第 101 页。

曼总结出的男性作家笔下的十种女性模式“无形，被动，不稳定，封闭，贞洁，物质性，精神性，非理智性，依从，两种难以改变的形象：悍妇与巫婆”①。中国古典小说中的妇女形象基本上都离不开上述的绝对模式中的一种或几种的结合。在《三国演义》这样的完全以男性角色为主角的小说中，女性在其中的形象与地位非常符合她们在社会中的实际情况。在文本的叙述中，女性角色甚至不曾拥有具体的形象特征，她们只是有生命的道具和某种品质的代表符号。相夫，教子，守贞，殉节，必要时充当政治联姻的牺牲品：貂蝉，孙尚香，靡夫人，小乔，吕布之女等，她们虽然表面不同，但精神上却惊人的相似，全部心甘情愿的遵守着既定的秩序，成为男性眼光中被推崇被赞美的典范。同样，在《水浒传》中除了三个完全丧失女性特征的男性化角色之外，大多数的女性人物是寡廉鲜耻行为不端的淫荡妇女：潘巧云，阎婆昔，潘金莲，对于这些行为举止不符合社会规范的妇女，她们必然被男性厌恶，仇恨，所以也就很自然地被一概无情的贴上了同一种标签，阴险的，恶毒的，狡猾的，放纵的，男人们不愿意也没有能力去思考她们的行为是对生存环境的反抗，还是本质上的劣根性使然，所以这种故意的误解就必然产生，而类型化单一化的性格塑造也就必然出现。而在以神话为背景的小说中，女性又成为最容易和“妖”的概念联系起来的人间形象。《西游记》《封神演义》中多数反面的神鬼妖狐都生为女身或化为女身，就算在《聊斋志异》中对于那些善良温柔却命运多舛的非人间形象持一种欣赏的态度，但也改变不了男性主体目光中对女性的狭窄定义：美丽，贤良，柔顺，含蓄。无法摆脱的对女性的模式化概念，细想起来，这哪一样不是男权文化要求女性所必须呈现出的特征，否则女性就失去了她存在的意义——被男权社会赋予的意义。

也许在上述女性作为配角的小说中所呈现出的这种女性弱者气质不足以说服反对派，但是即便在才子佳人这类比较着重描写女性人物的小说中，女性形象仍然是一种虚假的幻影，“佳人”这一概念就完全把女性打入了万劫

① 刘涓：《“从边缘走向中心”：美法女性主义文学批评与理论》，转引自鲍晓兰主编：《西方女性主义研究评介》，北京，生活·读书·新知三联出版社 1995 年版，第 103 页。

不复的深渊。红玉（《玉娇梨》），山黛，冷绛雪（《平山冷燕》），水冰心（《好逑传》），无论她们的出身怎样，名门还是低贱，相同的是她们全部都被描摹成绝顶聪慧，重才轻貌，好雅嫌俗，严守封建道德伦理规范，守身如玉刚烈贞洁的优秀女子。鲁迅在《中国小说史略》中曾评价此类书“大旨皆显扬女子，颂其异能，又颇薄制艺而尚词华，重俊髦而嫌俗士，然所谓才者，唯在能诗”[①]。这一佳人群体就像是男性手中揉捏与雕刻出的一个个泥塑和木偶，顺从的展现着她们完全相同的共性而非各自的特征，柔软的，幽雅的，美丽的，女性化的品质，她们虽然完美，精致，但致命的弱点是没有生气，无法辨别，既不自立又无觉醒意识。

就是在《金瓶梅》和《红楼梦》这两部塑造了多个女性形象的小说里，情况依然没有根本性的改变，它们仍然是完全从男性的角度出发的产物，以一个男性角色为主要人物，来评价周围的各色女子。《金瓶梅》完全继承了《水浒传》中对女性的观点和态度。潘金莲，李瓶儿，庞春梅，等等，没有一个能跳出坏女人的概念，虽然她们的性格各有差异，但她们每个人对男性的崇拜与依赖，视家庭中的地位为唯一事业的举动，让人不由得深深地感到她们的软弱与可悲，而她们自己的浑然不觉的精神状态更加剧了这种悲惨的程度。在这里，女性被污蔑被践踏，被任意歪曲，打来打去，而没有更深入的体验和复杂的思考，即便女性的某种行为的确令人失望，但没有人去揭示这背后隐藏的是怎样的关于女性的感情。所以不断出现在作品中的只是简单的非好即坏的人物性格，极端的非褒即贬的偏见态度。而中国女性也只好永远在好与坏这两者间徘徊，始终找不到自己真实而复杂的形象。《红楼梦》虽然是伟大的，对女性的认识也破天荒地展现了一种全新的看法：“女性的干净是一个超验的象征，其含义可以从对立面男性的象征含义来把握，男性是浊臭，残忍，势力，淫恶，是超验干净的顽敌，女性的似水柔情象征着世界中的绝对力量，一种任何世俗力量和自然形态都无法比拟的至上存在。”[②]但是这种把两性完全对立起来的做法其实并不能说明对女性的真正了解，而

① 鲁迅撰：《中国小说史略》，上海，上海古籍出版社1998年版，第135页。

② 刘小枫：《拯救与逍遥》，上海，上海三联出版社2001年版，第257页。

只是男性中的一部分在对自身极度失望的情况下，寻找的一个替代品。在这众多的女性人物中，无论是身份高贵的贵族小姐，还是地位低下的奴隶丫鬟，表面的多彩多姿也无法掩盖本质上的相同，她们必须拥有作为女性特征的美貌和聪明，虽然她们的命运并不见得因此而顺利，但是这两个条件却确实是她们有资格被提及与重视的筹码，而缺少这些的女性甚至丧失了更多的权利和机会，甚至被拒绝在女性概念之外。不难发现，作者通过明显的倾向性把女子划分为以宝钗和黛玉为代表的两个类型，如袭人和晴雯，很显然，作者贬斥前者，褒扬后者，但是仔细分析一下，其实这两类表面看来有着迥然不同性格的女性的唯一不同之处只是在于对男主人公叛逆的行为持怎样的态度，在这里，男人再一次以自己的好恶和利益来评判女人，这和那些公开声称维护封建男权秩序的那些男人们其实是没有什么本质上的区别的。故事中的女性再多姿多彩，再绚丽灿烂，仍然还是无法摆脱低男性一等的处境，也就是说，他们之间没有被平等的放置在同一地平线上，女性还没有真正站立起来，更不可能发出声音。而在《镜花缘》这样的小说中，虽然充满了所谓的女权主义思想，胡适也曾经说过它“是一部讨论妇女问题的小说”①。但是，这种积极鼓吹女性才德，塑造出以唐小山为代表的众多相似女性的写作，更多的体现的还是作者一种才学的展示，而远非对女性的深入理解与客观描述。女性仍然无法以平等独立的个体形象出现在任何一部中国古典小说中，她们无论被装扮得多么美丽多么高洁，都永远无法走出始终居于客体回答者的阴影。虽然我们并不能否认中国小说中女性形象在漫长的旅程中有前进有深化，但是实质上的突破是不存在的。在中国社会进行近代性的转折之前，由觉醒的男性或女性创造出来的真实的女性形象是从来没有出现过的。

二

当我们注目于中英两类女性形象的巨大差异时，在考虑过创作主体之后还应该指出的就是两个社会的巨大差异。早在1792年英国女权运动的先锋霍

① 鲁迅撰：《中国小说史略》，上海，上海古籍出版社 1998 年版，第 181 页。

尔斯东·克雷弗特就出版了《妇女权利的呼吁》一书，拉开了女性主义运动的帷幕，虽然这不足以根本颠覆社会的某些传统观念，但是对于那个时期正激烈地进行着殖民扩张，科学，工业及政治革命的英国来说，这已经传达出了某种关于觉醒的讯息，也许这种思想性的转折仍然是缓慢而温和的，但是从奥斯丁到艾略特，我们确实感受到了某种巨大的变化，从此女性形象的真实塑造这才摆脱了男人们专断的目光，进入了一个崭新而有前途的旅程。而对孕育于特殊地理环境中的中华帝国来说，在几千年封闭而保守的社会发展进程里，强大的儒教信仰由一颗种子已经成长为参天大树不可动摇，而男尊女卑的性别文化一开始就作为最基本最古老的元素被牢固地凝聚在发达的根系之中，太漫长的封建正统思想，男性对女性的绝对权威天经地义，甚至都不必如西方还要编造出一个夏娃源自亚当肋骨的崇高神话作为借口，更由于男女两性在体力上的差距要大于智力上的，因而在中国这样一个长期以来主要依靠农业自然经济的体力社会环境中，女性作为弱者的命运就更是显而易见和不可避免的了。她们要么在家庭中接受夫权的领导，过一种物质上艰辛，精神上又不自由的生活；要么就只能被当作商品在青楼妓馆中陈列和出售。在父权、夫权和某些荒唐的社会观念的制约下，中国妇女服从的裹着她们的三寸金莲，承受着生理和心理上的双重压迫与折磨，愚弄与欺骗，承担着红颜祸水，“不妖其身必妖于人”的毫无道理的谩骂与指责，所有这些不公平与野蛮的待遇仅仅是由于女性这个在中国被认为是可诅咒的性别原因。而同时期的英国中产阶级妇女却幸运得多，“很显然英国十九世纪初妇女小说的非同寻常的兴起是以无数法律上，习俗上和举止上的细微变化为前导的，十九世纪的妇女有了一些闲暇，受到了若干教育，中等或上等阶级女性自主选择丈夫已不是罕见的例外事件”①。而且毕竟在西方国家的民族意识之中，还曾有如骑士传奇和浪漫主义历史小说中女性崇拜的思想火花。中国落后的经济和封闭而保守的政治与民族意识必然严重影响了关于女性的文化精神，因而完全无法与英国社会处于同一起跑线上。所以尽管在当时中英两国要达

① 〔英〕沃尔夫：《妇女和小说》，转引自《沃尔夫精选集》，山东，山东文艺出版社2000年版，第549页。

到理想的性别文化都还有各自很长的一段路要走，但是对于封建社会的中国来说，这条路则更为漫长更为艰辛。

因此在这种情况之下，我们所进行的比较就更带有某种特殊的意义：一边是男性有色眼光之下的弱者形象，另一边则是女性的切身体验与期待和梦想。其实综观两个社会，男性领导世界的格局并没有太多的不同。不管是西方还是东方，对女性的刻板印象也大体相似，所以诞生于男性作家笔下的女性形象也有着类同化的倾向。而真正产生质的飞跃的还必须是由精英女性亲自创造出来的女性人物，她们凭借着自身的女性经验与内心的复杂感受来真诚的进行深入心灵的探索，按照女性的理想和愿望来建构人物。《女权辩护》的作者英国的玛丽·沃斯通克拉夫特曾经说过："他人对我们的每个恩典都是新的枷锁，都削减我们固有的自由，败坏我们的思想。"[①]这种"唯独立最为重要"的思想，怎么可能不促进产生这种思想的那个社会的妇女观的前进，女性必然要在自我觉醒自我拯救之后才有可能寻求别人的理解与支持。所以在英国十九世纪女性小说家的创作之中，我们见到的是这样一些女性：聪明，幽雅，清醒，勇敢的声称"我爱，我恨，我痛苦"[②]，在旷野上如幽灵般漫游，与自然亲密无间，"坐在树杈上摇晃着，独自吟唱着古老的歌谣，看到荒野中的羊群在啃青草并聆听柔和的风在青草间吹动，"[③]以及那些所有拥有倔强，独立，个性鲜明的女性群体。在西方宽松的生活环境和英国女性的责任意识的共同作用下，女性形象的丰富与完满，性别文化的进一步思考与研究就更容易达到。那些故事中的女主人公更善于理性的分析和富有奉献精神的反思，她们更向往那种顽强的有主见的独立状态，更愿意自己思考而不是在男人的目光下亦步亦趋，她们不再满足于做男人们笔下那有着浓厚宗教色彩的源于圣母和天使的女性角色，她们一步步从男人要求她们所扮演的唯一的社会角色中挣脱出来，重新审视——自我与这些社会角色之间应

① 〔英〕沃尔夫：《玛丽·沃斯通克拉夫特》，转引自《沃尔夫精选集》，山东，山东文艺出版社 2000 年版，第 392 页。

② 〔英〕沃尔夫：《简·爱与呼啸山庄》，转引自《沃尔夫精选集》，山东，山东文艺出版社 年版，第 457 页。

③ 同②，第 460 页。

该保持一种怎样平衡而不偏颇的关系。而反观中国，与这种向上精神形成鲜明反差的则是中国女性形象中那浓厚的弱者气质。无论是那些被认可的贤妻良母，贞节烈女，还是那些个性放纵寻求自由而不见容社会的淫荡女性，她们不管是顺从还是反抗，都逃不掉那深入骨髓的依靠意识，无论精神上还是肉体上，男性始终都是她们存在的理由。这些女性形象少有追索和反思，少有清醒的认知和解剖自身的勇气，她们大部分是在社会指定的轨道上麻木而无知的滑行，而从不曾出现觉醒与振奋的思想意识，她们也从来不曾反问自己，质疑社会，而只是安静的履行着男权社会教给她们的任务。因此不觉醒就意味着软弱，不独立就是造成失败的直接根源。当然，这种女性形象反映的是一种男性的愿望与感受，但是尽管有充足的社会原因可以为中国女性的弱者形象负责，然而就如同法律可以禁止奴隶制却不能禁止一个人心甘情愿的作别人的奴隶一样，中国女性在现实中的不觉醒和懦弱表现也是成为鼓励虚假女性形象产生的重要原因。

美国妇女史研究先驱琼·凯利曾说过："过去的史学研究——都是以男性的生活为依据，从男性的角度出发的。"[①]史学如此，文学研究不也是这样的吗？东方和西方在太长的时期里同样都生活在性别不平等的环境之中，经历着相似的社会进程，但是速度的巨大差异就造成了在同一时期中，两者之间明显的带有本质意义的不同。而作为文学一部分的小说创作，本来就可以理解为是一种形象化的历史和感性化的哲学，所以文学中女性形象的真实意义就可以理解为反观世界的一扇打开的窗口，当我们站在某一个高度回望东西方的时候，我们看到的将是自身缺失而他者富有的东西。对于中国小说，女性作家的介入和社会的前进与变革才是改变传统女性形象唯一有效的办法。人类最困难的就是清楚地认识自己，而认识妇女，则首先是所有女性都不可推卸的责任。

① 鲍晓兰：《美国的妇女史研究和女史学家》，转引自鲍晓兰主编：《西方女性主义研究评介》，北京，生活·读书·新知三联出版社 1995 年版，第 75 页。

参考文献：

刘慧英：《走出男权传统的樊篱》，北京，生活·读书·新知三联出版社1995年版。

谭正璧：《中国女性文学史话》，天津，百花文艺出版社1984年版。

〔英〕玛丽·沃斯通克拉夫特：《女权辩护》，北京，商务印书馆1995年版。

〔法〕波伏娃：《第二性》，湖南，湖南文艺出版社1986年版。

〔英〕伍尔夫：《论小说与小说家》，上海，上海译文出版社1986年版。

朱虹：《英国小说的黄金时代》，北京，社会科学出版社1997年版。

〔英〕巴特勒：《浪漫派，叛逆者及反动派》，辽宁，辽宁教育出版社1998年版。

王国富 ：《英国古典小说五十讲》，缪华伦译，四川，四川文艺出版社1987年版。

乐黛云：《中西比较文学教程》，北京，高等教育出版社1988年版。

〔英〕乔治·桑普森：《简明剑桥英国文学史》（十九世纪部分），刘玉麟译，上海，上海外语教育出版社1987年版。

王觉非：《近代英国史》，南京，南京大学出版社1997年版。

附 录 2

《洛丽塔》的叙事策略研究

摘 要：

弗拉迪米尔•纳博科夫（1899—1977）是二十世纪公认的杰出作家，以小说家、诗人、批评家和翻译家等多种身份享誉文坛。1955年9月15日，纳博科夫最有名的作品《洛丽塔》被出版并从此引发了巨大的争议。

《洛丽塔》讲述的是一个欧洲中年男子对一个美国少女的畸恋故事。在这部作品中，纳博科夫运用了复杂的叙事策略创造出了令人震撼的叙事效果。本文试图运用叙事学理论对《洛丽塔》进行解读，分析作品中存在的制造同情与消解同情的两种截然相反却又共存的叙事策略，以此来探究纳博科夫这位小说大师是如何通过运用高超的叙事策略制造出反讽的叙事效果的，从而表明纳博科夫的《洛丽塔》并不是一部主动放弃道德判断的作品，而是有着多重叙事效果的复杂文本。

本论文在结构上主要分为绪论、正文、结语三大部分。绪论部分主要讨论《洛丽塔》自出版以来由于其叙事效果所引起的巨大争议；正文部分采用文本细读的方法，运用叙事学理论具体探讨《洛丽塔》的叙事策略问题。这部分分为两章：第一章分析纳博科夫制造同情的叙事策略，其中使用的方法包括对叙事视角和叙述声音的选择，以及设置双重受述者。第二章分析纳博科夫消解同情的叙事策略，其中使用的方法包括制造不可靠的叙述者和制造隐含作者的反讽声音。结语部分探讨了纳博科夫使用这样的叙事策略的原因，表明纳博科夫的《洛丽塔》并不是一部主动放弃道德判断的作品，并对全文进行了总结。

关键词：

《洛丽塔》 叙事效果 叙事策略 叙事视角 叙述声音 不可靠叙述者 反讽

绪论 《洛丽塔》的叙事效果问题

弗拉迪米尔•纳博科夫（1899—1977），俄裔美国作家，当代著名的小说家、诗人、批评家和翻译家。他一生写下了大量作品，据统计有400余首俄文诗作、6部俄文诗剧、3部俄文散文剧、52篇短篇小说、17部长篇小说、一部自传，以及一些研究著作和译著。他是二十世纪最重要的小说家之一，是一个在流亡生涯中不停讲故事的人，他对现代主义和后现代主义小说的发展均做出了卓越的贡献。

很多人从哲学、思想或伦理等诸多角度对纳博科夫的作品进行了研究，关于这方面已经有过太多的论述，但是如果抛开这些东西，我们依旧会喜欢以致迷恋纳博科夫的作品，这是为什么呢？答案要从他的叙事中来寻找。“纳博科夫被公认为有着高超的文学技巧”①。他的作品有着创造性的想象、多样的文字风格、错综复杂的句式等一系列独特的叙事技巧。他能够通过讲故事的力量牢牢地吸引住读者。“一般来说，每个作家都有一个相对稳定的叙述方式，但纳博科夫并不如此，他使用的叙事策略在不同作品中是完全不同的，他对每部作品的叙事策略都做了细致的选择，即使在表现相同时代，或相似主题的作品里，他的叙事技巧也各不相同”②。这些技巧包括“作者这个角色在文本中出现的方式、大量隐喻的使用、在不同作品中出现相同的人物、对巧合的使用，戏中戏、各种叙事技巧、大量的戏仿，等等。这些技巧不仅显示了文本的虚构性，也有助于暴露文学上过度的陈词滥调，刻板的传

① Julian W. Connolly, *The Cambridge Companion to Nabokov*, New York, N.Y. : Cambridge University Press, 2005, p31.

② Julian W. Connolly, *The Cambridge Companion to Nabokov*, New York, N.Y. : Cambridge University Press, 2005, p31.

统和特定的读者反应”[①]正是这些技巧的使用使得他的作品具有了不同于一般的叙事效果。纳博科夫曾经强调说“我们应该从三个方面来看待一个作家：他是讲故事的人、教育家和魔法师。一个大作家集三者于一身，但魔法师是其中最重要的因素。”[②] 这其实就是纳博科夫最值得引起我们注意的地方。

1938年纳博科夫放弃作为母语的俄语开始用英文写作。1955年9月15日，纳博科夫最有名的作品《洛丽塔》出版并从此引发了巨大的争议。这部作品讲述的是一个欧洲中年男子对一个美国少女的畸恋故事。我们可以先回顾一下《洛丽塔》出版的命运。1954年，纳博科夫在美国完成了《洛丽塔》，纽约的四家出版社全部拒绝出版。1955年，小说才被以出版色情读物并一向喜欢冒险的巴黎一家出版社出版。1956年，英国和法国政府分别查禁了《洛丽塔》。后来，美国的出版社在1958年出版了《洛丽塔》，当即就引起了轰动，不久即登上全美畅销书榜首席，并在此独霸了六个月之久，公众对该小说的欢迎程度也日益高涨。1959年，英国和法国政府分别取消了对《洛丽塔》的禁令，此后西方很多国家争相出版该书，一时间，《洛丽塔》风行了整个西方世界，读者的购买与阅读兴趣经久不衰。就这样，《洛丽塔》成了一部畅销全球的奇书。小说所带有的情色场面，出版商利用其牟取暴利，读者的津津乐道，社会反响的巨大争议，以及新闻评论界的高度关注，等等，这一切共同构筑了“洛丽塔事件”。就如同纳博科夫自己说的一样，“那是风暴之年，‘洛丽塔’飓风从佛罗里达一直吹到缅因。”[③]其实，这场飓风不仅席卷了大西洋两岸，更在未来的岁月里波及全世界。后来文学史家把1958年称为“洛丽塔之年”。一个批评家就曾这样说过“我怀疑，自从钦定《圣经》以来，是否还有别的书像《洛丽塔》一样被人们焦虑地等待，热烈地讨论……议员、警察、批评家、律师、卫道士、文学怪才、甚至粗鄙的小报都凑过来……”。[④]

---

① Stephen Jan Parker，*Understanding Vladimir Nabokov*，Columbia：S.C University of South Carolina Press, 1987，p17.

② ［美］纳博科夫：《文学讲稿》，申慧辉等译，上海三联书店 2005 年版，第 5 页。

③ Vladimir Nabokov，*Pale Fire*，New York：Vintage，1989，p58.

④ Vladimir Nabokov，*The Critical Heritage*，p14.

从一个方面来看，无疑，对《洛丽塔》的关注、争议和质疑是由于它的题材。出版伊始，对《洛丽塔》的评论也主要集中在讨论小说是否色情这一问题上。故事涉及的题材是一个具有性反常心理的中年鳏夫和他13岁的继女之间的不伦之恋，而且仅凭一位年近花甲的作家的处女作竟是一部觊觎小姑娘肉体的故事这一点就足以令人瞠目结舌。而《洛丽塔》又创作于清教徒氛围极为浓厚的50年代的美国，当时的社会在文化领域还是相当保守的，有三个主题对于出版商是不愿轻易触碰的禁区：白人与黑人结婚、彻底的无神论以及“性”。更何况在《洛丽塔》中，一个中年男子居然去欣赏和抚摸一个小女孩的胴体，并疯狂与之做爱，这明显是对传统道德的挑衅和反叛，这样的题材必然不会被当时的社会所接受。因此很多批评家都把《洛丽塔》归入色情小说之列，以至一个出版社的编辑曾说“要是他们把《洛丽塔》印出来，那社长和他自己就要去坐班房了”。[①]

其实，这种种误读和非议是不公平的。《洛丽塔》的出版史和阅读史已经给这本书造成了很多的误解与伤害。纵观中外文学史，以性爱为主题并涉及性描写的严肃文学作品早已有之，而以描写超出正常两性关系为题材的作品也并非绝无仅有，不应该仅仅因为《洛丽塔》讲述了这样一个故事就断定它的色情性质。其次，《洛丽塔》的叙述方式并不色情，这一点尤为重要。“《洛丽塔》开头几章的某些技巧(例如亨伯特的日记)让我最初的读者误认为他们读的是一种淫秽的书，他们以为读下去会有越来越多的淫秽场面，但事实却恰恰相反，而一旦不见有淫秽描写，这些读者也就不读下去了，觉得乏味、感到沮丧。我疑心，这就是为什么并非四家出版社都把书稿读完的理由之一。”[②]“×出版社的顾问们被亨伯特弄得提不起精神，看到第188页就没有再看下去。”[③]的确如此，《洛丽塔》没有什么真正称得上色情的场面，它的文字相当保守、干净，大大出乎读者在阅读之前对负载这样一个畸形故事的作品的预想。其实，要把严肃正当地描写性爱的作品同色情、淫秽文学

① 纳博科夫：《洛丽塔》，主万译，上海译文出版社2005年版，第499页。

② 同上，第498页。

③ 同上，第499页。

区分开来并不困难。纳博科夫就在这二者之间做出了严格的区别。他说“在现代，‘色情文学’这个术语意指品质平庸，商业化，以及某些严格的叙述规则， 色情总是与平庸相连的，因为所有类型的审美享受都得完全被简单的性刺激所取代。这就要求这些陈词滥调要直接作用于接受者。老一套的刻板规则色情作者必须遵循，要让接受者觉得一定能得到满足。因此，在色情小说里，情节就局限于陈词滥调的性交，风格、结构、形象绝不可分散读者的注意，使他减弱他那不冷不热的欲念。小说中必须有一个个性描写场面，在这些性描写场面之间的段落必须简化为意义的拼接，最简单形式的逻辑沟通，以及扼要的解说与说明。此外，书中描写性的场面还必须遵循一条渐渐进入高潮的路线，不断要有新变化，新结合，新的性内容，而且参与人数不断增加，因此在书的结尾，必须比头几章充斥更多的性内容。”①但很明显，《洛丽塔》并不具备这些色情小说的品质，和典型的色情小说相比它还差得很远。它没有赤裸裸的性爱教科书般的细节描写，更没有用陈词滥调炮制千篇一律的性交情节来迎合庸俗读者的口味，对于性行为和性意识的描写更不像色情文学中那样，以单纯的刺激替代审美享受。而恰恰相反，纳博科夫其实是通过自己独特的叙事方式，对现代以平庸低级的大众口味和商业化为代名词的“色情文学”进行了深刻的嘲讽，从而显现出了作为一个严肃作家的良心。

《洛丽塔》之所以能够引起如此大的轰动与争议，除了上述题材方面的原因之外，其实还有一个不能忽视的重要因素，也正是这个因素才使得对《洛丽塔》的争议能够经久不衰，这个因素就是小说的叙事效果。在《洛丽塔》中，纳博科夫把一个恶魔般的人物写得如此令人同情，完全颠覆了读者的预想，也从此引发了学术界对于这种叙事选择的长久的争论。的确，许多读者在阅读《洛丽塔》之后产生了一种极其复杂的感情，他们往往都会有这样的感受，即在阅读过程中被亨伯特灼热而忘我的感情状态所感动，不自觉的接受和认同了亨伯特的行为，对其炽热浓烈的情感加以认同，对其荒谬无比的行为心生同情，虽然会对自己的感觉心生困惑、尴尬和自责，但还是无

① 纳博科夫：《洛丽塔》，主万译，上海译文出版社 2005 年版，第 498 页。

法控制地站在了亨伯特的一边。著名文学批评家特里林就曾说："亨伯特无疑非常愿意说他是个魔鬼，无疑他是个魔鬼，但我们却越来越不急于说出他就是个魔鬼。当我们意识到以下这点时，我们被震撼了，这点就是，在阅读小说的过程中，我们实际上已经宽恕了小说中所展现的暴行，我们已经被引诱去纵容了这种暴行，我们允许自己去接受了本来我们要反对的事情。《洛丽塔》对我产生的吸引力之一，是它的含混的语气……和含糊的意图，它能产生不稳定性，使读者失去平衡。"①伍尔芙也说"小说中绝大部分同情都落在了亨伯特身上，这给人以这样的印象，《洛丽塔》这一'伟大的艺术'使对儿童的性侵犯看上去尽管不是好的，但至少是完全可以理解的"。纳博科夫在《关于一本题名〈洛丽塔〉的书》中也指出"如果把《洛丽塔》单纯看作一部小说，倘若书中场面和情感的表达方式被闪烁其词，陈词滥调的手法弄得苍白无力，那么这种场面和情感对读者就始终会显得令人恼火的含糊"。②也正是因为这样使得"阅读纳博科夫成为了一件不容易的事情。一个读者不可能简单的读完小说，合上书，然后心平气和的讨论它的主题思想。"③的确，《洛丽塔》经常会引起读者道德上的不安与焦虑，阅读《洛丽塔》似乎成为对读者的一个道德考验。阅读他的作品的时候，"我们完全被带进了故事，跟随着剧中人真实的或虚构的命运，自觉地远离了我们自己的思想。"④"我们甚至会一边憎恨这本书的作者，一边又为这本书神思恍惚，这有多么神奇"⑤。布思在讨论小说含混的道德效果时，就把《洛丽塔》作为一个典型的例子，尖锐地指出了他认为《洛丽塔》中存在的问题。他批评《洛丽塔》中存在着"道德和精神问题的混乱"，指责纳博科夫对小说的叙事策略不加控制，误导读者。他说 "应该指出，一个作者负有义务，尽可能地澄清他的道德

---

① Vladimir Nabokov， *The Critical Heritage*， p92.

② Nabokov, Vladimir Vladimirovich, *Novels, 1955-1962 : Lolita, Pnin, Pale fire, Lolita a screenplay*, New York : Literary Classics of the United States , 1996 ， p3.

③ Stephen Jan Parker，*Understanding Vladimir Nabokov*，Columbia：S.C University of South Carolina Press, 1987，p14.

④ Julian W. Connolly，*The Cambridge Companion to Nabokov*，New York, N.Y. : Cambridge University Press, 2005，p31.

⑤ 纳博科夫：《洛丽塔》，主万译，上海译文出版社 2005 年版，第 4 页。

立场。对于许多作者来说，会有这样的时候，那时，在要显得冷漠和客观，同要使作品的道德基础绝对清楚来提高其他效果的义务之间，有着公开的冲突。没有人能为作者安排他的选择，但是，声称艺术选择永远只受纯洁性和客观性要求的指引，这就太荒唐了。当纳博科夫在《洛丽塔》中对于亨伯特的充分和无限的修辞策略不加控制时，我们读者忽略了他的反讽就丝毫不奇怪了，当亨伯特将他那‘一座天空充满了地狱之火的颜色的天堂’充分戏剧化、充分描写和充分赞扬了，而悔恨仅是加以轻描淡写的说明之后，我们有必要为纳博科夫的做法感到担心，诚然，他已经做到了防止所有人误解作品所需要的一切，除了‘无知的少年犯’……对于他没有给出‘清晰的道德立场’，人们有权置疑”[①]。在这里，布斯强调了小说叙事的道德影响作用，因为在布思看来，写小说这一活动本身就是一种道德行为，对修辞技巧的选择和运用，都体现着这种道德的性质。叙事是一个道德的，而非仅仅是技巧的选择。所以布思认为作家有义务尽其最大努力使他的道德立场明白清楚，使得读者知道，在价值领域中，自己应该站在哪里，即知道作者要他站在哪里。因此，关于《洛丽塔》的争议就主要集中在了纳博科夫的叙述方式上，即在这样一个以不伦之恋为内容的作品里，作者却偏偏不明确表明自己褒贬的态度，而是故意的制造了叙事的含混，这就容易遭人非议引起误解，让人觉得似乎作者对罪恶有着某种不同于常规的道德观念，并似乎有意在误导读者的价值判断。的确，也许从表面看来，读者无法直接在书中发现作家的道德立场和读者自己应该坚持的道德立场，纳博科夫在《洛丽塔》中表现出了现代小说的普遍特点，即冷漠而客观的叙述态度，含混而模糊的道德标准，悬置的不置可否的道德判断，扰乱并激荡了读者的灵魂。但《洛丽塔》真的是一本放弃了道德判断的作品么，尽管纳博科夫自己一再声称反对“教诲小说”。布思对纳博科夫的这种指控是否正确和公平呢？要回答这个问题，我们就必须仔细分析一下纳博科夫在《洛丽塔》中所使用的叙事策略。

① W.C. 布斯：《小说修辞学》，华明译，北京大学出版社 1987 年版，第 434 — 436 页。

《洛丽塔》的叙事策略问题

在讨论《洛丽塔》的叙事策略以前，我们先来清理一下关于叙事学中的一些基本概念。“叙事”是指由一个或几个叙述者，向一个或多个受述者讲述一个或多个真实或虚构的事件的行动。“叙事不仅仅是故事，而且也是行动，是某人在某个场合出于某种目的对某人讲一个故事”①。叙事的本质是作者通过运用一定的叙述技巧和手段，达到某种特殊的效果和目的，向读者或听众传达知识、情感、价值和信仰。叙事是“规劝说服”，以达到“认同”的一种力量。“叙述者”，顾名思义就是叙事文本中讲述故事、表达见解和组织文字的信息传递者，是承担叙事话语的“陈述行为主体”。“叙述者”是叙事文本中的一个“特殊形象”，既可以在故事中显身（叙述者的人物化），又可以隐匿在故事背后，因此它与一般的故事人物不同。作者、叙述者、人物和读者之间的关系是一种修辞关系，即作者通过作为技巧手段的修辞选择，构成叙述者，人物和读者的某种特殊关系，由此达到某种特殊的效果。叙事策略的选择与叙事效果之间是有着密切的联系的。叙事学家托多罗夫就曾提出“故事”与“话语”两个概念来区分作品素材与表达形式的不同。故事只有一个，可称作“所指”，叙述话语有多种形式，可称作“能指”。“话语”指的是“用来讲故事的一套手法，包括视觉(谁在看)、声音(谁在说话)、持续时间(讲述某事所需的时间)、频率(只一次讲述还是重复讲述)和速度(一段话语涵盖多少故事时间)。话语被视作叙事的方法，以区别于内容、人物、事件和背景。故事和话语两个层面上的事件都会影响到读者的认识、信仰、思想、感情和判断，从而将读者引入隐含作者所指引的轨道，控制读者的情感反应，达到作品的修辞目的。叙事——操纵读者摒弃或同情作品所写的东西，精确地控制着读者卷入或背离小说事件的程度，使得叙述者与读者

① 詹姆斯·费伦：《作为修辞的叙事·前言》，陈永国译，北京大学出版社2002年版，第14页。

之间的价值、判断、伦理、道德、理智、审美等多方面存在的距离和差异增大或减少。

“叙事文本的任何一个方面都能够为了达到某种修辞的目的而被作者操控”[①]。文学文本既是一个被讲述出来的具有情节的事件，包含人物、对象、地点、意义，等等，也是一个有着组织结构的艺术客体，并且就是由这个组织结构把前面提到的事件中包含的那些部分组合起来。文本通常都具有一个复杂的语言结构，它是作为一个具有多层次的上下级包含关系的事件被展现在读者面前的。从整体上看，文本展现的是作者的话语，但也是被它的潜在的读者所控制着的。作者展现一个叙述者，这个叙述者又按照某种顺序展现人物。因此，“文本具有的就是信息发出者和信息接收者的这基本的三层结构。即，作者[叙述者（人物〈——〉人物）受述者]读者”[②]。文本的最外层是作者和读者，中间层是叙述者和受述者，最里面的一层是故事中的人物。虽然在这个模式里，只有两个端点的作者和读者这两者之间的交流是属于现实中的行为，但只有叙述者和人物这个部分是直接反映到文本的词语材料里的，作者的意图是希望读者在文本的材料和读者自己想象的基础上重新建构故事。而中间层和最里层都是属于小说虚构世界中的一部分。叙述者可能只是一个声音，一个几乎透明的但能够被感觉到的事件的主体，这种情况下把叙述者叫作说话者更恰当。但叙述者也可能是故事中某个有具体身份的人物，是虚构世界中的一个积极的代言人。

通常，当文本展现给我们一个作为故事中的人物，有具体身份的叙述者的时候，也会展现给我们一个明确的信息接收者或叫受述者，他是叙述者说话行为直接诉诸的目标。受述者和读者是不同的，就像作者和文本中的叙述者是不同的一样。因为受述者也是小说虚构世界的一部分，而且他是为了帮助达到叙述者和作者的修辞目的而被赋予某些特点的。像叙述者一样，受述者能够被文本暗示出来，或者本身也是一个能够被认出来的故事中的具体人物，有着职业、名字和其他表明自己身份的特点。受述者也是作者为了达到

---

① Phyllis.A. Roth，*Critical essays on Vladimir Nabokov*，Boston, Mass: G.K. Hall, 1984 ，p159.

② Phyllis.A. Roth，*Critical essays on Vladimir Nabokov*，Boston, Mass: G.K. Hall, 1984 ，p160.

某些修辞目的而去操控的一个方面。在上面提过的那个具有等级模式的说话事件中，每一个说话的主体都统治着说话事件，对这些事件产生着影响，这个主体身处其中，并讲述出这些事件，并且每一个说话主体都能够直接或间接的操纵这些事件，并得出相应的某些价值观和态度。底层的说话主体通常不能进入上面一级的话语层中，它能够通过间接自由话语的形式渗透到更高的话语层中，但却不能够用它达到自己的修辞目的。作者在整个话语事件中处于最高的那个位置，所有其他的部分都包含在这之下，作者具有最高的权威，他为整个语言结构和总体信息负责。操控话语的方法主要有三种。1.对事件的选择—— 一个叙述者不可能讲述虚构小说世界中每一个人物说出的每一件事情，叙述的范围必然是要有所限制的。因此就不得不去对材料进行选择，这些材料可以被直接的讲述出来（如直接引语），也可以被间接的讲述出来。被引用或者被讲述出来的话语永远都是处于更高一级的叙述者的控制之下的，是他去决定引用谁的话并引用多少。2.对事件的解释——更高一级的说话者总是把他自己的评论加到被引用的话语上，这样就能添加一些虚假的成分，改变重点或者把它放到错误的情景中。3.改变或误传其他人的话——这种情况经常发生在不可靠的叙述者身上。甚至当底层的话语事件是一个直接话语或者是一个文件，比如信件和日记，这种情况都有可能发生。很明显，只有当读者被告知所引用的话语实际上是被错误的引用了的时候，这个方法才是有效的。否则读者就很容易去接受它表面上的意义，因为引号里的任何话语都是直接的和精确的。以上这些方法也能够被应用到“世界”上，即说话事件中所包含的内容：不同的说话者可能会忽略不同的某些关于人物、事件、环境、思想等的信息，或者可能歪曲、误解、误传这些信息。他们这样做的原因是由于他们各自在话语等级中的位置不同。只有作者能够建立小说的虚构世界并通过某种方式自由的行动，这些也都是为了达到他的修辞目的。所有的说话者都被限制在小说的虚构世界中，通过观察他们对于同一件事情的叙述是否相反，就能够检验他们的陈述的真假。文本的组织和每一个说话事件都能够成为最强有力的修辞策略。叙述者的选择，小说虚构世界的细节，信息被展示的顺序，是通过作者还是通过文本里的叙述者来展示的，延迟喜欢的事实或不喜欢的事实的传达，对材料的充满感情的展示的策略，用精细的方式组织材料以便暗示关于人物事件情节的正反类比等许多方法都能够用来操控信息。这些方面对于控制叙事效果来说都是非常重要的。

叙事，就是讲故事。“纳博科夫致力于把自己变成讲故事的人，这一点在他的叙事中占据着特别重要的位置。”①在《洛丽塔》中，纳博科夫就是使用了大量的叙事策略来控制整部作品以达到自己叙事的目的的。如果我们细读《洛丽塔》，我们就会发现其实纳博科夫在《洛丽塔》中并没有主动或故意的放弃道德判断，而恰恰相反，作者正是为了突显出强烈的反讽声音才故意安排了对叙述者声音的纵容。即先完美的制造出同情然后再毫不保留地把它们消解掉，以此来加强反讽的力度，表明作品真正的含义。虽然对于这部作品的真实意图，作者纳博科夫总是含糊其词，不肯深究。但《洛丽塔》引起的巨大争议也使得纳博科夫本人多次感慨大多数人没有真正读懂这部小说。其实正像批评家洛奇揭示的那样，《洛丽塔》这种叙事方式的真实目的是想以某种诙谐的方式展现表象和现实之间的差距，揭露人类是如何歪曲或隐瞒事实的。这就是纳博科夫制造同情又消解同情的真正原因。下面我们就先来看看他是通过怎样的叙事策略来制造同情的，然后再来考察他又是通过怎样的方法把同情消解掉的。

第一章　制造同情的叙事策略

第一节　叙事视角和叙述声音问题

纳博科夫主要是通过对叙事视角和叙述声音的选择等叙事策略来达到制造读者对亨伯特同情这个目的的。“和许多作家一样，纳博科夫也是主要通过人物而不是情节来推动故事发展的，但他的故事却是独特的。他聚焦于故事的主人公，尊重这个主人公个人的原始经验，使得读者能从内部知道故事

① Julian W. Connolly，*The Cambridge Companion to Nabokov*，New York, N.Y. : Cambridge University Press, 2005，p32.

的情况，他的很多小说都聚焦于主人公的意识。”[1]对视角和叙述声音的选择和运用是内心观察的主要方式。因此，在《洛丽塔》中，纳博科夫充分使用了这种叙事策略。《洛丽塔》中的叙事视角和叙事声音混合成一体，基本上是完全一致的。研究叙事视角就是研究聚焦问题。聚焦是视觉，即观察的人和被看对象之间的联系。聚焦的主体即聚焦者，是观察的视点，这一视点可以寓于一个人物之中或者置身其外。如果聚焦者与人物重合，那么这个人物将具有超越其他人物的技术上的优势，读者以这一人物的眼睛去观察将会倾向于接受由这一人物所提供的视觉信息。如果从客观上考察亨伯特的行为，任何一位读者都毫无疑问会对其加以谴责，所以为了避免这样的情况，作者采用了深入的内心观察的方式，这样的方式可以展现人性的复杂，有助于使恶魔主人公甚至最邪恶的人物获得强烈的同情。纳博科夫正是运用了这一策略来使得叙述有利于亨伯特的，他选择了让亨伯特担任聚焦者，使得他既是聚焦者，又是故事的主人公。从他的眼光去展现这个故事，而非从洛丽塔或其他目击者的视角，这是引导读者对他认同的好方法。正是由于纳博科夫采用了通过亨伯特的视角看世界，使得读者能够直接透视他的内心世界，从而缩短了读者与叙事者之间的距离。亨伯特的视角引导着读者，读者通过他的眼睛看，通过他的心灵思考，更容易让读者感受到他的痛苦，进而产生同情。由于纳博科夫出色的使用了这样的叙述技巧，使得读者在阅读《洛丽塔》的过程中，始终处于亨伯特的内心深处，强烈体验到的是他的感觉和情绪，而洛丽塔在这种设置下则成了聚焦的对象，被看的对象。她的视角，她的眼光，她的感觉，也就是她看待事物的方式与态度都很少被提及，这些只能靠读者通过文本中的细节自己拼凑和猜测出来。

《洛丽塔》采用第一人称叙述方式，叙述类型属于同故事叙述，即叙述者既作为故事的讲述者，同时又是其所讲故事中的一个人物。在《洛丽塔》中，叙述者和主要故事人物都是亨伯特，亨伯特是自己讲述自己的故事，叙述声音是亨伯特的。采用叙述者内心独白的形式，让主人公自己说话，直接

---

① Julian W. Connolly, *The Cambridge Companion to Nabokov*, New York, N.Y. : Cambridge University Press, 2005, p32.

表达内心意识与情感，这种策略有利于亨伯特。因为这样能够使人物最直接最灵活的表达感情，这一点对整个小说的叙事效果起了决定性的作用。运用这种第一人称叙述方式讲故事使得亨伯特能够强调自己的感受而忽略洛丽塔的感受。如此一来，贯穿整个小说，读者都被亨伯特的恐惧、欲望、痛苦的感受所吸引，从而忘记了洛丽塔那一方面的故事。亨伯特是叙述者，他的声音就是叙述者的声音，他是说者，也是被说者，他在讲述他自己的故事。纳博科夫赋予了亨伯特对话语的全部控制权，给了他无边的叙述权力，又安排他使用了大量的修辞，却很少去介绍其他可靠的证据或可靠人物的直接引语等非亨伯特个人的客观的部分。这种叙述策略使得读者不容易去检测叙述者所讲的故事是否真实，而是只能任由叙述者带领，相信他对事件所做的主观的解释。除了前言里的雷博士的话语和很少的洛丽塔的直接引语之外，读者想要知道的所有事情都不得不依靠亨伯特的话语，而他又是一个自我辩解的修辞高手，这样就更能模糊事情的真相。纳博科夫把他的声音设置成一个沉溺于畸恋的倾诉者，他始终向我们传递的是他的痛苦，他总是对自己予以强烈的谴责，对他深陷于其中的性关系感到很不道德，还时常讥讽和挖苦不能自拔的自己，语言中流露出的是对自己的责备，内疚和悔恨，他的滔滔不绝的讲述是要告诉读者他承认他的行为是卑鄙的，但是却是有原因的，是可以理解的。亨伯特的叙述声音弥漫于整个文本之中，全部的叙述都由亨伯特的话语组成，亨伯特在不停地言说，其他所有人物和事件都在他的声音控制之下，都是被亨伯特诉说出来的。他是唯一的讲述人，整个故事完全是用他自己的话讲出来的。这种叙事主观性很强，读者只能站在叙事者的角度看问题，接受他的观点，经历他的情感，这是诱使读者认同主人公的极佳手段。由于整个叙事都是由亨伯特连续的话语组成的，其他的话语都嵌入在他的话语之中，因此叙事完全由他支配，他可以随意删减对自己不利的事实，或者通过曲解将主观诠释与对客观事实的陈述相混淆。《洛丽塔》采用这种叙述者内心独白的形式，让主人公自己说话，直接表达内心意识与情感是纳博科夫制造同情的叙事策略中极为重要的一项。

使得亨伯特能够利用第一人称内心独白的叙事形式是得益于他的日记和

回忆录。日记和回忆录的主要特点就是把叙事者讲述故事的场景和描述的事件之间的距离拉得最近，作者按时间顺序展开事件讲述故事并把自己仅限于过去的视角，这样叙事者的经验就能更生动地表达出来，因为所经历的事件刚刚过去，这样可以把自己和读者的大多数时间都局限于他过去的所感所知。从小说最开始的名称《白人鳏夫的自白》就可以看出这个故事的回忆录特点。整部小说以“我”的口吻叙述了主人公亨伯特一生的奇特经历，而且由于亨伯特既是小说的叙事者又是小说的主人公，小说所讲的故事是回忆性质的，是在事情发生几年之后写成的，因此，叙事者的双重性就不可避免。纳博科夫也正是通过这种方法“在基本遵循事件发生顺序的同时，展现出事件是能够被现在的和以后的生活所修改的这种情况的。”[①]叙述中始终存在着两个自我：一个是过去“经验的我”、那时的我、经历事件的我，另一个是现在“叙述的我”、此时的我、叙述故事的我。前者是亨伯特这个人物，后者是亨伯特这一叙事者。在小说的前言中，雷博士已经告诉读者，亨伯特是在狱中等待审判的过程中写下他的故事的，这就是说，亨伯特作为叙事者“叙事的我”已经知道了一些作为“经验的我”仍一无所知的东西，即当亨伯特开始书写他的故事时他已经知道了故事的结局，知道了导致这个结局的一切过程。亨伯特用此技巧把过去加以戏剧化，尽可能详尽地去描写事件，他的叙事越是戏剧化，情景化，读者跟事件的联系就越是紧密，也越是认同他，越能使发生过的事件充满人情味，变得可以理解。亨伯特的叙述动机是植根于他现实经验的需要和自己的情感需要的，这一动机在叙事中表现得很强烈。主人公和叙事者的双重身份使得他有自由空间和机会通过视角变换来解释他的所作所为，他能站在有利的角度以他的改过自新的悔恨的“叙事的我”不时地干预叙事，也就是说，当过去的“经验的我”在做某事时，现在的“叙事的我”能够解释分析或对其行为和动机给与评价，因为在回顾过去的经验时，后者比前者知道的要多。亨伯特用此策略来实现他自我辩解的叙事动机。在经历过去的事件时，他始终能直接干预叙事并公开地提出自己的

① Julian W. Connolly, *The Cambridge Companion to Nabokov*, New York, N.Y.: Cambridge University Press, 2005, p34.

观点。比如，他在试图占有洛丽塔以满足他的欲望时，就从现在的“叙事的我”的角度，表达了他对过去行为的悔恨之情，这样就容易博得同情，为自己的辩护增加砝码。即，是过去的亨伯特而不是现在的亨伯特是那样的邪恶以致于要占有洛丽塔的肉体。这就是第一人称叙事者双重性所具有的优势，使叙事者能有机会干预叙事以便为其叙事动机服务。就是通过以上的叙事技巧，亨伯特叙述着自己的痛苦，表达着自己超越正常情感的爱情，最终赢得了读者的同情，达到了为自己辩护的目的。

叙述者与人物之间是控制与被控制的关系。虽然这部小说是以女主人公洛丽塔来命名的，但因为洛丽塔在故事中是人物而非叙述者，所以也就处于被控制的位置上，丧失了说话的权利。在作品中，洛丽塔是一个完全失去了自我存在意义和自我声音的人物，她是亨伯特少年时期的恋人安娜贝尔的替身，在他心目中只是一个性与爱的审美符号，一具被梦想虚构的肉体。亨伯特凭借自己的想象力将她塑造成了自己爱情王国中的小仙女，但这个小仙女在文本中的声音是缺席的，是完全被忽略的，被作家的叙事策略故意隐藏和掩盖了起来。洛丽塔成了被叙述者，被说者。采用这种叙事策略也是为了有利于亨伯特的自我辩护，为了使得他能够赢得同情。在整个小说中，洛丽塔的直接引语非常之少，间接的也不多，对她的感受也没有很多直接的描述。通篇独白性质的文本里有的只是亨伯特辩解、申诉、忏悔的声音，而洛丽塔则被完全剥夺了话语权。另外，亨伯特还倾尽一切伎俩，使用种种语言修辞策略来达到使洛丽塔失声的目的。比如对洛丽塔不满与咒骂的言辞进行省略，剪辑与拼接，尽管当描写亨伯特和洛丽塔同居生活时，亨伯特的叙述提及了那时他们之间存在着激烈的争论，尽管叙述中提到过洛丽塔的痛苦，读者在叙述中也发现了洛丽塔是有反抗的声音和行动的，但是这种提及是半遮半掩的，并很快被亨伯特的叙述掩盖住，消失在他善辩的修辞的河流里了。洛丽塔的声音仍然是极其微弱的，她每夜都在哭泣这个事实只在文本中提到过一次，而且像这样揭露性的地方是非常少的，她很多带有指控性的声音都没有被提及，并且有时叙述者还把洛丽塔的声音描写成喜剧式的和滑稽的，使得读者对其产生不信任感。为了保证成功地赢得读者对亨伯特的同情，限制和禁止他潜在的控诉者洛丽塔发出反对的声音是必须的。

另外，为了使读者相信亨伯特的叙述，纳博科夫还为他设置了近乎完美的辩护理由。这些理由都经过精心构想，充满了迷惑性。首先是从心理的角度为其开脱罪行，他把自己这种变态的对少女的迷恋归因于儿时的创伤性经历，因为自己童年时对一个年轻女孩的爱没有得到满足，这种缺失导致了他对少女的不正常的迷恋，导致了他恋童癖的产生。而且他说过自己曾经有过精神病的病史，暗示读者他在精神上是有疾病的，所以一个精神不正常的人是值得同情的并可以不为他的行为负责的。其次是亨伯特用大量的例子去证明道德规范和禁忌只是社会相对的价值标准，这些价值观不是永恒不变的，不是可以自我证明为永远正确的，它们是随着时间和空间的变化而变化的。他想要去证明他实际上既不是精神病或变态者，也不是一个罪犯，而是深爱着这个女孩的一个在武断的社会传统价值观和陈规下的不幸的受害者。再次，亨伯特声称是洛丽塔引诱了他，“陪审团冷漠的女士们，我原来以为要过好几个月，也许要过好几年，我才敢对多洛蕾斯·黑兹暴露出我的真面目，可是六点钟的时候，她已经完全清醒了，到了六点一刻，我们实质上已经成了情人。我来告诉你们一件十分奇怪的事：是她勾引了我”[①]。他先为读者呈现出洛丽塔过去的不检点的行为，指出他不是她的第一个性伙伴，说她是一个堕落的，有过性经验的粗俗的小女孩，没有羞耻心，而他却是一个没有经验的天真的情人，在性爱过程中思想混乱心情紧张的人。他将洛丽塔在少年的性游戏中失去童贞作为他占有对方的借口。另外，他还故意把洛丽塔的形象描写成展示了丰富的性象征，极易挑起对方性欲望的一个女孩。这就强化了在两人关系中洛丽塔的主动性和亨伯特的被动性。运用这样的理由确实可以使得读者转移对亨伯特所犯罪行的注意力。最后，亨伯特还充满诗意的把洛丽塔认定为一个小仙女，说她不是一个普通的孩子，不是一个真正的现实生活中的人，而是一个伪装成小孩的魔鬼，他详尽地描述了洛丽塔这个小仙女的魔力，那些描述洛丽塔身体形象的句子让读者似乎真切地感受到，危险

① 纳博科夫：《洛丽塔》，主万译，上海译文出版社 2005 年版，第 207 页。

的人不是亨伯特而是这个充满诱惑男人魔力的小仙女。另外，作者还设置了亨伯特几桩未遂的罪行，以凸显他的善良，这些也都有助于减弱读者对亨伯特的反感程度，帮助他赢得同情。

故事结尾那幕情景的感伤情调也激起了读者对亨伯特的无限同情，任何读者在读到亨伯特最后在聆听着孩子们的欢声笑语时所做的忏悔都会被深深震撼。失去洛丽塔之后，亨伯特无限惆怅与伤感地在一块岩石上歇息，“我站在这高高的斜坡顶上倾听那悦耳的震颤，倾听那矜持的窃窃私语中间迸发出的不相连的喊叫，随后我明白了那令人心酸、绝望的事并不是洛丽塔不在我的身边，而是她的声音不在那片和声里面”[①]。作者让这种自我反省的意识在事后追忆者亨伯特的笔端流露，想要使读者相信那是在炽烈的情感冷却下来之后亨伯特发自心灵深处的反省，相信亨伯特对破坏了洛丽塔的童年，对强施于她的那罪恶的淫欲已经进行了深深的自责与忏悔。另外，纳博科夫还把亨伯特的身份和形象设置成一个有着良好的教育背景的中产阶级男人，有着优雅的气质，敏捷的思维，精致的语言，把所有在中产阶级价值观里认为重要的背景都赋予了亨伯特。“矜持，英国派，老派的含蓄， 稳重得体”，使得读者觉得这样一个温文尔雅的人即使犯了什么罪过，也是容易惹人同情的。

第二节　设置双重受述者

纳博科夫使用的另一个制造同情的叙事策略是设置双重受述者。最先提出受述者概念的是法国叙事学家杰拉尔德·普林斯，他在《受述者研究简介》中提出了“受述者”这一术语，普林斯的目的是要提请人们注意以前人们所忽视的叙事交流链中的一个环节，并表明受述者是值得研究的。他指出受述者是叙述者说话的对象，用以区别作者、隐含作者和叙述者的逻辑也适用于区别读者(或接受者)、隐含读者(或说话对象)和受述者(或表述对象)。作者对实际读者(接受者)说话，隐含作者对隐含读者(说话对象)说话，叙述者对受述

① 纳博科夫：《洛丽塔》，主万译，上海译文出版社 2005 年版，第 492 页。

者(表述对象)说话。拉比诺维茨在《虚构的真实》中也说受述者是读者所看到的“就在那里”的一个人，是充当叙述者与读者之间中介的另外一个人。受述者也是小说虚构世界的一部分，叙述者与受述者对话，受述者是叙述者的发话对象，是“叙述者为之写作的想象读者”，是明确的信息接收者，是叙述者说话行为直接诉诸的目标。受述者能够被文本暗示出来，或者本身也是故事中一个能够被认出的具体人物，有着职业，名字和其他表明自己身份的特点。叙述者的话语往往能够证明受述者的身份，即便在不明确对受述者说话的叙事中也是这样。受述者为了帮助达到叙述者和作者的修辞目的可以被赋予某些特点。它在交流中可能起到的作用是：受述者能够在叙述者与读者之间建立一个驿站，帮助确立叙事框架、描写叙述者、强调一些主题、促进情节发展，这些功能都是工具性的。因此受述者也是作者为了达到某些叙事目的而被操控的一个方面。

在《洛丽塔》中设置双重受述者也是纳博科夫制造同情的一个叙事策略。“当小说中的第一人称叙述者讲自己故事的时候，纳博科夫总是会提供给他一个动机、一个方法、一个时间和一个听众”[①]。亨伯特假想的听众（受叙者）有两个，一个是陪审团和法官，一个是文本潜在的读者。文本中的亨伯特有时是对陪审团和法官说话，而有时又对读者说话。这两个不同的说话情境是共存的，并在两个情境之间不断的自由转换。“有时读者看到的是亨伯特在法庭上的辩护，他作为自己的辩护律师对陪审团和法官讲话，我们把这个称为受述者1；有时亨伯特又是在监狱里写作的囚犯，是对读者讲话的书的作者，隐含读者是受述者，我们把这个称为受述者2”[②]。受述者1（陪审团和法官）可以对受述者2（隐含读者）对亨伯特的态度产生影响，使得亨伯特的自我辩护更有效。亨伯特对受述者1的声音和态度是带有批评口吻的、愤世嫉俗的、论辩性的，他试图去向陪审团证明他实际上是无罪的，他对陪审团和法官的声音基调不谄媚也不可怜，而是使用了讥讽的口吻，后来甚至变

---

① Julian W. Connolly，*The Cambridge Companion to Nabokov*，New York, N.Y. : Cambridge University Press, 2005，p33.

② Phyllis.A. Roth，*Critical essays on Vladimir Nabokov*，Boston, Mass: G.K. Hall, 1984 ，p169.

成了对陪审团和法官隐约的指责，表明他们并没有权力去审判他，因为他们的价值观是传统的保守的，他们是不能理解艺术家的行为的。在读者听来，亨伯特在为自己辩护时的声音似乎不是只针对真实的陪审团和法官的，而更是针对一个无形的更高的权威的。因为他真正想去讨好的是读者，并试图通过讥讽受述者1（陪审团和法官）来达到讨好受述者2（隐含读者）的目的。他希望读者能够理解和宽容他。亨伯特对受述者2（隐含读者）说话时的声音和对受述者1（陪审团和法官）是不同的，他对读者说话的声音就像对平等的熟悉的朋友一样，他的声音变得温和而友善，从他对读者的称呼如“我的读者”等就能够看出来。为了使读者从他的角度而不是从洛丽塔的角度考虑问题，亨伯特试图给隐含读者建立起一个良好的印象，用声音把自己和隐含读者的距离一步一步拉近，以便达到运用叙述声音操纵受述者2（隐含读者）感受和态度的目的。

纳博科夫就是运用以上这些叙事策略成功地制造了读者对亨伯特的同情的。通过这些策略的使用，让读者感觉到亨伯特对洛丽塔付出了真诚的感情，把她当作自己生命的一部分，虽然他无法克制自己对洛丽塔强烈的占有欲，无法超越他罪恶的人性，但他却又不停地进行道德上的自我谴责和自我忏悔，承受着人性冲突的煎熬，这就使得读者会去设身处地的想象亨伯特的处境，理解其欲望的本质，在读者和亨伯特之间建立起信任，使得亨伯特告诉读者什么，读者就相信了什么、感觉到了什么。而正是这个时候读者就危险地走近了陷阱，不知不觉地将同情给予了本该受到谴责的主人公，一再的延迟了对他的否定判断，改变了自己的道德立场，背叛了自己的意志，站在了亨伯特的一边，准备去原谅他所做的一切，从而在某种意义上成了他的“同谋”，也因此导致了道德判断上的含混、犹豫、困惑和迷失。著名批评家特里林说过：“没有一个情人象亨伯特那样绝望，没有一个女人像洛丽塔那样优雅迷人。在本书中可以看到残忍、哀伤、情欲、罗曼蒂克和真正的爱。”并认为“《洛丽塔》是一本关于爱的书，不是欲，而是爱”[①]。纳博

① Phyllis.A. Roth，*Critical essays on Vladimir Nabokov*，Boston, Mass: G.K. Hall, 1984，p222.

科夫制造同情的叙事策略是如此的成功，以致连著名的批评家也被亨伯特的语言和声音所打动，相信他对洛丽塔的感情是真正的爱了。

第二章　消解同情的叙事策略

纳博科夫成功地制造了读者对亨伯特的同情，但如果仅仅如此，那《洛丽塔》就只是一部肤浅的玩弄技巧并丧失道德标准的小说了。毫无疑问事实并非如此，《洛丽塔》是有深度的，在把同情的大厦制造起来以后，纳博科夫又亲手把这座大厦毫无保留的拆毁了，把读者对亨伯特的同情无情的消解掉了，以此来达到特有的叙事目的。然而发现纳博科夫是如何制造这座同情的大厦还比较容易，而要去发现这座大厦是如何被拆毁的就不是如此轻松了，并不是所有的读者都发现了这一点，因此这也成为导致《洛丽塔》备受争议的一个主要原因。那么我们就先来看看纳博科夫究竟是怎样消解同情的。

第一节　制造不可靠的叙述者

首先，纳博科夫使用了制造不可靠的叙述者这一方法来消解同情。这个叙事策略是消解同情的主要手段，同时也显示出《洛丽塔》是一部具有明显现代小说特点的作品。因为不可靠的叙述者是现代小说创作的一个显著特点，在现代小说中使用非常广泛。纳博科夫就是运用这一方法使读者对叙述者的叙述产生怀疑，以此达到消解同情的目的。不可靠叙述者这个概念首先由布斯提出，按照叙述者与隐含作者之间的关系，可以将作品的叙述者区分为可靠的叙述者与不可靠的叙述者。“当叙述者为作品的思想规范（亦即隐含作者的思想规范）辩护或接近这一准则行动时，我把这样的叙述者称之为可靠的，反之，我称之为不可靠的。”①也就是说，可靠的叙述者指的是当叙述者在讲述或行动时，与隐含作者的思想规范相吻合，叙述者体现的价值观

① W.C. 布斯：《小说修辞学》，华明译，北京大学出版社 1987 年版，第 178 页。

与隐含作者的价值观相同。不可靠的叙述者指叙述者视角所显现的意识形态和道德立场与隐含作者不一致，偏离隐含作者标准，叙述者体现的价值观与隐含作者的价值观不同。凯南对“可靠的叙述者”和“不可靠的叙述者”的解释也是这样“可靠的叙述者是这样的人，对于他所讲述的故事及对故事的议论，读者应当作为小说实情的权威性陈述。不可靠的叙述者是这样的人，对于他所讲述的故事及对故事的议论，读者有理由怀疑”。费伦也说“可靠的叙述指叙述者对事实的讲述和评判符合隐含作者的视角和准则。不可靠的叙述指叙述者对事实的报告不同于隐含作者的报告的叙述，或叙述者对事件和人物的判断不同于隐含作者的判断的叙述。”“不可靠叙述”不仅仅指叙述者故意对事件和人物进行歪曲描述，更多的是叙述者的视角对于所描述的人物事件带有的某些意识形态“偏见”。不可靠叙述者由于其道德价值规范与隐含作者的道德价值规范不相吻合，所以这样的叙述者对作品所做的描述或评论使读者有理由感到怀疑。“当叙述者和主人公是同一个人（如第一人称独白）时，来自于叙述者的情节通常都是不可靠的。[①]”尤其在第一人称小说中叙述者同时又是作品中的人物，更容易出现不可靠叙述。因为同故事叙述者的视点是有所限制的，所以当读者判断作品中叙述者是否可靠时，会有一个推断的过程，即通过作品的叙事话语或更大的叙事语境所表现出来的证据，确定叙述者是否可靠。如果一个同故事叙述者是不可靠的，那么他关于事件、人、思想、事物或叙事世界里其他事情的讲述就都可能是值得怀疑的。这种不可靠性可能是由道德意识上的差别造成的，也可能是由智力上的不同造成的，或者是年龄和性别上的不同造成的。作者希望读者能识别出不可靠性的迹象，从而推断出作者的不同假设、认识或价值。在作者使用不可靠叙述者的情况下，读者就拒绝接受叙述者的假设、认识或价值。现代小说中，在带有明显自传性的文学类型，比如日记，忏悔录，自传小说中使用不可靠的叙述者非常普遍。人物谈到或谈论它自身时就是在实践自我分析，但很可能不是正确的自我判断，文学史上就有很多靠不住的，骗人的，精神紊

---

① Stephen Jan Parker，*Understanding Vladimir Nabokov*，Columbia：S.C University of South Carolina Press, 1987，p15.

乱的自我分析的情形。

《洛丽塔》中的叙述者就属于不可靠的叙述者，而且还是不可靠叙述者的极端形式。亨伯特对自己欲望历程的细枝末节喋喋不休的讲述，对自己灼热情感的反复铺陈的颤栗的描述，这些文字完全是一种欲望叙事，是不可靠的。作者通过制造亨伯特的双重身份来显示他叙述的不可靠性。在小说中，作者对亨伯特是否真的有精神病这一问题表现得模棱两可，可能他是正常的欧洲绅士，但也很可能他是有着妄想狂病症的精神病患者，作者提过他曾频繁出入精神病院，经常处于崩溃的边缘。但结尾部分又指出他先是被送进精神病院接受观察，然后又被送进监狱，这又说明他的精神状况并没有问题，这就令读者产生了很大的疑虑，关于《洛丽塔》的故事到底是一个疯子的呓语，还是亨伯特为逃避惩罚而进行的处心积虑的设计呢？纳博科夫是有意制造这个不可靠叙述者的，目的就是让读者觉察出他的叙述很可能存在极大的不真实性和欺骗性，觉察出他为自己辩护的那些动听的理由是值得怀疑的。亨伯特说“日记可以重写”“可能修改过了”，实际上已经暗示了他的叙述他的日记是自己创作的“作品”而不是“实录”。他说：“我体内的艺术家气质已经比绅士派头占有绝对的优势，我这部回忆录中，我始终能依靠坚强的意志调节我的文风适应日记体。……我把这视为我的艺术责任。”这些都是纳博科夫在表明亨伯特所说的某些事情很可能是自己编造的谎言，是他的艺术创造。而且故事中的叙述主要是主人公亨伯特的声音，是他的一面之词，洛丽塔虽然是女主人公，但几乎是无言的人，是亨伯特任意解释的对象，这就表明我们根本无法证明他的语言是否真实可靠。通过制造不可靠的叙述，读者对亨伯特产生了怀疑，发现了他的话语的不可靠性，虚伪性。布思就说“他给出了无数的线索，他那些最为老练成熟的读者能从一开始就抵制亨伯特的花言巧语，这部可爱的、深奥的作品的主要趣味之一，就是观看亨伯特如何几乎使他自己成了一个病例。”[①]作为叙述者的亨伯特其实是以一种貌似自我忏悔实质却是自我辩护的说谎者的语调讲述了一桩完美的罪行，

---

① W.C. 布斯：《小说修辞学》，华明译，北京大学出版社 1987 年版，第 435—436 页。

他对洛丽塔不可抑制的性的渴望，对洛丽塔的控制、监禁、强奸和所有的罪行都是真实的，不容抵赖的。纳博科夫早在序文里就借用雷博士对故事的评论指出了亨伯特的本质。序文里说，“我无意颂扬亨·亨，无疑他令人发指，卑鄙无耻，他是道德败坏的一个突出的典型，是一个兼残暴和诙谐于一身的人物，他反常变态，他不是一位上流人士。”[①]这里作者利用小说中设置的雷博士之口已经对亨伯特的品质进行了定义和判断。虽然在亨伯特的叙述中更常见的是为回避其对洛丽塔的伤害而进行的狡辩，并且尽力从审美的角度对其行为进行拔高，但是作者通过一些精妙的细节揭示出亨伯特的疯狂，残忍与丧失理智。比如洛丽塔在床笫间向亨伯特讨价还价，索要钱财以攒钱逃跑，亨伯特一次次地偷走了洛丽塔精心藏掖的卖身钱，亨伯特不断地给洛丽塔服安眠药妄图使其滞留，等等。这些细节的设置都有助于使得读者对亨伯特产生怀疑和憎恨。

另外，在《洛丽塔》这个使用第一人称“我”来向读者倾诉的故事里，却并不是从头到尾都用“我”来叙述的，而是时不时地说 “亨伯特”如何如何，“作者”如何如何，使用这种叙述技巧的目的是故意将第一人称陌生化，拉开读者与叙述者，读者与文本的距离，破坏读者对叙述者亨伯特的信任和认同。这种通过不可靠的叙述者讲述故事，并使用第三人称叙述夹带第一人称侵扰叙述的叙述方法经常出现在现代小说中，是现代小说的显著特点。这种方法的使用是为了通过使作者始终保持和叙述者亨伯特的距离感，以便使读者也受到这种距离感的影响，意识到叙述者的不可信性，使读者能够站在文本世界之外来捕捉故事情节的发展和人物之间的关系，发现事情的真相，消解掉对亨伯特的同情。

在《洛丽塔》中，序言部分的雷博士与亨伯特一样，也使得读者疑虑重重。编辑者雷博士宣布亨伯特和洛丽塔皆非真名，而且二人均已去世，等于宣布故事死无对证。雷博士本人似乎是研究病态和性反常行为的专家，他的专著《感觉是否可靠》与正文部分的主题遥相呼应，他呼吁不要将此书当成

① Nabokov, Vladimir Vladimirovich, *Novels, 1955-1962 : Lolita, Pnin, Pale fire, Lolita a screenplay*, New York : Literary Classics of the United States , 1996 , p4.

色情文学，而要当成精神病学领域里的经典病例。那么这位博士的声音是可靠的吗?他是否忠实于手稿?他代表的是作家纳博科夫的声音吗?通过运用这样的叙述策略，读者在阅读过程中充满了疑惑和不解，使得整个文本的真实性受到读者的质疑，从而也就暴露了叙述者的不可靠性。

第二节　制造隐含作者的反讽声音

除了制造不可靠的叙述者，纳博科夫消解同情的更重要的方法是制造隐含作者的反讽声音。布思在《小说修辞学》中首先提出了“隐含作者”的概念，指的是作者在每一部作品中的隐含替身，即作者的第二自我。隐含作者是叙事主体，是一部作品的上帝，它负责设计虚构世界里的叙事人，决定叙事人的特性，如可靠程度、介入范围、声音强弱、叙述口气等，负责构建叙事行程、包括细节编排、人物行动、人物言语和思维的表述方式，负责决定受述者，如受述者的时代历史、群体范围、文化程度、智力水平，等等。总之，隐含作者主宰着叙事文本的意识形态、价值标准、策划着叙事文本的总体效果，但是“隐含作者”和“叙述者”二者之间的关系却又是非常微妙和复杂的：隐含作者和叙述者之间是控制和被控制的关系。二者的关系可能出现两种情况：顺同和背离。叙述者对隐含作者的顺同和背离蕴藏着叙述者和隐含作者二者关系之间的张力。“顺同”是指叙述者成了隐含作者忠实的“传声筒”，二者保持着极强的一致性，表明二者“声音”和谐。可靠的叙述者与隐含作者的关系就属于这种，他们的距离近，甚至可趋于零，此时，叙述者和隐含作者完全重合，隐含作者完全控制叙述者，这样的关系较为简单。背离是指叙述者与隐含作者的“声音”相左，表现讽刺的态度，即对人物或事件报以冷嘲热讽，表明二者“看法”的分歧。不可靠的叙述者与隐含作者的关系属于这种，他们的距离远，可趋于无限大，两者的价值观可以完全相反，即隐含作者有意对叙述者完全失控，这样的关系较为复杂，往往可以产生反讽的叙述效果。

《洛丽塔》就属于第二种情况。在《洛丽塔》中，始终存在着双重声音，表层的是叙述者亨伯特的声音，底层的是隐含作者的声音，两者所传达的信息是不同的。亨伯特的声音是令人同情的，而隐含作者的声音是反讽的。这两种声音是相互反对的，而表达这种反对的方式就是反讽。反讽是作家在对叙事的介入和对读者的引导中一种较为重要的方式，是利用暗含的带有嘲讽和否定意味的修辞策略，利用字面陈述与实际意思之间的不一致来达到修辞力量的。反讽是一种回避直接陈述或防止意义直露的用词造句的程式，反讽的基础是完全客观。“成熟的反讽只是陈述，让读者自己加上讽刺的调子”。[①]所以使用反讽的作者在叙事中就不能直接的介入，要保持一定的沉默。“毫不动情地拉开距离，保持一种奥林普斯神祈式的平静，注视着也许还同情着人类的弱点，它也可能是凶残的、毁灭性的，甚至将反讽作者一并淹没在它的余波中。”[②]正是反讽的这种性质使得现代小说的作者经常保持着中立客观的立场，声音和形象都以一种模糊的形式出现，作者总是与文本里的对象保持着一定的距离，力求一种不带个人色彩的纯客观效果，但是作者完全“引退”或将道德判断悬置起来，不承担任何社会道义是不可能的，只要仔细分辨，读者在叙述话语背后是可以明显感觉到隐含作者的声音的。小说是作者创造的，作者可以深藏不露，但作者在文中的行迹是不可能完全消失的，纯粹的不介入、完全沉默只是一种奢望。作者可以在某种程度上选择掩饰和隐蔽自己，但绝对无法选择取消自己。小说作品中作者的声音是永远不会消失的，作者不能不介入到小说世界中去。但现代小说作者对文本的介入不是直接的明显的，而是间接的含蓄的，是隐蔽在作品的人物，事件和话语形式后面，渗透在作品的字里行间的，作者是借助故事整体的设置和其他所有的声音和手段来指导读者的。因此，虽然隐含作者不承担叙述任务，它没有声音，没有直接交流的手段，它的意图不能像叙述者那样可以直接见诸文字，但是隐含作者是反讽叙事的控制者，它运用一定的技巧和方式，构建情感和判断，将价值观念和意识形态渗透在叙事文本中。因此反讽里总有作者的自我意识，背后也必然隐含着作者自我的声音和价值体系。《洛丽塔》就是通过隐含作者的反讽声音来表达纳博科夫的立场的。在《洛丽塔》

---

① 诺思洛普·弗莱：《批评的剖析》，百花文艺出版社 1998 年版，第 16 页。

② 华莱士·马丁：《当代叙事学》，北京大学出版社 1990 年版，第 227 页。

中，作者始终保持一种反讽的态度，用调侃的姿态叙述沉痛的故事，造成故事的内容本身和作品讲述声音之间的不协调，即叙事内容与叙事方式态度上的相悖，以传递出反讽意味，以此来对亨伯特的行为进行批判、否定、嘲弄和挖苦。纳博科夫运用反讽这种叙事策略，制造隐含作者的反讽声音，嘲讽叙述者，这一切都是为了揭露事情的真相，表明叙述者亨伯特的不可信，消解掉读者对他的同情。读者通过仔细阅读和聆听隐含作者真正的“声音”，进入隐含作者的位置，可以逐渐认同隐含作者的价值意识，自觉不自觉地与隐含作者的意识形态达到认同和默契，在反思之后发现故事的深层含义，领会到文本的反讽意味，明确在价值领域中，自己应该站在哪里，也知道了作者要他站在哪里。这种方式即作者将自己的态度或事实的真相通过反讽暗含在含混的陈述中，让读者经过反思，透过表象，自己领会和接受其真正的含义比直接的陈述、简单化的说教和武断的直接的方式把作者的态度和观点强加给读者收到的效果要好得多。

形成反讽效果的方法有很多，如作者的声音或叙述语调、作者的介入性评价、作者对各种距离的控制、采取对照性的描写或叙述、戏仿独特的结构、叙述角度的调整、过度陈述、克制陈述、叙述人评价性声音的介入等多种手法。纳博科夫主要是通过戏仿来表达作者的反讽声音的。“戏仿”是文学中一种讽刺批评或滑稽嘲弄的形式，它模仿一个特定的作家或流派的文体和手法，以突出该作家的瑕疵，或该流派所滥用的俗套。戏仿的明显功能是讽刺，通过扭曲和夸张来进行模仿，造成喜剧和讽刺效果，以唤起人们的嘲弄和讥讽，达到反讽的目的。在戏仿类的作品中，存在着两个文本，一个是被戏仿的文本，一个是戏仿后的文本。戏仿就是对原文本内容或形式的戏谑性模仿。读者对被戏仿文本有相应的记忆，能发现作品对原有文本规范的知识、情感、价值信仰的嘲弄。在原来文本的语境与戏仿本的语境之间存在着一种颠覆关系和批评性的距离，通过两种话语的冲突悖逆，颠覆原文本的内容和创作原则规范，解构读者的思维方式，打破成规性审美感受能力，从而形成反讽效果。戏仿是一种最具意图性和分析性的文学手法之一，这种手法通过具有破坏性的模仿，着力突出其模仿对象的弱点，矫饰和自我意识的缺乏，其模仿对象可以是一部作品，也可以是某些作家的共同风格。“讽刺是一堂课，戏仿是一场游戏”[①] 纳博科夫宣称自己的小说就是戏谑式模仿。“将戏仿作为一种跳板，来向最高层次的严肃情感跃进。”[②]这就是纳博科夫运用戏仿的目的。他在小说中巧妙而充分的运用戏仿，为读者创造了快乐。“纳博科夫的小说中有对文学传统的戏仿（叙述上的、结构上的、体裁上的），对文学风格的戏仿（例如浪漫主义、伤感主义、印象主义），对小说主题的戏仿（爱情故事、侦探故事、三位一体），对小说人物的戏仿（情人、母亲、作家、批评家），等等。”[③]他主要通过揶揄式的戏仿来进行反讽。作为文学教授，纳博科夫熟悉欧洲文学传统，对经典作品和文体风格非常熟悉，这一优势使他在创作中能够广泛地多层次地应用戏仿， 骚扰了很多文学史上的亡灵。而戏仿反映出的则是纳博科夫本人的观点和倾向，作者通过人物结构文体等层面的戏仿来讽刺自己反对的作家作品和文体形式，比如亨伯特和奎尔蒂的关系有陀思妥耶夫斯基双重人格式人物的影子，亨伯特的恋童癖反讽了弗洛伊德的精神分析学说，特别是对传统文学中多种文体的戏仿，整部作品的文体揶揄了忏悔录、色情文学、公路文学、侦探小说，等等。纳博科夫模拟他人文本的动机一般有两种，一是他对该文本及作者感到同情和赞赏，由此想通过模拟把自己的东西注入他人的文本，将自己的声音融入作品之中，充实、丰富和发展他人的文本。二是对该文本及作者感到不满和厌恶，想通过滑稽模仿、对其文本进行嘲笑、对其思想进行反驳、从而提出一种相反的观点。纳博科夫戏仿忏悔录、就是为了要运用这种叙述手段拆穿亨伯特表面忏悔的声音，使他揭下伪善的面具，显示出罪行，表明其实看上去如此动听的忏悔的声音只是他充满修辞技巧的谎言和辩护。忏悔录原本是一种真诚暴露自己灵魂的自传体文学作品，是真诚的悔过和自白，圣·奥古斯丁的《忏悔录》和卢梭的《忏悔录》是西方传统道德的典型体现，是作

① 〔美〕 纳博科夫：《固执己见》，潘小松译，时代文艺出版社 1998 年版，第 75 页。

② 〔美〕弗拉基米尔·纳博科夫：《塞·奈特的真实生活》，王家湘、席亚兵译，时代文艺出版社 2000 年版，第 91 页。

③ Stephen Jan Parker，*Understanding Vladimir Nabokov*，Columbia：S.C University of South Carolina Press, 1987，p18.

者对自己青少年时代的放荡行为做出的最虔诚的忏悔，在浓厚的感伤情调中毫不避讳地回忆和检讨了自己的过往旧事。这两部真诚忏悔的经典之作已经成为西方人的道德准绳，但相对于虔诚、中肯、真诚或毫无保留等这些忏悔录小说的必备特点而言，纳博科夫的小说《洛丽塔》（《一个白人鳏夫的自白》）就显示出了对忏悔录的戏仿性质了。炫奇的语言，无数的阅读陷阱，引人入胜的秘密，暗藏的机锋，以及隐匿其后的真相，完全区别于那两部经典的忏悔之作。一种是沉重的精神悔过的苦旅，而另一种则是轻松的如游戏般的故事探险。纳博科夫正是运用戏仿的手法把《洛丽塔》这个文本制造成表面是亨伯特对于自己罪行的忏悔，实质是一个狡猾的辩护。从小说的副标题 “白人鳏夫的自白”开始，整部作品就夸张地戏仿了欧洲忏悔自白小说。序文和小说的第一章，也都明白地告诉读者这是忏悔式的文本。作品中出现数十次类似于法庭审判和辩护程序中的语句，如“陪审团的女士们、先生们”“法庭的先生们”等，也是告诉读者这是一位死囚在法庭上以悔罪的口吻展开的陈述和忏悔。由于对忏悔录的戏仿，使得叙述者看似真诚的声音变得可笑，使得读者明白了谁是说谎者。另外，作者还在叙述者的语言中运用了特殊手法，让叙述者以自以为是的口吻讲话，并在人物的话语中加入一些言过其实的虚假成分，以显示其荒谬可笑的实质。作者在人物的自白中，还加入了自己的意在改变人物单一声音的修辞性成分，导致了措辞上的混乱和不一致， 造成了反讽的效果。另外，纳博科夫还通过让亨伯特这个人物的语言和行为展现出强烈的反差和对照来造成反讽的效果。

“反讽”是作者与读者的秘密合作，是作者与读者的交流和共谋。因此，反讽总是一种既包容又排斥的技巧。那些被包容在内的人，那些刚好具有理解反讽的必备知识的人，和那些被排斥在外的人的阅读感受是极其不同的。阅读反讽作品的时候，读者与作者的合作更应该小心翼翼。这种合作一旦成功，由于读者与作者之间达成了某种隐秘的带有嘲讽性质的默契，阅读就增添了快感与魅力。一般来说，一部反讽性的作品，其反讽意味并不难分辨，但有的时候也并非如此。读者有时并不能准确获悉作者的立场与态度，尤其是面对一部具有反讽倾向的作品时，情况更是如此，读者并不知道作者在什么情况下说了“反话” 。如果一位读者在阅读反讽类作品时并未感到反讽，那对于阅读无疑是一场灾难。纳博科夫的《洛丽塔》就是这样的一部作品，“包含了被复杂安排过的主旨，读者必须努力地去发现，跟随，保持故事的线索，以便去分析和理解文本的主要意思”[①]。在《洛丽塔》中，如果读者忽略了作者使用的反讽，那必然会对作品产生怀疑和误解。纳博科大就曾感慨地说“我究竟犯了什么样的罪恶?教唆犯或犯罪者，这就是我为整个世界写出了一个梦幻中的可怜小女孩后所得到的字眼” 。这段话表达了纳博科夫对《洛丽塔》所遭到的非议与读者不能真正读懂自己这部作品的不满之情。为此，纳博科夫在《优秀读者与优秀作家》一文中对现代读者提出了更高的要求。因此，《洛丽塔》既可以被看作是一部畅销的通俗读物，同时又绝对是一部极难完全理解的作品。纳博科夫在写作中充分考虑到了不同层次读者的不同需要。这部作品不仅通过大有商业炒作之嫌的题材吸引了大量怀有猎奇心理的普通读者，而且还因其包含的丰富的文学和语言学的内容及先锋性的形式技巧而吸引了能读出故事底蕴且能与作者进行深层交流的真正读者。正如略萨所说：“这部作品既使得最肤浅的读者群为之着迷，同时又能用提供思想和影射以及精美的制作来吸引那种有文化知识的读者。”[②]其多层次的愉悦性与百科全书式的丰富性完美地结合在了一起。所以《洛丽塔》才有着这样毁誉参半的论争史，才有着既被认为是色情文学，又被认为是精英文学的尴尬，其文本表面的暧昧与深层内涵的博大深邃之间形成了鲜明的对立。可以说，这部作品在刚开始时受到多大的攻击排斥，在通过多层次的文本解读和层层揭秘与发现后就会有多大的收获和喜悦。在平庸读者对色情文学的阅读期待的破灭中，在优秀读者突破重重障碍后意趣愈浓及所获得的无尽的喜悦中，作者高坐云端，露出了自信而嘲讽的微笑。正是因为有了反讽，《洛丽塔》在道德上就不是冷漠的，就不是放弃了道德判断的作品。恰恰相

① Stephen Jan Parker，*Understanding Vladimir Nabokov*，Columbia：S.C University of South Carolina Press, 1987，p16.

② 〔秘鲁〕巴尔加斯·略萨：《洛丽塔已过 30 岁——评〈洛丽塔〉》，赵德明译，《外国文艺》1994 年版第 2 期。

反，在《洛丽塔》中，纳博科夫正是通过隐含作者的反讽声音来表达出自己的道德立场，作者并没有完全隐退，也没有故意避开伦理道德意义，没有放弃引导读者做出判断的责任。

结　语

纳博科夫曾经以一个魔术师来比喻自己的叙事策略。他说“这些道具——蛊惑人的镜子，黑丝绒的背景幕，以及含蓄的联想与传统——有了这些道具，风度翩翩，穿燕尾服的本土魔术师便可以巧妙地运用，以自己的风格超越传统”[①]。他的作品中最大的叙事特点就是“他的小说被作者完全控制了，没有受到文本外的任何现实存在的影响。”[②] “无论是从展示新的材料、准备后面的发展、一个因素到另一个因素的过渡以及故事的结尾，纳博科夫对叙述的传统都提出了挑战，他质疑并刷新了叙述的每个方面，用具有创造性的叙事策略来处理故事。[③]”《洛丽塔》就是这样的展示了一个技巧高超的作者是如何完美的运用叙事策略控制叙事效果的。但是其实，纳博科夫在创作《洛丽塔》时对作品所可能产生的反响是有预感并深感焦虑的。他曾十分担忧公众对这部作品的接受问题，以至于差点将写出的稿子全部烧掉。只是由于被灵魂深处的某种东西压迫着，激励着，欲罢不能，不愿让“被毁的那本书的鬼魂追摄他的余生”，[④]所以最终才坚持了下来，完成了这部奇书。那么纳博科夫为什么要冒着如此巨大的遭人误解和诟病的风险来进行这样的创作呢？原因是多方面的，复杂的。在《洛丽塔》叙事的背后还隐藏着很多的东西。首先，这一切是和他本人的经历以及他的世界观文学观密不可分的。纳博科夫有着传奇般的一生，他出生于沙俄一个显赫贵族之家，早年

① 纳博科夫：《洛丽塔》，主万译，上海译文出版社 2005 年版，第 503 页。

② Stephen Jan Parker，*Understanding Vladimir Nabokov*，Columbia：S.C University of South Carolina Press, 1987，p17.

③ Julian W. Connolly，*The Cambridge Companion to Nabokov*，New York, N.Y.：Cambridge University Press, 2005，p33.

④ 同①，第 497 页。

生活极其富足，教育极为全面，博览群书，通晓多种语言，对动植物有着广泛的兴趣。他所受到的一般人所望尘莫及的教育给予了他深厚的文化积淀和多方面的优秀素养，但十月革命是他幸福生活的分水岭，革命后，纳博科夫全家被迫离开俄罗斯，从此开始了漫长的流亡生涯，俄国、君士坦丁堡、伦敦、柏林、法国、美国、瑞士，流亡对他个人身心的影响是巨大的，这种人生经历深刻地影响了他的世界观和文学观，导致他终生对“失落的天堂”的追忆和怀念，对集权的愤怒，对政治的憎恶，对生活的超然态度，对精神与实际生活的疏离。纳博科夫一生都在持守着一位真正精神贵族的孤傲，清高与睿智，他有着卓然不群的个体姿态，潜意识中的孤高自许，强烈的自我中心意识和恃才傲物甚至目空一切的性格。随着非同寻常的流亡生涯而产生了对存在的洞见，对人生的独特体验与愈发浓郁的孤独意识，深刻的批判意识及对存在意义的否定。他相信存在着一个超验的、非物质的、永恒的生存境界，这个境界是为个人永生准备的，并对存在于尘世的一切产生影响。这就是他追求的彼岸世界，一个完美的，涵盖了所有人性美德，超脱于人的生死之上的灵魂栖居地。真理和正义，艺术的永恒，精神的和谐与共鸣，美与爱，以及对所有生灵的同情怜悯，统统包含其中。这就是他的信仰，对诗性的超验的精神世界的追求。他认为形而下的“此岸世界”是庸俗的，充斥着各种丑陋的人性，自私、自负、愚蠢和强烈的贪欲，充满了政治的猖狂，宗教的盲目、粗暴，以及各种喧嚣。所以他力图通过文学创作活动摆脱这种“庸俗世界”的困扰，趋向自己心中的净土。自由对于他实现个体性的自我是必不可少的，也是他选择自己生存方式的首要条件，他不得已弃绝故乡，又被迫在异国辗转流亡，都是为了能够自由地言论，思想与写作。作为一名学识渊博的文学大家，独尊艺术之审美可以说是纳博科夫个性的体现。他是个地道的唯美主义者，以艺术为圭臬，把审美的快感当作自己追求的目标，奉艺术的“奇特性、敏感性、亲切和狂喜”为小说的唯一标准，这是他一贯的美学思想和创作原则。他在《洛丽塔》的后记中这样写：“对于我来说，只有在虚构作品能给我带来我直截了当地称之为美学幸福的东西时，它才是存在的，那是一种多少总能连接上与艺术（好奇、敦厚、善良、陶醉）为伴的其他生存状态的感觉。”[①]纳博科夫爱用冷僻怪诞的词汇，喜欢谜一样的布局，像下棋一样作文字游戏，他的小说是在大胆探索技巧和艺术新形式下表达的思想感情。“我们这个世界上的材料根本不是一般所公认的整体，而是一摊杂乱无章的东西。作家对这摊杂乱无章的东西大喝一声：开始！霎时只见整个世界在开始发光、熔化、又重新组合，不仅仅是外表，就连每一粒原子都经过了重新组合”[②]“所有伟大的作家都是伟大的魔术师，无不具有高超的骗术”[③]，作家的创作总是带有欺骗的意图，这个“骗术”就是作家幻化为魔术师的“魔力”。这就是纳博科夫对创作的理解。一场魔术表演的成功与否不在于道具是否新鲜，而取决于表演者的技巧和设计手段，以及观众是否喜欢他。纳博科夫就成功地做到了这一点，他喜欢把魔法公之于众，令看客倾倒，即在小说中故意要弄各种花招，显示创作技巧。他会在书中布置下种种圈套，营造一个“潘多拉魔盒”般的文本世界，读者稍不留神便会一步步走向诱人的陷阱，陷入其中，然后作家再亮出魔术的真相，嘲笑一番。而他始终都站在幕后，拉动着绳子，控制着一幕幕戏剧的上演。“纳博科夫的故事能够引起我们的好奇和激情，他的小说总是在表明叙述就是一个故事般的策略、一个形象、一个隐喻、一个玩笑、一个问题、一个设计、一个有趣的迷或一系列作家准备让读者去解的连锁的迷”。[④]纳博科夫之所以如此看重小说家的魔术师角色主要是由于魔术师是一个永远不会尊重客观逻辑的人，是一个永远让人们觉得不可思议的人。纳博科夫总是通过各种具有说服力的动作细节，让人们看到他的表演，虽然表演是假的，但却看上去真实得天衣无缝。纳博科夫认为虽然艺术现实永远是一种幻觉，艺术不可能不是虚构的，但虚构性绝不是弱点，而恰恰是艺术的力量所在。实际世界只是小说的材料，任何作品都是作家幻想的产物，是作家所创造的独特世界，而不是社会

① Nabokov, Vladimir Vladimirovich, *Novels, 1955-1962 : Lolita, Pnin, Pale fire, Lolita a screenplay*, New York : Literary Classics of the United States , 1996 , p435.

② 〔美〕纳博科夫：《文学讲稿》，申慧辉等 译，上海三联书店2005年版，第2页。

③ 同②，第4页。

④ Julian W. Connolly, *The Cambridge Companion to Nabokov*, New York, N.Y. : Cambridge University Press, 2005, p34.

的、历史的或道德的注解。因此，所有希望从小说中得到任何超出艺术审美之外的念头，都是可笑的、不实际的。他坚持一部作品的妙处全在风格与结构，坚持在文学创作中，艺术高于一切，语言、结构、文体等创作手段和表现方式要比作品的思想性和故事性更重要。“文学是创造，小说是虚构。说某篇小说是真人真事，这简直是侮辱了艺术，也侮辱了真实”[①]。纳博科夫终生反对所谓的思想文学，反对在他的作品中寻找任何意义。他曾说，“我到底为什么写了我的那些书？为了快乐、为了争论。我没有社会目的，也没有道德信息，我没有总的思想去开拓，我只是喜欢制谜，且带有精巧的解答，创作出复杂的迷宫般的叙事文本”。他把《洛丽塔》的创作动机就解释为是对一种审美狂喜的追求。他说“我既不读教诲小说，也不写教诲小说，不管约翰·雷说了什么，《洛丽塔》并不带有道德说教。”[②]“教文学的老师动辄会拿出‘作者的意图是什么？’或者还有更糟的‘这人是想要说什么呢？’一类问题来问。而我呢，正好是这样的作者：着手写一本书的时候，并没有别的目的，只想这本书脱稿。”[③]他坚持声称自己绝不是“道德讽刺家”，一再宣称他的小说没有什么社会性目的，没有道德观念和价值观念的支撑，没有宏大的思想。他的文学创作不涉及政治，避免正面讨论人生哲学，对文学中承载的社会、政治、道德或宗教哲学主题没有兴趣。他的小说完全游离于道德问题之外，而是只专注于复杂、机智的艺术。他只在乎自己制作的唯美精致的艺术品，从不关心也不想关心任何道德上的意义。对说教性的小说深恶痛绝，对直接说教的方式极其反感。他把文学艺术看成是精彩的智力竞赛和想象力的游戏，他醉心于形式，讲究手法，写作形式复杂多变，技巧高超。艺术、艺术家的生活、艺术家的技巧，就是纳博科夫的一切。正是这样的文学观深刻地影响了他的叙事。

另外，《洛丽塔》的叙事还和现代主义与后现代主义的创作特点有关。“纳博科夫的小说充满了现代主义和后现代主义小说的特点，体现出美国20

① 〔美〕纳博科夫：《文学讲稿》，申慧辉等译，上海三联书店 2005 年版，第 4 页。

② 〔美〕纳博科夫：《洛丽塔》，主万译，上海译文出版社 2005 年版，第 500 页。

③ 同②，第 495 页。

世纪小说从现代主义到后现代主义的过渡。”[①]《洛丽塔》是纳博科夫移居美国之后的第一部重要作品，是旧世界和新世界在纳博科夫身上交锋的真切体现。《洛丽塔》的创作时间是20世纪50年代，世界充斥着现代主义、后现代主义的思潮。身处当时的那个时代，纳博科夫不可避免地会受到现代主义和后现代主义思潮的多重影响。厄普代克在纳博科夫《文学讲稿》的“前言”中说：“五十年代强调个人的地位，藐视公众事物，只感受脱离一切的单纯的艺术效果，信仰新批评理论，即是全部信息都包含在作品本身之中。”[②]20世纪现代小说理论和小说创作的一个突出特点和倾向就是作者间接控制文本，把展示和讲述对立起来，追求客观展示效果，以亨利·詹姆斯为代表的一些现代派作家提出了“作家退出小说”的口号，要求作者隐退，不要使用自己空洞的道德说教，而是要以不动声色的非人格化的方式展开叙述，即从作品中人物的角度来叙述，以人物的意识为中心意识，使小说具有更高的真实性。作家退出小说落实到叙事文本内部，实际上是要求限制叙述者“全能全知”的认知范围，就是主张作者声音的隐退，让作者的声音从作品中消失，把作者从小说中抽离出来，让作者远远地站到读者看不清的地方，只是描写，却从不向读者作适当和必要的说明，不向读者提供评价小说所展示的客观形式的价值标准。现代作家摒弃了直接的无中介的议论和介入，不直接介入小说，而是采取更为复杂，隐蔽和精巧的介入方式。作者不在作品中直接说话，避免了那种充满说教味的议论，而是隐藏在叙述者或观察者的后面，用非人格化的方式展现客观性，中立，公正与冷漠，采用客观的显示技巧，展现人物和事件。这就使得现代小说的典型特点之一就是作品中的含混性和不确定性，同时也导致了读者解读作品的困难，形成了作者与读者之间的一种疏远、隔膜的主体关系，引发了作者与读者的分离乃至对立。但这又是大部分现代小说家希望自己与读者之间保持的一种关系形态。的确，现代小说中备受欢迎的非人格化叙述技巧，容易带给我们道德上的难题，现代小说家也经常容易被认为是主动放弃道德价值判断，患了道德冷漠症，缺乏道德热

① 詹树魁：《符拉迪米尔·纳博科夫：从现代主义到后现代主义》，厦门大学出版社 2005 年版。
② 〔美〕 纳博科夫：《文学讲稿》，申慧辉等 译，上海三联书店 2005 年版，第 24 — 25 页。

情，把小说中的人物变成了被牵线的玩偶，把时间事件变成任由作者拼接的积木般的碎片，将创作变成一种圆熟的语言和智力游戏，把写作变成可操作的技术，创作变成了制作，作家变成了工匠，专注于玩弄技巧。布思就针对现代小说创作和理论无视甚至否定小说的道德教谕作用这一倾向指出修辞的目的在于"说服"受众接受信息发送者的观点和立场，在于通过对有效的技巧、手段的选择，影响别人的思想和行为，尤其是净化他们的伦理情感和影响他们的道德行为。我们无法也不能将道德问题视为与技巧毫无关联的问题而悬置不论。其实，小说创作从来都离不开作者的介入，只不过同传统小说相比，介入的方式有所不同而已，即在控制我们的信念、兴趣和倾向的手段和方式上有所不同。一般来说，作者控制文本的叙事进程主要是通过直接和间接这两种方式。直接的方式即隐含作者直接现身借解释评论来控制小说世界的方式，间接的方式即借助于叙事者来控制小说世界的方式。要求作者完全退出小说，取消作家的介入和评论是不可能的，作者的沉默在任何情形之下都无法做到完全、彻底。作者可以不介入故事，不作表面的道德、是非判断，甚至不表露个人的倾向，但是作者勾勒的故事本身，包括词语的情感色彩等都能反映他们引导读者的意图。所以更多的现代小说家实际上采用的是有节制的叙述、显示和讲述，经过仔细安排的恰当的方式介入小说，纳博科夫就是其中之一。用什么方法并不重要，重要的是它对我们所起的作用，也就是它的叙事效果。在《洛丽塔》中，纳博科夫没有对叙事进行直接的"干预"，但也并非完全退出作品，并非客观地交代事件的发展，并非主动放弃道德判断。表面看来，纳博科夫没有显现自己的态度，表明清晰的道德立场，没有做出道德判断，但实际上，作家通过设置隐含作者的反讽声音，表达了自己的立场和倾向。正像纳博科夫自己说的"我们不能读一本书，只能重读一本书，一个优秀读者，一个成熟的读者，一个思路活泼、追求新意的读者只能是一个'反复读者'"[①]。所以对于《洛丽塔》，我们应该不停地去阅读、去发现，这样才能够更好地理解纳博科夫，也更好地理解《洛

① 〔美〕纳博科夫：《文学讲稿》，申慧辉等译，上海三联书店2005年版，第3页。

丽塔》。

由于《洛丽塔》所具有的充满震撼力的叙事效果，如今，“洛丽塔”一词已作为专有名词进入辞典，成了一个比纳博科夫更有知名度的名字。“洛丽塔”本身已经外延为一种现象，一种“病症”。“洛丽塔神话”“洛丽塔情结”“洛丽塔综合症”等一系列由《洛丽塔》这部小说而产生的词汇表明了它在当代文化中的重要地位。正如一位批评家所说，《洛丽塔》真的是“美国文化中的一枚‘炸弹’。”[①]这就是纳博科夫，一个伟大的魔术师，这就是《洛丽塔》，一个神奇的魔术。纳博科夫是复杂的，《洛丽塔》也是复杂的。著名的纳博科夫专家李曾说“《洛丽塔》包含了许多东西，至今尚未被发掘”。[②]的确，《洛丽塔》常读常新，始终是一个永恒的难解之谜。这可能就是纳博科夫成为20世纪最杰出的小说家之一，《洛丽塔》成为20世纪最杰出的文学作品之一的原因吧。

参考文献

英文部分：

1.Nabokov Vladimir Vladimirovich, *Novels, 1955–1962 : Lolita, Pnin, Pale fire, Lolita a screenplay*, New York : Literary Classics of the United States , 1996.

2.Julian W. Connolly, *The Cambridge Companion to Nabokov*, New York, N.Y. : Cambridge University Press, 2005.

3.David H.J. Larmour, *Discourse & ideology in Nabokov's prose*, New York : Routledge, 2002.

4.Hana Píchová, *The art of memory in exile : Vladimir Nabokov & Milan Kundera*, Carbondale : Southern Illinois

① Julian W. Connolly, *The Cambridge Companion to Nabokov*, New York, N.Y. : Cambridge University Press, 2005, p151.

② L.L.Lee, *Vladimir Nabokov*, Boston:Twayne Publish2er, 1976, p27.

University Press, 2002.

5.Domnica Radulescu, *Realms of exile : nomadism, diasporas, and Eastern European voices*, Lanham, Md. : Lexington Books, 2002.

6. Jane Grayson, Arnold McMillin, and Priscilla Meyer, "The shape of Nabokov's world " *Nabokov's world*. Volume 1, New York : Palgrave, in association with School of Slavonic and East European Studies, 2001.

7. Jane Grayson, Arnold McMillin, and Priscilla Meyer, "Reading Nabokov" , *Nabokov's world*. Volume 2, New York : Palgrave, in association with School of Slavonic and East European Studies, 2001.

8. David Andrews, *Aestheticism, Nabokov, and Lolita*, Lewiston, N.Y. : E. Mellen Press, 1999.

9.*The Garland companion to Vladimir Nabokov*, New York : Garland Pub, 1995.

10. John Burt Foster, *Nabokov's art of memory and European modernism*, Jr. Princeton, N.J. : Princeton University Press, 1993.

11.Alfred Appel, *The annotated Lolita Vladimir Nabokov*, Jr. London : Weidenfeld & Nicolson, 1993.

12.Vladimir E. Alexandrov, *Nabokov's otherworld*, Princeton, N.J. : Princeton University Press, 1991.

13.Stephen Jan Parker, *Understanding Vladimir Nabokov*, Columbia, S.C University of South Carolina Press, 1987.

14.Phyllis A. Roth, *Critical essays on Vladimir Nabokov*, Boston, Mass. : G.K. Hall, 1984.

15.Norman Page, *Nabokov, the critical heritage*, London , Boston : Routledge & Kegan Paul, 1982.

16. Bader, Julia, *Crystal land: artifice in Nabokov's English novels*, Berkeley : University of California Press, 1972.

中文部分：

1.〔英〕马克·柯里：《后现代叙事理论》，宁一中译，北京大学出版社2003年版。

2.〔美〕华莱士·马丁：《当代叙事学》，伍晓明译，北京大学出版社2005年版。

3.〔美〕詹姆斯·费伦：《作为修辞的叙事》，陈永国译，北京大学出版社2002年版。

4.〔荷〕米克·巴尔：《叙述学》，谭君强译，中国社会科学出版社2003年版。

5.〔美〕兰瑟著，黄必康译：《虚构的权威》，北京大学出版社，2002年版。

6.〔美〕赫尔曼：《新叙事学》，马海良译，北京大学出版社2002年版。

7.〔美〕米勒：《解读叙事 》，申丹译，北京大学出版社2002年版。

8.〔美〕 W.C.布斯：《小说修辞学》，华明译，北京大学出版社1987年版。

9.〔美〕纳博科夫：《洛丽塔》，主万译，上海译文出版社2005年版。

10.〔美〕纳博科夫：《文学讲稿》，申慧辉等译，上海三联书店2005年版。

11.〔美〕纳博科夫：《固执己见》，潘小松译，时代文艺出版社1998年版。

12.〔美〕纳博科夫：《说吧，记忆》，陈东飙译，时代文艺出版社1998年版。

13. 詹树魁：《符拉迪米尔·纳博科夫：从现代主义到后现代主义》，厦门大学出版社2005年版。

后 记

我的文学写作之路应该从儿时对母语和文字的喜爱算起，而我的外国文学之缘应该从初中时买到的第一本英国小说《呼啸山庄》开始，从此对于书的情怀一直浓烈而不舍，高中时靠阅读世界经典名著打开了一扇又一扇窗，并且在高考选专业的时候才知道要在第一志愿那栏填下哪几个字，及至后来从中文系考入比较文学与世界文学专业的研究生，后又有幸从事了本专业的教学工作，一路走来和文学的缘分已经二十多载了，唯有热爱。这是自己平生撰写和出版的第一本著作，既缺少经验又诚惶诚恐，像迎接一个新生儿一样忐忑不安。虽然我知道这本书还有很多不成熟的地方，但我想这也和人生一样都是必经之途吧！全书的写作是集合了自己十年外国文学课程教学经验后的一个大总结，与其说是写书的过程，不如说是本人重温经典借以细细斟酌思考的过程，也许这本书对我本人的意义比对读者还更重要。

感谢本人供职的大连外国语大学文化传播学院的院长张恒军教授在科研方面对我们青年教师的鼓励和帮助，尤其是在该项目资金的支持上，对于我来说应该算是单人单次的最大开销了。感谢我的硕士研究生导师首都师范大学的林精华教授，三年严谨的学术训练和恩师的谆谆教导培养了我的学术素养和知识分子情怀。感谢本科时代南开大学的徐清教授，她是我的第一个外国文学课老师和本科论文的指导教师，记忆中总是回荡着她在讲台上娓娓道来的美好身影，给我以榜样的力量。感谢生命中所有教导过我的每一位师长，也感谢我的家人、同学和朋友们对我的关心和爱护！

感谢岁月，教我成长。

赵莉莎
二零一七年二月于大连